KB126370

아내,

노트북을

열다

글 쓴 사람들

김정은 · 노승림 · 박민영 · 윤정혜 · 윤현희 · 이승희

이은주 · 이진화 · 이혜련 · 전민정 · 채현 · 하정화

북펀딩

엄마, 아내,

주부라는 이름 뒤에 가려진

'나' 찾기

당신도 쓸 수 있다

우리나라 사람 열 명 중 네 명은 1년에 책 한 권도 읽지 않는다. 성인 독서량이 연 1.1권으로 조사 대상 199개 국가 중 166위이며, 월평균 가구당 도서 구매비는 4,900원으로 휴대폰 비용의 10퍼센트도 되지 않는다.

당연히 책이 잘 팔리지 않는다. 시장이 위축되다 보니 출판사도 책을 만들지 않는다. 5만 7천 개의 출판사 중 91퍼센트가 한 권도 책을 출간하지 않았다. 그나마 비용을 줄이기 위해 저작권이 끝난 번역본이나 일정 수량 판매가 예상되는 전문서만 출간하는 실정이다.

이런 사정이니 어렵게 글을 써도 책을 내기가 어렵다. 그러다 보니 '자비 출판'이라고 해서 자기 돈을 지급하고 책을 출판하는 경우도 늘어나고 있다. 작가의 연평균 수입은 214만 원이다. 겸업하지 않으면 먹고 살기 힘든 형편에 출판비까지 부담하기는 실로 어렵다. 많은 작가가 어렵게 글을 완성하고도 출판하지 못해 글쓰기까지 포기한다.

사정은 영국도 비슷했다. 지금은 세계적으로 유명한 책《해리 포터》도 처음에는 책을 내겠다는 출판사를 구하지 못했다. 이런 상황에 분개한 작가 세 명이 모여 책 전용 크라우드 펀딩 회사 'Unbound'를 만들었다. 크라우드 펀딩은 대중의 후원으로 비용을 마련해 제품이 완성되면 후원자에게 보상하는 방식이다. 'Unbound'는 2011년 작가 세 명으로 출발해 지금은 48명으로 인원이 늘어났으며 지금까지 300여 종의 책을 출간했다. 그중에는 Gordon Burn Prize 수상작을 비롯해 뛰어난 작품이 많다.

우연히 'Unbound'를 알게 된 나는 한국에도 이런 회사가 있으면 좋겠다고 생각해 올해 2월 '북펀딩'을 설립했다. 이전까지 나는 평범한 회사원이었다. 특별한 점이 있다면 회사에 다니면서 글을 써 세 가지 책을 냈다.

나는 삼성에 다녔다. 회사 생활에 어려움은 없었지만 글을 쓰고 싶은 열망이 점점 커졌다. 두 가지를 병행하다가 글쓰기에만 전념하려고 회사를 나왔다. 이후 몇 종의 책을 더 냈지만 생활고를 이기지 못하고 다른 회사에 취직했다.

이런 전력이 있어 나는 글에 대한 열망과 글쓰기를 배우고 싶어 하는 마음을 이해한다. 회사에서 모임을 만들어 '글쓰기 교실'을 운영했지만 책을 내는 데까지 이르는 사람은 많지 않았다. 출판할 분량이 되는 긴 글에 도전할 엄두를 쉽게 내지 못하지만 글이 완성되어도 선뜻 출판하려는 곳이 없기 때문이다. 그래서 퇴사해 '북펀딩'을 설립했다.

이 책 《아내, 노트북을 열다》는 '북펀딩'에서 처음으로 출판하는 책이다. 크라우드 펀딩과 후원금으로 출판 비용을 마련했다. 저자들은 양천구사회적경제지원센터에서 글쓰기 교육을 하며 만났다. 전업주부에서 전직 기자까지 이력이 다양했지만 글을 쓰고 싶어 하는 열망은 한결같았다. 30여 명으로 시작해 1차 8주 과정, 2차 10주 과정을 거치는 동안 12명이 남았고, 엄격한 과제 심사를 거쳐 출간할 원고를 정했다.

이 책의 주제는 크게 세 가지다. 하나는 엄마, 아내, 주부라는 이름 뒤에 가려진 나를 찾아가는 몸부림을 그렸다. 다른 하나는 강사, 스타트업 CEO 등 자신의 길을 찾아가는 과정을 기록했다. 끝으로 장애, 고부 갈등 등 온갖 어려움을 극복하고 사람다운 삶을 살고 싶어 하는 분투기를 담았다.

원고를 읽으며 눈물을 흘린 적이 많다. 나 또한 가정을 이루고 살지만 여성의 어려움을 너무 몰랐다. 독박 육아, 경력 단절 등 쉽게 듣고 지나친 말에 많은 사연이 서려 있다. 이 책을 남자, 남편들이 읽기를 권한다. 더불어 평범한 사람들의 글쓰기, 폭력이나 섹스 등 흥미를 자극하는 글이 아니라 현실을 드러내고 개선하는 글이 더 널리 퍼지기를 바란다.

㈜북펀딩 대표 한호택

• 일러두기 •

음악, 연극, 극작가, 시인 등의 작품은 모두 〈 〉로 표기하였고, 이외에 도서는 《 》,
인용문은 이탤릭, SNS 문자는 [ ], 편지글은 고딕으로 표기하였다.

아내,
노트북을
열다

- 차 례 -

들어가기 | 당신도 쓸 수 있다 · 한호택

바람난 여자 · 김정은 ········· 13

내 이름은 · 노승림 ········· 39

여름날의 소나타 · 박민영 ········· 62

누구 엄마? 나는 나야 · 윤정혜 ········· 77

소소하지만 확실한 행복 · 윤현희 ········· 98

오늘을 사는 여자 · 이승희 ········· 114

또다시 걸음마 · 이은주 ········· 132

엄마의 3시간 · 이진화 ········· 158

찬밥과 계란 · 이혜련 ········· 179

그때는 모르고 지금은 아는 것들 · 전민정 ········· 197

내가 너에게 말하려 했던 것 · 채현 ········· 217

긍정꽃 희망나무 · 하정화 ········· 240

추천의 글 · 양천구청장 ········· 260

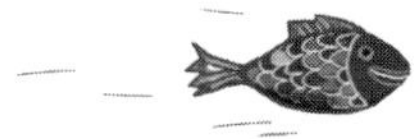

바람난 여자

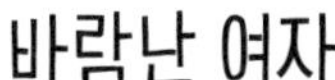

김정은

마흔, 불혹(不惑)이라고 했던가? 나에겐 유혹이 너무 많은 나이다. 치열한(실제로 치열하게 공부하지는 않았지만) 입시 공부에 허덕이다 들어간 대학에서 새로운 문화를 만났던 스무 살 새내기 때의 마음도 이러지는 않았던 것 같은데 사십에 들어선 요즘에는 들리는 이야기, 보이는 장면 모두가 새롭고 유혹적이다. 여섯 살배기 아들을 키우면서 지역에서 만든 협동조합의 대표 노릇을 하느라 치열하고 바쁜 하루하루를 살았다지만 나름대로 여유 있는 주부

저자는 강원도 태백의 산골 소녀로 태어나 여덟 살부터 서울살이를 시작했다. 연극인을 꿈꾸던 여고 시절을 지나 건국대 신문방송학과 최초로 여성 학생회장을 맡아 리더의 씁쓸함을 맛보았다. 10년간 방송작가로 일했으며, 임신하면서 경력이 단절된 여성의 길을 걷고 말았다. 결국 리더 성향을 버리지 못하고 2015년부터 양천 마을교육 전문 강사로, 마을교육사회적협동조합의 대표로 두 번째 사회생활을 시작했다. 육아와 일에 모두 만족하지 못한 채 마흔 살에야 비로소 새로운 도약을 준비했다. 나의 시간, 나의 역할, 나의 생활을 위해 엄마 혹은 여자가 아닌 오롯한 김정은으로 성공하길 바라며 글을 썼다. 그러나 여전히 가정을 소중하게 생각하며, 나의 행복이 곧바로 가정의 행복으로 이어지길 바라는 마음이다.

생활을 해왔던 터다. 일한답시고 바쁜 날 저녁에는 친정 부모님이 아들의 어린이집과 우리 집을 오가며 육아를 도와주셨다. 토목 공사라는 그럴싸한 포장 아래 일명 막노동을 하는 남편은 피곤한 몸을 이끌고 저녁 설거지와 청소를 도맡아 한다. 그러니 애 두셋 키우며 밥순이 소리 들어가는 친구들이 보기엔 배부른 소리에 호사라 할 판이다. 하지만 마음이 이리도 싱숭생숭한데 어쩌란 말인가? 이게 다 그 녀석을 다시 만났기 때문이다.

지난 2년, 사교육의 천국이자 교육열이 치열하기로 둘째가라면 서러울 양천구에서 '마을교육'을 실현해보겠다고 협동조합의 대표로 밤낮없이 일했다. 월차나 생리휴가 같은 건 단 하루도 내지 않고 일에만 집중했다. 직원이 여름휴가를 가는 날에도 나는 출근했기 때문에 아들의 4~5세 방학은 어린이집 통합 보육으로 대체해야 했다. 마을교육협동조합을 시작하면서 우리 아이들이 경쟁적인 교육에서 벗어나기를 기대했던 나의 마음은 내 아들이 엄마인 내 손길에서 방치되는 과정을 반복하면서 산산조각 나고 있었다.

2013년 출산 후 2014년 봄이 될 때까지 엄마가 된 나의 생활은 매일이 새로웠다. 하루 한 가지 새로운 재주를 선보이는 아이의 모습이 예뻐서 정작 제때 씻지도 못하고 밥도 못 먹어 초췌해지는 나의 모습이 불쌍하다는 생각도 안 들었다. 하루하루 아이가 커갈수록 나는 손목, 어깨, 허리 등 아픈 곳이 늘어갔다. 그래도 괜찮다고 생각했다. 적어도 세월호 사고 소식을 듣기 전까지는 그랬다.

2014년 벚꽃이 흐드러지게 피어날 때쯤 대한민국 언론은 말도 안 되는 기사를 내보내며 국민을 좌절과 통탄으로 빠지게 했다. 세월호 침몰이라는 팩트도, 전원 구조라는 오보도, '가만히 있으라' 했다는 어느 승무원의 안전 지시도 대한민국을 믿을 수 없는 나라로 만들고 있었다. 갓 6개월 된 아기를 보며 며칠을 울었다. 이런 나라에서 태어난 아이가 불쌍했다. 엄마로서 해줄 수 있는 것이 없을 것 같았다. 육아로 세상과 단절되다시피 살다가 오랜만에 접한 세상 소식은 마음에 커다란 상처를 냈다. 어쩌면 그전부터 육아로 조금 지쳐있던 나에게 세월호 사건이 우울함을 증폭시키는 계기가 되었는지 모른다. 시간이 갈수록 엄마로서 무기력함과 자존감은 바닥을 쳤다. 육아를 하면서 한 번쯤 온다는 그 녀석이 세월호 사건을 틈타 나에게도 찾아온 것 같다. 마르지 않는 눈물샘이 나에게 있다는 것이 신기했던 시간들이다.

심각하지는 않았지만 꽤 길었던 나의 우울증은 세 살 된 아이를 처음 어린이집에 보내고 몇 년 만에 나의 시간이 생기는 자유를 누리면서 차츰 사라졌다. 정신이 돌아오니 그 시간에 의미 있는 일을 해봐야겠다는 생각이 들었다. 여기저기 알아보다가 양천구청에서 경력 단절 여성을 대상으로 '양천구 마을 방과 후 강사 양성 과정'이 진행된다는 소식을 접했다. 월요일부터 금요일, 오전 10시부터 오후 1시까지 두 달, 총 120시간이라는 긴 교육 시간 때문에 망설였지만 잠시뿐이었다.

잠자고 있던 오지랖이 다시 활동을 시작했다. 40명의 수강생 중 막내에 속하는 나는 (비록 소형 승용차지만 운전을 하기에) 기동성이 좋고 오피스 문서를 잘 다룬다는 이유로 총무 직책을 맡았다. 간식을 사다 나르고 함께 소통할 카페를 만들고 수업 시간에는 조별 과제에 대한 발표를 도맡아 했다. 처음에는 시키니까 했던 일들이었지만 어느새 자연스럽게 내가 일을 만들어서 하고 있었다. 내가 수강했던 1기 과정이 끝나고 몇 달 후 2기 과정이 시작되었다. 자연스럽게 2기 과정의 전담 코디네이터가 되어 수업 전반을 관리하는 역할을 하게 되었다. 마을 방과 후 강사를 병행하며 정신없는 두 번째 프리랜서 생활을 시작하게 되었다.

마을 방과 후 강사 양성 과정은 주로 다양한 마을교육 사례와 북유럽 교육의 장점, 사회적 경제와 교육 연계 등의 과정을 통해 새로운 콘텐츠를 만드는 커리큘럼으로 구성되어 있다. 북유럽 여러 나라의 교육 특성을 마을교육에 담아 창의력, 협업력, 사고력을 향상시킬 수 있는 프로그램을 창출해내고자 하는 것이 가장 큰 목표였다. 그런 다음 강사의 역량이 갖춰지면 '협동조합' 형태의 조직을 구성해 성장하도록 사회적 경제에 관한 교육 내용을 포함했다.

대부분 아이를 키우면서 한 번씩 겪었던 우울증과 무기력함으로 교육 현장을 찾은 소위 '경력 단절 여성'들은 배움에 대한 갈망이 컸다. 특별한 일 아니면 결석조차 하지 않으며 출석 80퍼센트 이상을 채웠고 새로운 콘텐츠를 만드는 데 필요한 추가 시간을 할애하기도 했다. 강사로 시연도 하고 발표회도 하면서 '조직'에 대한 애착이 커졌고 이는 자연스럽게 협동조합 설립이 필요하다는 여론 조성으로 이어졌다. 마을교육협동조합 설립에 필요한 교육이 구청 일자리경제과를 통해 만들어졌고, 그 과정 끝에 발기인 모집과 발기인 대표 선출 과정이 이어졌다.

마을 방과 후 강사 1, 2기를 통틀어 가장 활발한 활동을 하고 있던 나에게 발기인 대표 제안이 들어왔다. 경영, 경제에 관심이 눈곱만큼도 없던 사람이라 여러 번 거절했다. 그러나 마을 방과 후 강사로 프리랜서 활동을 하는 것보다는 협동조합 설립 및 경영이라는 경력을 쌓는 편이 좋지 않겠냐는 속삭임에 마음이 흔들리기 시작했다. 무엇보다 수업 시간에 접했던 노원구나 경기도의 마을교육 사례를 보고 우리 아이에게 저런 교육을 접할 수 있게 해주고 싶다는 바람이 간절하게 작용했다. 마을 어른들과 놀이를 하고, 마을 도서관에서 자유롭게 토론하며, 청소년들이 기획한 프로젝트로 봉사하는 모습은 매일 오후 네다섯 시가 넘으면 학교나 학원 앞에 늘어선 픽업 차량으로 길이 막히는 양천구 교육 현실과 확연히 달라 보였다. 그런 새로운 교육 과정을 만드는 데 내가 기여할 수 있을지 모른다는 기대와 젊은 엄마의 추진력이 빛을 발하길 바라는 예비 조합원들의 적극적인 지지에 힘입어 '이사장'이라는 직함에 도전하게 되었다. 나에겐 무모한 도전인 동시에 내 인생 가장 빛날 도전이라고 생각했다. 현실적인 한계가 쓰나미처럼 밀려오기 전까지는.

현실에서 가장 큰 문제는 맞벌이 가정의 아이에게 부모의 부재가 잦다는 점이었다. 아이가 아프면 온 가족이 비상이다. 오전 업무를 오후로 미루어두고 병원에 다녀온 뒤 친정엄마의 빠른 퇴근을 목을 빼 기다려야 한다. 점심시간이 채 끝나기도 전에 사무실로 향하면 네 살짜리 아이의 병 투정은 노모의 것이 된다. 만 36개월이 안 된 아이는 계절이 바뀔 때마다 열감기를 앓았고, 그때마다 우리 모녀는 릴레이 달리기 선수처럼 바통을 터치하며 아이 곁을 지켜야 했다. 밀린 일은 새벽에 일어나서 아이 옆에 앉아 동이 틀 때까지 노트북을 두드리며 처리했다. 혼자 사무국을 돌보던 시기라 월차, 휴가, 병가는 꿈도 꾸지 못하고 매일 출근하며 하루가 다르게 늘어가는 일들을 처리하고 있었다.

다섯 살 여름방학을 어린이집에서 보내던 아들이 하루는 속상하다는 듯 말했다.

"엄마, 내 친구들이 아무도 안 와서 선생님이 하늘반 형아랑 누나랑 놀라고 했는데, 형아가 안 놀아줘서 심심하고 속상했어. 친구들은 왜 아무도 안 오는 걸까?"

순간 숨이 턱 하고 막히며 눈물이 핑 돌았다. 그런 상황에서도 나는 어린 아들에게 최대한 이성적으로 말해야 했다.

"아들, 몇 밤 지나면 친구들도 다 나올 거야."

어린이집이 여름방학이고 선생님들도 쉬는 기간이라는 걸 설명하지 않았다. 며칠 기다리자고 말하는 것이 나를 위한 최선의 방어라고 생각했다.

어느 날 어린이집에서 학부모와 함께 숲 체험을 하러 간다고 했다. 하필 평일이었다. 간식으로 먹을 과일을 썰어 담은 작은 간식통과 아이들이 좋아하는 캐릭터 음료수, 거기에다 물까지 챙겨 아들을 어린이집에 등원시키고 나오는데 어린이집 앞이 북적였다. 돗자리와 간식을 그득 담은 가방, 아이스팩을 메고 있는 엄마 아빠들이 출발을 기다리고 있었다. 어린이집 앞에 주차했던 차에 시동을 걸고 출근하려는데 주책없이 눈물이 흘렀다. 남편에게 전화를 걸어 울먹이니 무슨 일인가 싶어 놀란 모양이다.

"어린이집 앞에 숲 체험 가는 엄마 아빠들이 엄청 많네. 우리 아들만 혼자 노는 거 아니야? 안 그래도 옮긴 지 얼마 안 됐잖아. 다른 아이들은 다 친하던데…. 내가 뭐 하고 있는 거지? 오늘은 너무 속상해."

지난 2년, 엄마와 대표라는 갈림길에 서게 될 때면 나는 대표라는 자리를 먼저 선택했다. 협동조합이지만 초기 단계인지라 사무국 일을 혼자 처리해야 하는 수준이었기에 자리를 비울 수 없었다. 이듬해엔 겨우 직원을 한 명 뽑았지만 일이 그만큼 늘어나면서 '여유'는 내 사전에서 사라지게 되었다.

바쁜 순간들을 보내고 한숨 돌릴 때마다 '우리 집 애는 이렇게 방치되는데 뭘 하겠다고 이렇게 일하고 있는 것일까'라는 자괴감이 들었고 '이 사람들은 왜 나를 대표로 뽑아놨을까'하고 원망을 쏟아내기도 했다.

협동조합은 이상과 가치를 가진 다섯 명만 모이면 설립이 가능한 법인체인데, 내가 속했던 협동조합은 '마을교육 실현'이라는 가치에 동의하는 70여 명이 만든 조합이었다. 그중 1/3은 일면식도 없는 사람들이고, 나머지 2/3는 마을 강사 양성 과정을 하며 알게 되어 길어야 6개월, 짧게는 2개월 인연을 이어온 것이 전부였다. 충분한 논의를 통해 설계되어도 유지가 될까 말까 염려스러운 협동조합을 3개월이라는 짧은 기간에 만들다 보니 체계를 잡아야 할 구석이 많이 보였다. 거기에다 '사회적 미션을 실행'하기 위한 비영리 법인(사회적 협동조합은 영리보다는 사회적 가치를 추구하는 비영리 법인이다)으로 출발하면서 대외적인 주목을 많이 받았다. 특히 양천구에서 '마을교육 사회적 협동조합'이 만들어진 것에 대해 양천구청을 비롯해 사회적 경제 조직들도 많은 관심을 보였다. 사업이나 경제에 관심이 전혀 없던 내가 이런 곳에서 임기 2년의 대표가 되었으니 모든 것이 막막하기만 했다. 2,000만 원 남짓한 출자금을 사업 자금으로 쓰면 조합은 1년이 못 가 사라질 것이기에 사업 자금 마련부터가 시급했다. 매년 한국사회적기업진흥원을 통해 '사회적기업가 육성사업'이 진행되는데, 여기부터 도전했다. 다행히 '사회적기업가 육성사업'을 통해 사업 개발비를 지원받게 되었고, 양천구청을 통해 교육 프로그램을 위탁 운영하며 순조롭게 사업이 진행되었다. 하지만 나의 하루하루는 매일 새로운 나라였다. 그렇게 2년, 수십 개의 기획안과 보고서를 작성하고, 실행하고, 정산하다 보니 초대 이사장의 임기가 끝났다. 임기가 끝나는 시점이 다가올수록 나에게 연임을 물어보는 사람이 많았지만 단호하게 NO라고 못을 박았다. 갑자기 시작한 일 때문에 가족계획이 엉망이 되었다는 이유였다.

아들이 네 살쯤 되면 둘째를 가지려 했던 가족계획은 임기가 끝난 후로 변경되었다. 아들은 네 살에서 다섯 살로 넘어가던 즈음에 당당히 동생을 요구하고 나섰다.

"엄마, 어린이집 친구들은 모두 형아, 동생, 언니가 있는데 나만 아무도 없어. 나도 동생이 있으면 좋겠어."

"동생?"

"응, 고추 달린 동생."

갑작스럽지만 구체적인 요구에 함께 이야기를 듣던 친정엄마와 나는 웃음을 터트렸다. 그러다 친정엄마는 곧 정색을 하며 타박했다.

"그러니까 진즉에 하나 더 낳아서 키울 때 같이 키웠어야지 뭔 대단한 일을 한다고 다니다가 아이한테 이런 소리가 나오게 하냐."

"기다려봐. 내년 2월 임기 끝날 때쯤 안 그래도 하나 가질까 하고 있어. 엄마는 왜 그런 잔소리를 해? 나도 속상한데…. 일을 당장 그만둘 수 있는 것도 아닌데 어쩌라고!"

결국 그날 아들의 당당한 요구는 모녀지간 다툼의 단초가 되었다. 이후에도 친정엄마는 아이를 봐주다가도 문득문득 "둘째를 빨리 가져라. 애가 외로워 안 되겠다. 무슨 놈의 대단한 일을 한다고…. 다른 집 애들은 벌써 둘째도 저렇게 컸는데 너는 어쩌려고 그래? 진즉 가지라니까 미루더니 이게 뭐냐"라는 식의 잔소리를 늘어놓으셨다. 그런 날은 어김없이 말다툼을 했고,

그 다툼 끝에 화가 난 엄마는 집으로 돌아가셨다. 그런 다툼은 결국 미뤄두었던 숙제를 해보자는 의지를 불러일으켰다. 남편과 나는 임기가 끝나는 전해의 가을쯤 둘째를 가져서 퇴임식이 2월이니 봄과 여름 사이에 낳자, 터울은 좀 나지만 그래도 둘째는 있어야겠다는 내용으로 합의를 봤다. 동생 타령을 이어가던 아들이 하루는 선심 쓰듯 이렇게 얘기했다.

"엄마, 내가 생각해보니 고추 안 달린 동생도 괜찮아."

나의 오만방자한 계획이 하늘은 마음에 들지 않았던 모양이다. 그렇게 간절한 아들의 소원은 이루어지지 않았다. 생리 예정일과 가임기, 배란일을 친절하게 알려주는 두 애플리케이션에 꼼꼼하게 기록하며 충실히 둘째의 생산을 위해 노력했지만 번번이 실패였다. 예비 산모에게 필요한 엽산이나 비타민 D가 부족하다는 산부인과 처방에 따라 꾸준히 약도 먹었다. 하지만 꽤 정확했던 생리 주기가 짧아지면서 배란 시기를 맞추기 어려웠다. 두 개의 애플리케이션으로 사생활을 기록했다. 확률을 높이고 싶었기 때문이다. 그런 내 모습을 보며 셋째를 계획하던 동네 언니가 경험담이라며 비법을 알려줬다.

"초음파로 보면 배란일이 꽤 정확한 거 같더라고. 나도 그렇게 날 받아서 했더니 둘째가 바로 생겼거든."

다시 산부인과를 찾았다. 아들을 받아주었던 의사 선생님께 지난 4~5개월간의 노력을 토로하며 확률이 가장 높다는 날짜를 받았다. 하지만 매번 임신 테스트기에는 핑크빛 줄 하나가 뜰 뿐이었다. 그렇게 6개월이 넘어가니 마음이 지치기 시작했다. 포기하지 못하고 마음만 조급해질 뿐이었다. 그러던 어느 날 병원 초음파 비법을 알려준 언니의 셋째 임신 소식이 들렸다. 지방 출장 중이던 남편에게 전화를 걸었다.

"언니가 셋째 임신했대."

"그래? 축하한다고 전해줘."

"응. 그런데 그 말이 잘 안 나와 겨우 했어. 나 나쁜 여자인가 봐."

깊은 한숨소리가 들려왔다. 그리고 이내 담담한 목소리로 남편이 말을 이었다.

"속상하겠지만 울지 마. 그렇게 애태우지 말고 조금 더 여유 있게 마음을 가져보자. 힘들어서 그런 거지 나빠서 그런 건 아니잖아. 그리고 꼭 둘이 아니어도 돼. 혼자지만 주변 사람들에게 사랑 주고 사랑받을 수 있는 사람으로 잘 키우면 돼."

끝날 것 같지 않던 겨울바람에 온기가 생기고, 노란 개나리가 웃음 짓는 봄이 찾아오는 골목에서 나는 2년간의 임기를 마쳤다. 그와 함께 9개월간 달력에 동그라미를 해가며 둘째 아이 만들기 위해 노력했던 일에도 마침표를 찍기로 했다. 주말마다 아들과 찾아다닌 소소한 여행에서 자유로움을 느끼며 출산에 대한 망설임은 사라졌기 때문이다.

아이를 위해, 혹은 우리 가족을 위해 둘째를 갖는다 치자. 임신 10개월에, 어린이집을 보내기 전까지 최소 1년에서 1년 반 또는 2년 넘는 기간을 다시 셀프 '희생'으로 자숙하는 삶을 살아야 한다는 압박감이 크게 느껴졌다. 처음일 때는 몰라서, 혹은 아이에 대한 기대와 걱정으로 많은 것을 내려놓고 사는 것이 당연하다고 생각했다. 출산 때까지 했던 입덧으로 외출은 물론 식사도 쉽지 않았던 임신 기간, 식도 역류로 50일 갓 지난 후부터 생후 6개월까지 누워 낮잠 잘 수 없는 아들을 안아 재워야 했던 나날의 고충이 자꾸만 떠올랐다. 세월호 참사와 함께 찾아왔던 우울증도 생각났다. 이 숙제는 누구를 위한 숙제일까? 꼭 해야만 하는 걸까? 숙제하고 나면 나는 행복할까? 숙제 해결하는 동안에도 행복할 수 있을까? 안 풀리는 숙제를 하느라 두 번째 사회생활에 가속이 붙은 내 삶을 정체시키지 말자. 뭐 내가 워낙 숙제를 잘 해갔던 모범생은 아니었으니까! 그렇게 나는 숙제를 하지 않기로 다짐했다. 물론 남편도 암묵적인 지지를 보내왔다.

조금씩 엄마의 자리를 되찾으며 어린이집 행사에 적극적으로 참여하게 되었다. 학부모 참여 수업으로 컵케이크를 만든다는 전날, 어느새 여섯 살이 된 아들이 쭈뼛쭈뼛 다가왔다.

"엄마, 내일 엄마들이 어린이집에 와서 컵케이크 만드는 날이래."

"엄마도 알고 있어."

"알고 있어? 그럼 엄마도 같이 갈 수 있어?"

"그럼. 엄마도 당연히 같이 가서 컵케이크 만들어야지."

아이의 표정이 순식간에 밝아졌다. 목소리에도 한껏 힘이 들어갔다.

"앗싸, 신난다! 엄마, 근데 친구들 중에는 엄마가 같이 못 오는 애도 있대."

"그럴 수도 있겠다."

"응. 그 친구들은 엄청 속상할 것 같아."

언제 이렇게 마음 깊은 아이로 성장했을까 싶은 생각과 더 어렸던 너도 그렇게 속상했겠구나 하는 마음이 교차했다. 그 순간 아이를 꼭 안아주며 이야기했다.

"우리 아들, 친구들 생각하는 마음이 예쁘네! 그 마음으로 친구들과 사이 좋게 잘 지냈으면 좋겠다."

이렇게 하나씩 자리를 잡아간다고 생각할 즈음 마음 한구석이 텅 빈 듯 허전했다. 아니, 불안했다.

대표직을 그만두고 평범한 가정주부로 돌아가면 나를 짓눌렀던 피로감, 일에 대한 고민, 직장맘의 고충에서 해방되리라 생각했다. 여유 있게 운동도 하고, 친구들도 만나고, 취미 삼았던 재봉틀도 돌리며 행복하고 즐거운 나날이 기다릴 것으로 생각했다. 하지만 현실은 달랐다. 대표 자리를 내려놓았지만 차마 임원직까지 던져버릴 수는 없었던 터라 그동안 했던 일의 일부를 돌보며 조합 운영에 참여하는 상황이 되었던 거다. 다시 여러 기획서를 작성하고, 구청 관계자들과 미팅에 참여했다. 자연스럽게 일주일에 2~4일은 출근하게 되었고, 자유로움에 대한 나의 기대는 하늘 높이 오르다 터지고 만 풍선이 되었다. 그때부터였던 것 같다. 내 마음이 삐딱선을 타며 그물처럼 엉켜버리기 시작한 것이.

늘 만나던 사람들이었는데 대표직을 그만둔 이후 대화 내용이 완전히 달라졌다.

"이제 둘째 낳으실 거예요?"

"아뇨. 안 생기더라고요."

"그럼 이제 이사님은 뭐 하시려고요? 이제 일을 안 하실 건가요? 아깝다. 고생하셨는데."

"글쎄 모르겠어요. 2년 경력으로 뭘 할 수 있을지 모르겠어요."

"그러니까 이럴 때 둘째 낳으면 딱 좋은데. 애가 안 생기다가도 어쩌다 훅하고 생기더라고요. 포기하지 말고 좀 더 기다려보세요."

포기하면서 짐 하나 덜었다고 생각했던 둘째 아이 얘기를 나누다 보면 내 미간에 주름이 생기고 있다는 걸 나 스스로 느낄 수 있었다.

'하하하! 그건 우리 집 가정사니 우리 집 가족계획에 관여하지 말아주세요'라고 말하고 싶었지만 있지도 않은 사회적 체면을 감안해 "하하하! 나이도 있고 저도 제 삶을 좀 더 재미있게 살아보고 싶어요"라고 대답했다. 그러면 돌아오는 대답은 한결같았다.

"아이고, 아이가 크면서 외로울 텐데…."

대한민국 사람들이 다른 가정의 가족계획에 그렇게 관심이 많은지 처음 알았다. 모두가 외동으로 자랄 아들의 외로움에 대한 책임을 엄마인 나에게 전가하는 것 같았다. 그것도 2년 동안 조합 일을 통해 만난 사람 대부분이 '엄마'였기에 이런 대화를 하고 나면 답답하고 때로는 서운하기도 했다. '어린 아들을 뒤로하고 일에 매달려야 했던 게 누구 때문인데'라는 원망의 마음이 커지기도 했다.

새로운 일이 필요하다는 생각이 들었지만 조합의 사정은 나를 진정한 프리랜서로 놓아주지 않았다. 신임 이사장과 새로운 직원은 내가 지난 2년 동안 잡아놓은 체계를 이해하고 적응하는 데 시간이 걸렸다. 새로운 관계망을 형성하는 과정에서 구청도, 조합도 내가 다리 역할 해주기를 바랐다. 이사장을 그만두기 전 혹은 직후까지 기획했던 프로그램에 참여한 강사들은 기획자로서 내가 모든 프로그램에 함께해주기를 청했다.

기획한 프로그램과 조합 운영에 관해 인수인계하는 데 6개월이 걸렸다. 나만의 방식으로 진행했던 일들을 팀으로 나누고 팀별로 인수인계하다 보니 회사 하나를 다시 차리는 꼴이 되었다. 이렇게 보내는 1년이 아깝다는 생각도 들었고, 빨리 여기서 벗어나 새로운 일 더 큰 '사회적 경제'를 배워보고 싶은 마음이 컸다. 우리 조합의 경영이 이렇게 복잡하고 어려운 것은 경험도 지식도 없는 내가 운영했기 때문이었을 거라는 자책감도 들었다.

처음으로 '지식'이 필요하다고 느끼며 공부에 대한 갈망이 커졌다. 마흔의 진로 고민이 시작된 것이다. 하지만 여기저기 이끌려 다니며 명확한 결론을 내리지 못하는 시간이 늘어가면서 이마저도 나이 마흔에 접어들어 부질없는 진로 고민에 빠져든 건 아닌가 싶었다. 뒤늦게 공부를 시작해 쌓은 지식으로 무엇을 할 수 있을까에 대한 질문에 대답하지 못할까 봐 두려워지기도 했다.

미로가 되어 깊은 곳으로 숨어가는 내 마음을 읽을 수 없어 답답한 지경이 되었다. 어디서부터 꼬여있는지, 어떻게 풀어야 하는지, 풀 수는 있는지, 어려운 미로를 또 풀리지 않은 숙제로 미루어야만 하는지…. 잠을 설치고 끼니를 거르는 날이 많아지면서 온종일 무기력한 상태로 보내는 날이 늘어났다. 눈송이처럼 예쁘게 흩날리는 벚꽃이 괜히 슬픈 봄날이었다.

마흔이 되면 안 아프던 곳도 아프다더니 하루가 멀다고 병원을 찾아야 했다. 오른쪽 손목에 염증이 생겨 일주일에 서너 번 정형외과를 찾아가 치료를 받았다. 잠을 못 자고 밥을 못 먹은 탓에 생긴 위염 증상으로 꾸준히 약을 먹으라는 처방도 받았다. 눈이 따끔거려 안과를 찾아갔고, 하루는 고열과 오한으로 응급실을 찾기도 했다. 봄의 향연은 찬란한데 나의 몸은 여기저기 아프다고 아우성이었다. 한방병원 치료실에 엎드려 손목부터 어깻죽지까지 침을 꽂고 적외선 온열기로 몸의 긴장을 완화하며 치료를 받는 중이었다. 스마트폰의 미세한 진동이 침대를 통해 몸으로 전해졌다.

'또 무슨 일이 잘못됐나 보네. 병원에 있을 거라고 했는데 전화한 걸 보니….'

당연히 조합 사무실에서 전화가 왔을 거라고 생각했다. 나의 퇴임과 함께 바뀐 직원이 아직 일이 서툴러 하루에도 여러 번 전화를 걸어 질문해왔기 때문이다. 그래도 다행이다. 여러 번 전화기 진동이 느껴지지 않았기 때문이다. 하지만 괜한 불길함 때문에 15분이라는 시간이 더디게 느껴졌다. 치료가 끝나자마자 침대 모서리에 모셔둔 스마트폰을 집어 들었다. 부재중 전화 한 통, 수십 개의 카카오톡, 그리고 한 개의 문자 메시지…. 부재중 전화부터 확인했다. 사무실이 아닌 모르는 번호였다. 같은 번호로 온 문자 메시지부터 확인했다.

[아리 누나, 여전히 바쁜가 봐요? 저 고비예요. 이번에 한국 들어왔어요. 혹시 시간 되면 이 번호로 연락해주세요.]

'어머, 고비?'

담당 간호사가 주치의의 진료 시간과 약 복용법을 안내하는데 듣는 둥 마는 둥 대답만 "네네" 하며 바쁜 내 마음을 내비쳤다. 그리고 치료실을 나서는 순간 곧바로 통화 버튼을 눌렀다.

"누나!"

"야, 언제 왔어? 완전 반갑다."

"이삼일 됐어요. 누나한테 제일 먼저 연락한 거예요."

"언제부터 꼬박 존댓말 쓰셨다고! 외국물 좀 드시더니 철들었나?"

"하하하! 잘 지냈죠? 얼굴 좀 봅시다. 누나 진짜 보고 싶었어."

고비는 스물아홉 살에 취미로 시작했던 포켓볼 동호회에서 만난 두 살 아래 친구다. 고비는 동호회에서 사용했던 닉네임인데 '고삐 풀린 비글'의 줄임말이었다. 자유로운 영혼을 표방하며 남다른 사고방식과 행동을 자랑하던 녀석이지만 한편으로는 생각하는 게 깊고 늘 내게 배려를 아끼지 않았던지라 나이는 나보다 어리지만 우린 오랜 친구처럼 지냈다. 식성이나 취향, 좋고 싫은 것 등이 비슷해 유독 잘 통했다. 고비가 우리 동호회에 들어왔을 때 나는 현재의 남편과 연애 중이었다. 고비의 등장으로 우리 셋은 팽팽한 삼각관계를 이루는 듯 보였다. 모임 후 뒤풀이를 할 때면 찰떡궁합 같은 우리의 케미는 빛을 발했다. 메뉴, 주량, 성격, 고민, 연애 스타일 등 공감할 대상이 너무 많았다.

사람이 고민이 있어 가까운 사람에게 털어놓을 때 갖는 기대 심리가 있다. 내가 섣불리 내리지 못하는 결론에 타당한 근거를 들어주며 나의 편이 되어줄 사람, 혹은 그런 대답을 기대하게 된다. 고비는 나에게 그런 사람이었다. 완벽하게 내 편에서 고민하고 나눠주는 친구였다. 고민에 대한 답이 부정적일 때도 마찬가지다. 왜 포기해야 하는지, 혹은 왜 쓸데없는 고민인지에 대해 냉철하게 결론을 내려주었다. 마치 내 마음의 소리를 듣고 있는 사람처럼…. 한마디로 고비는 나에게 소울메이트 같은 존재였다.

내 결혼식을 한 달여 앞둔 어느 날 고비 어머니의 부고 소식이 전해졌다. 결혼을 앞두고 장례식장에 가면 부정 탄다는 어른들의 잔소리를 피해 나는 비밀리에 장례식장을 다녀왔다. 영혼이 떠난 듯한 고비에게 어떤 말도 위로가 되지 않을 것 같았다. 내 손을 잡고 소리 없이 우는 고비에게 내가 해줄 수 있는 건 구부정하게 숙인 채 미세하게 흔들리는 녀석의 등을 토닥여주는 것뿐이었다. 한 달 후 결혼식장에 고비가 왔다. 신부 대기실에 들어선 녀석의 핼쑥한 얼굴이 안타까웠다.

"축하해, 누나! 오늘 엄청 예쁘네. 방을 잘못 찾아온 줄 알았어."

"고마워. 안 와도 되는데! 아직 정리할 일들도 많을 텐데…."

"와야지. 고맙다고 인사도 제대로 하지 못했는데. 그리고 오늘 아니면 당분간 못 볼 것 같아서 왔어요."

"어머, 왜?"

"미국 갈 것 같아. 아버지도, 나도 이 현실에서 좀 벗어나야 할 것 같아서 아버지 모시고 다녀오려고요."

"오래 있을 거야?"

"일단 여행으로 고모님 댁에서 지내고, 상황이 되면 몇 년 혹은 안 돌아올 수도 있어."

"언제 가?"

"한 달 후쯤?"

"신혼여행 다녀와서 보자. 그때 더 얘기하자."

"축하해! 진짜 예뻐. 행복하게 살아요."

그게 마지막이었다. 결혼 후 한 달은 눈 깜짝할 사이에 지나갔다. 신혼여행에서 돌아오자마자 양가 집안을 돌며 인사했고, 때마침 찾아온 김장철에 양가를 오가며 김장도 했다. 집안 살림을 정리하고 생전 처음 요리하면서 저녁을 준비하다 보면 하루가 짧았다. 녀석은 이미 한국을 떠났고, 나는 뒤늦게야 미처 전하지 못한 인사를 카톡에 남겼다. 그 답이 7년이 지나서야 돌아온 것이다. 당장 다음 날 점심 약속을 잡았다.

"아줌마티 좀 날 줄 알았는데 아직 괜찮네."

"하하, 고맙다. 그래도 아줌마티는 좀 나지? 나이도 많이 먹었고! 그나저나 너도 늙었다야. 하하하!"

말은 이렇게 했지만 세월이 나에게만 머물다 갔나 싶을 만큼 고비는 예전 모습 그대로였다. 서른 후반에 들었으니 배도 좀 나오고 머리도 좀 벗어졌을 거로 생각했는데 7년 전의 서른 초반 모습에서 크게 달라지지 않았다. 오랜만에 멋을 부린다고 입은 원피스의 아랫배에 올려둔 가방을 옆으로 내리면서 자연스럽게 테이블 쪽으로 밀착해 앉았다. 축 처진 아줌마 뱃살을 들키기 싫었다.

"고생한 티가 좀 나죠?"

"고생했어? 어떻게 지낸 거야? 진짜 궁금했어."

"일도 하고, 여행도 하고, 잘 지냈어요. 나도 진짜 보고 싶었다니까. 형님도 여전히 잘 지내시죠? 둘이 만난다고 서운해하시는 거 아냐?"

"서운해도 어쩔 수 없다고 하던데. 하하하!"

주문한 음식들이 나왔지만 우리의 수다는 끝이 없었다.

"카카오톡 프로필 사진이 아들이야? 누나를 진짜 많이 닮았더라고. 그래도 누난 다른 아줌마들처럼 육아에 치이고 막 그러진 않은가 봐. 아들 착하죠? 형님은 여전히 애처가일 테고…."

"아들도 착하고, 형님도 여전해. 다만 내가 좀 날라리 주부지. 하하하! 육아나 살림 때문에 힘들다는 소리는 잘 안 하는 거 보면…."

"그럼 뭣 때문에 힘든데?"

"응? 글쎄?"

갑작스러운 질문에 내 표정이 굳어졌는지 고비가 놀란 듯이 바라보았다.

"무슨 일 있구나? 여전하네. 누나 표정은 거짓말을 못 해."

가슴 한쪽이 따끔했다. 바늘에 찔린 것 같은 따끔함이 가슴에서 머리로, 머리에서 입으로 전달되었다.

"야, 너랑 얘기하면 그래. 그냥 특별히 무슨 일이라기보다는 결혼한 여자들이 한 번씩 겪는다는 고민을 지금 내가 하는 것 같아. 육아하면서 일하다가 다시 일을 그만두고 나니 앞으로 뭘 해야 하나, 애만 키워야 하나 싶은 거지. 하지만 그건 싫고, 그렇다고 짧은 경력으로 무슨 일을 하는 것도 쉽지 않고 그래. 내가 나이 마흔에 때 아닌 진로 고민을 하고 있다. 이런 게 넌 이해가 될까?"

후식으로 나온 커피를 한 모금 마시던 녀석이 몸의 방향을 내 쪽으로 조금 더 틀어가며 앉았다.

"아이 낳고 살림하다 보면 생각의 반경이 좁아진다면서요? 그래도 누난 안 그럴 줄 알았는데?"

"나도 사람이고 엄마인걸 뭐!"

"기억나요? 예전에 '그 사람이 살아온 그 모습 그대로가 빛날 때 그게 진짜 빛나는 거다. 일부러 빛나려고 노력하지 말자'라고 얘기했던 거?"

"그럼 알지. 내가 그 말을 얼마나 좋아하고 아꼈는데…."

"내가 좋아했던 아리 누나는 그렇게 스스로 빛나는 사람이었는데 지금 누나는 다른 사람 같아."

"어떤 사람 같은데?"

"7년이 지난 지금의 누나는 자기 스스로 빛을 숨기려고 작정한 사람?"

"그렇게 보여? 그래 맞아. 뭘 하고 싶은지, 어떻게 살고 싶은지, 내 삶이 잘 안 보여. 그래서 자꾸 숨게 되나 봐."

잠시라도 방황하거나 고민하고 있을 때 느낀 점을 거침없이 쏟아내며 내 정신을 번쩍 들게 해주는 건 고비의 주특기였다. 7년 만에 만났지만 여전한 모습이 오히려 반갑고 고마웠다.

"여행, 잘 안 다니죠? 누나 어딘가를 다니는 거 엄청 좋아했잖아."

"하하하! 넌 정말 별걸 다 기억한다. 여행이야 지금도 종종 가지."

"가족 여행 말고…. 최근에 가족 아닌 사람하고 여행 다녀온 적 있어? 아니면 누나 혼자 갔던 여행은?"

'여행 가본 지가 언제였더라! 지난해 추석 친정 식구들과 파주로 1박 2일 다녀온 게 마지막이었네. 가족 아닌 사람? 결혼 전? 혼자? 세상에 혼자 여행한 적은 한 번도 없었네.' 머릿속에서 잠자던 데이터들이 빠르게 움직이며 나를 자극하듯 외치고 있었다.

"그건 누구든 쉽지 않지. 특히 아이 엄마는. 그래서 가끔 기사로 그런 사람들 얘기 보면 부럽기는 하더라."

"한 번 해봐요. 1박 2일, 아니 당일치기로라도. 누나도 사람인데 하지 못할 이유는 없잖나? 아마 안하는 거겠지? 여러 가지 번거로운 상황이 생길까 봐서 말이야."

"그게 아니라…."

"생각이 좀 정리될 거야. 나 미국 간다고 했을 때 기억나요? 처음 미국 갈 때 아무 희망도 없이 갔거든. 어머니 그렇게 가시고 나니 인생 참 허무하더라고. 근데 혼자만의 시간이 거듭되니까 정리도 되고, 해야 할 일이며 하고 싶은 일도 보이더라. 1년만 더, 1년만 더, 하던 게 7년이 된 것도…. 그런데 하고 싶은 일을 하니까 한국으로 돌아가야겠다는 생각이 안 들더라고. 외롭지도 않고, 그렇게 싫어하던 공부도 하고 싶어져서 학교도 다니고 그랬어."

'인마, 그건 네가 결혼도 안 했고 남자니까 가능한 거야'라는 말이 툭 튀어나올 뻔했지만 참았다. 스스로 '결혼하고 애 딸린 아줌마는 그런 꿈을 꾸기 힘들어'라고 규정짓는 게 될 것 같았다. 대신 이렇게 얘기했다.

"내가 가능할까? 나도 그렇게 할 수 있을까?"

"안 되는 이유를 찾지 말고 할 수 있는 명분을 찾아봐. 누나 그렇게 보수적이고 자신 없던 사람 아니었는데 이제 변한 거야? 내가 알던 그분이 아닌 것 같아."

몇 분 사이 애써 숨기려 들었던 마음이 바닥까지 드러나고 말았다. 자기방어적으로 다른 사람들에게 했던 변명이 고비 앞에서는 빈껍데기로 남아버렸다.

"너 갑자기 나타나 내게 왜 이래? 시비도 걸고 이상한 바람까지 넣고 그러니 무섭잖아."

"하하하! 바람, 좋네. 바람 좀 나면 어때? 필요할 땐 바람도 좀 쐬고, 바람도 좀 맞아보고, 바람나서 날아다녀보기도 하고 그래. 누나한텐 지금 그게 필요한 것 아닐까? 지금 누나는 몇 년 동안 애벌레 껍질에 갇혀서 누군가 날게 해주기를 기다리는 나비, 바람 타고 엄청 멀리 날고 싶은 나비 같은데?"

"바람? 히야 생각만 해도 설렌다. 근데 가능할지 모르겠다. 그나저나 넌 이제 뭘 할 건데? 다시 미국엔 안 가는 거야?"

환하게 웃던 고비의 얼굴이 청량한 가을바람처럼 어느새 차분해졌다. 그윽한 눈빛으로 나를 바라보며 대답했다.

"사실은 나도 그것 때문에 한국에 왔어요."

"뭐?"

"바람 좀 나볼까 해서. 한국에서 대학원에도 다니고 사업도 제대로 해보려고 그래. 스쿠버다이빙을 하면서 보니까 환경 문제는 심각한데 이왕 좋은 일을 할 거면 한국에서 해야지 싶더라고. 그래서 일단 왔고, 요즘 관련 정보를 얻으려고 여기저기 다니는데 사회적 경제 쪽으로 해보면 어떨까 싶어서 그쪽 학교 먼저 알아보고 있어."

"진짜로 네가 공부랑 바람도 나는구나. 좋다! 멋져!"

"누나, 좋아하는 일을 찾아서 하는 데에는 나이도, 성별도, 환경도 없더라고. 형님이랑 잘 상의해봐. 방법을 찾아주면 찾아줬지 이해하지 못할 분은 아니잖아?"

"얼마나 더 날라리 주부가 되어야 내가 행복해질 수 있을까?"

"누나가 행복해야 아들이 행복하고 가정이 행복한 거야. 그건 변하지 않는 진리 아닌가? 난 아직도 어릴 때 엄마가 슬퍼할 때 내가 불행했던 기억을 지울 수 없어. 이제 막 행복함을 느끼던 엄마가 너무 급하게 떠나셨잖아. 행복한 엄마가 되어야 해. 그걸 엄마가 떠난 후 더 많이 느껴요."

고비의 진심 어린 이야기에 고개를 조용히 끄덕였다. 짧은 만남을 아쉬워하며 자주 연락하자는 기약 없는 약속을 하고 헤어졌다. 내 마음속 미로는 더 복잡해지고 있었다.

"한동안 죽을 것 같은 얼굴이더니 오늘은 좀 낫네. 고비 보니까 그렇게 좋아? 잘 지냈대? 같이 보면 좋았을 텐데 아쉽네."

"다음에 집으로 와서 술 한잔하자고 했어. 형님 보고 싶어 하더라."

저녁을 먹으며 반주를 곁들였다. 고비와의 대화가 주를 이루었고 이야기가 깊어지면서 차가운 소주 한 병의 뚜껑을 더 따며 술잔을 기울였다.

"역시 젊음이 좋네. 그렇게 젊은 친구들과 많이 만나고, 얘기도 많이 나누고 그래. 동네 역량 있는 분들과 일하는 게 나쁜 건 아닌데 같은 처지에 있는 주부들과 함께하면서 너는 너 자신을 스스로 가두었던 것 같아. 내가 강요한 것도 아닌데 말이야."

"우리 아들도 아직 어리고, 오빠도 힘들게 일하는데 뭐."

"내 몸 성할 때 공부할 거 공부하고 일하고 싶은 걸 찾아. 나이 더 들어서는 하고 싶어도 하지 못할 수 있어. 너 요새 몇 달 인상 쓰고 괜히 짜증 내는 동안 아들 마음이 어땠을까? 노래 듣다 눈물 흘리면 휴지 가지고 와서 '엄마, 울지 마' 하는 아들이 그동안 어떤 마음이었을까? 이렇게 지내면 오히려 나나 아들한테 독이야. 우리를 뒤로 미루어놓고 온전히 너만 생각해봐."

"나만 생각하기엔 당신이 너무 힘들게 일한다는 걸 너무 잘 아니까 그렇지."

남편이 짧은 한숨을 내쉬더니 잔에 있던 소주를 들이켰다. 그리고 이내 나지막한 목소리로 말을 이었다.

"내가 왜 당신이 하고 싶은 일 모두 하라는 줄 알아? 나는 내 희생이 필요하다는 걸 너무 잘 알거든. 우리 가족의 행복을 위해 적어도 누구 하나는 돈을 벌어야 해. 물론 나도 내가 하고 싶은 일을 하면서 돈도 잘 벌면 좋겠지만 현실이 쉽지 않다는 거 알잖아. 그래도 힘들거나 불평은 없어. 당신이나 아들이 하고 싶은 일 해가면서 행복하게 지낼 수 있으면 내 희생이 아깝지 않을 것 같아. 나중에 당신이 하고 싶은 일로 돈 잘 벌게 되면 그땐 내가 집안 살림하면서 하고 싶은 일도 하려고 그래. 그때까지 기다리는 거니까 일단 당신부터 하고 싶은 일을 찾아서 하자."

"이 남자들이 왜 자꾸 나를 부추겨. 이러다 나 진짜 바람난다!"

"제발 좀 나라! 그런 바람이면 지금이 딱 좋다!"

생각보다 더 호의적인 남편의 대답에 눈물이 핑 돌았다. 쉽게 마음을 들키는 게 싫어 태연한 척하며 더 당당하게 나가보자는 마음이 생겼다.

"그럼 나에게 1박 2일의 시간을 만들어줘. 여행 다녀올게."

잠시 생각하던 남편은 곧 고개를 끄덕였다. 때마침 창밖에서 불어온 바람이 제법 따뜻해졌다. 곧 뜨거운 여름이 올 모양이다. 따뜻한 바람에 눈물이 나는 건 왜일까?

기회는 쉽게 찾아왔다. 가깝게 지내는 작은 벤처 대표가 직원들의 워크숍을 의뢰해왔다. 1박 2일 워크숍을 강원도로 가고 싶다며 나의 고향 가이드를 부탁했다. 남편과 의논해 공식적인 1박 2일 일정을 2박 3일로 만들었다. 하루는 친정, 하루는 시댁에 아이를 부탁했다. 워크숍 일정이 끝나는 시간부터 온전히 나만의 1박 2일이 생긴 것이다.

1박 2일의 워크숍은 눈 깜짝할 사이 흘러갔다. 참여한 팀과 인사를 나누고 길을 나서는 순간 놀랄 만큼 심장이 뛰었다. 이런 게 설렘이구나 하는 생각이 들었다. 조용한 산속에 물 흐르는 소리, 바람에 퍼지는 풍경 소리가 가득한 작은 절 선암사에서 몇 시간을 앉아있었다. 새소리, 바람 소리, 나뭇잎이 맞닿아 춤추는 소리 등 자연의 협주는 사람의 마음을 편안하게 해주는 놀라운 오케스트라였다. 세상에 태어나 처음 이틀 밤을 따로 자는 아들 걱정도 이 순간만큼은 하고 싶지 않았다. '잘 지낼 거야'라고 최면을 걸며 나에게만 의식을 집중했다. 마음의 흐름을 따라 바다로 향했다.

어두운 동해에 파도치는 소리만 들려왔다. 파도 소리가 잘 들릴 만한 식당에 들어가 창가에 자리를 잡았다. 동해의 명물 곰치국과 소주를 함께 주문했다. 따뜻하고 개운한 국물과 소주는 누가 봐도 찰떡궁합이다. 혼자 마시는 술이 이렇게까지 맛있나 감탄하며 소주잔을 채우는 순간 식당 사장님과 눈이 마주쳤다.

"어떻게 혼자 오셨어요?"

"아, 저요?"

'이팔청춘 젊은 여자도 아닌데 혼자 술 마시는 모습이 어색해 보였을까' 라는 생각도 잠시, 이 순간을 즐겨보기로 했다.

"휴가를 받았거든요."

"휴가요? 아, 군인이세요?"

"네? 군인이요? 하하하! 아뇨, 육아 휴가를 받았어요."

머쓱해진 사장님이 자리를 뜨고 난 후 잔을 마저 채웠다. 찰랑대는 소주처럼 내 마음속에도 무엇이 찰랑거리는 소리가 들리는 듯했다. 저절로 웃음이 나왔다.

지난 몇 달 무엇이 나를 힘들게 했는지, 아니 왜 나는 힘들다고 투덜거렸는지, 내 생각과 마음이 왜 달랐는지, 가족은 나의 어떤 모습을 바라고 있는지, 곰곰 되새겨보았다. 소주 한 잔에 생각 하나를 곁들이다 보니 참으로 별것 아닌 일에까지 혼자 발 동동 굴렀다는 생각도 들었다. 이제 나이 마흔인데 목숨이 얼마 안 남은 사람처럼 하루하루를 아까워했던 건 아닌지, 세상의 편견이 두려워 스스로 벽을 만들고 나를 가두었던 건 아닌지, 남편과 가족의 지지가 없을까 봐 두려웠던 건 아닌지 나를 반성하고 돌아보는 것만으로도 충분히 좋은 시간이었다.

계산을 마치고 식당을 나서는 길, 스마트폰의 벨이 울렸다. 공식적으로 2박 3일 출장 일정이지만 실제로는 나 홀로 망중한을 즐기고 있기 때문에 양가 어른들에게 전화하지 않겠다고 했던 터라 늦은 저녁 벨 소리에 나도 모르게 걱정부터 앞섰다. 발신인을 확인하니 웃음이 나왔다. 나에게 바람을 부추겼던 고비였다.

"누나, 여행 갔다면서?"

"넌 어떻게 알았어?"

"형님한테 안부 전화했더니 내 덕에 바람났다고 좋아하시던데. 하하하!"

"그래, 나 바람난 여자야! 아, 바람 너무 좋네. 진작 바람 좀 나볼 걸 그랬다."

마흔 살, 유혹이 많은 나이다. 새로운 것을 배우기에도 좋고, 여행을 다니기에도 좋은 나이다. 아이와 추억을 만들기에도, 동심으로 돌아가기에도 좋은 나이다. 세상의 변화에 적응하는 것도, 새로운 사람을 만나는 것도 좋다. 아직 늦지 않았다. 유혹을 알게 된 마흔 살의 나는 새로움에 도전하고 있을 마흔한 살의 나를 기다려본다. 나의 마흔 살 진로 고민은 현재진행형이다. 아니, 미래지향형이다.

내 이름은

노승림

나는 내가 아니었다. 나는 엄마였다. 어느 순간부터 윤선아가 아니라 아이의 이름으로 불리고 있었다. 하울아, 하울이 엄마, 하울이 어머니…. 유치원 선생님으로부터 걸려온 전화도 그랬다.

"안녕하세요, 하울이 어머님. 저는 하울이 담임이에요. 그동안 하울이가 유치원에서 어떻게 보냈는지 담은 사진을 이메일로 보냈어요. 한 번 확인해보세요."

저자는 1974년 서울에서 태어나 대학에서 경영학을, 대학원에서 디지털미디어를 전공했으며 10여 년간 인터넷 기업에서 비즈니스와 서비스 기획을 담당했다. 한때는 착한 딸, 자유로운 영혼, 완벽주의자, 잔다르크, 하녀 근성, 쌈닭 등 수식어가 많은 시절을 보내기도 했다. 그러나 지금은 연지와 시율이의 엄마일 뿐이다. 스펙 한 줄조차 채울 수 없다는 사실에 놀라 밤잠을 설쳐가던 중 심신의 안정을 위해 가까스로 책을 들었다. 또한 기록 차원에서 리뷰를 쓰기 시작해 어느새 100편을 훌쩍 넘겼다. 결국 글을 체계적으로 배우고 싶어 '나도 작가' 과정에 참여했고, 처음으로 소설을 완성했을 때에야 비로소 조심스럽게 작가를 꿈꾸게 되었다. 언제 어느 때든 글을 통해 독창적인 시선으로 보편적인 감성을 노래하고 싶다.

오랜만에 메일함을 열었다. 손길이 닿지 않은 이천 통의 메일로 가득 차 있었다. 하루에 평균 다섯 통씩 왔는데 일 년 넘게 열어보지 않았다. 맨 위 칸에 '하울 어머님께, 한 학기 동안 찍은 사진을 보냅니다'라고 적힌 제목이 눈에 띄었다. 압축 파일을 푸니 백여 개의 사진이 쪼르륵 떴다. 손가락으로 V를 그리거나 티라노사우루스가 포효하는 듯한 포즈가 눈에 띄었다. 가르쳐주지 않았는데 어디서 배운 걸까? 실눈을 뜬 채 박장대소하는 얼굴에서는 남편이 오버랩됐다. 쓴웃음을 지으며 폴더를 닫았다.

다른 메일함을 열었다. '쉿, 하울이 어머님께 알려드리는 00테마파크 할인권' '고별의 앤서니 브라운전, 하울이에게 꼭 보여주세요' '자녀 김하울의 영유아 검진 기간 안내' 등…. 내 메일함이었지만 내 이름은 없었다. 하울이를 위한 메일로 넘쳐났다. 이 말도 안 되는 상황이 씁쓸했다. 과연 내게 온 메일은 없단 말인가? 메일을 뒤지기 시작했다. 두 번째 페이지로 넘겼다. 투자나 대출을 받으라는 광고 혹은 무슨 사단법인에서 보내는 정기 메일로 가득했다. 세 번째, 네 번째 페이지를 넘겼다. 그만둘까? 그러면서도 기계적인 동작을 멈추지 못했다.

일곱 번째쯤인가에서 내 이름이 보였다. '윤선아에게'라니 놀랍고 반가웠다. 뜻밖의 부름에 심장이 빨라졌다. 심호흡으로 흥분을 가라앉혔다. 조심스럽게 클릭했다.

선아야, 어떻게 지냈니?

나는 미래의 내가 무척 궁금해.

설마 우울한 기억에서 벗어나지 못한 건 아니겠지?

그 일은 분명 고통이었으니까.

잊은 건 아니었다. 무심해졌다는 것이 맞았다. 하울이와 남편을 뒤치다꺼리하느라 바빴다. 가끔 눈썹 그리는 것조차 깜박하고는 했다. 한 번은 아이 친구 엄마가 놀렸다.

"어머 하울이 엄마, 모나리자 닮았네."

이 메일은 내가 쓴 것이다. 정확히 십 년 전의 내가 십 년 후의 나에게 보낸 메일이다. 다른 것은 잊어도 이것은 잊을 수 없다. 물론 그 일도 똑똑히 기억하고 있다. 그러니까 십 년 전의 나는 지금과 많이 달랐다. 하울이가 없을 뿐더러 하울이 엄마도 아니었다. 내 이름 석 자로 불리고 있었다. 내 이름은 윤선아였다. 정확히 말하면 선아 대리로 불렸다.

"선아 대리, 실적 보고했어?"

"선아 대리, 이번 건 지난번보다 규모가 커. 콘셉트가 기발해야 한다고."

"대리님 혼자만 다하는 것 아녜요? 여기 다크서클 좀 봐."

나는 신용카드 회사에서 인정받는 마케터였다. 내 업무는 제법 큰 규모의 행사나 이벤트였다. 그 일을 하게 된 것은 어디까지나 행운이었다. 회사에서 미다스의 손으로 불리던 서 과장에게 지목된 후 누구보다 혹독하게 일을 배웠다.

"실력은 성실에서 나와. 동기보다 한 시간 늦게 퇴근하고 주말에도 출근해. 삼 년만 그렇게 해."

업무는 늘 벅찼다. 아침에는 기획서를 작성하고, 점심에는 업체와 미팅하고, 저녁에는 시안을 내놓아야 했다. 엄청난 부담감으로 위염과 두통에 시달렸지만 그녀의 말을 신봉하며 사생활까지 반납했다. 그러다가 해외 유명 밴드와의 공연을 맡은 김 대리가 조산으로 하차한 후 그 공백을 내가 메우게

됐다. 뜻밖에 호평을 받자 덩달아 내 몸값이 올랐다. 그 후 굵직한 행사마다 선아 대리란 이름이 낙관처럼 박혔다. 공공연하게 성공 보증수표로 불렸다. 승승장구하는 만큼 시기와 질투를 한몸에 받는 이름이기도 했다. 어마어마한 예산을 펑펑 쓰고 내 눈치를 보는 이가 늘어갈수록 기고만장해졌다. 외주 업체나 관계사에 큰소리를 치고, 새로 들어온 후배에게 다시 써오라며 기획서를 던지기도 했다. 현대백화점에서 옷을 사고, 압구정에서 머리를 만졌으며, 명품 백을 들었다. 몸매 관리 겸 필라테스도 배웠다. 꽤 자신만만했고 대단한 줄 알았다. 남편과 혼수를 의논할 때 이렇게 말했다.

"웬만한 건 다 있으니까 샤넬 백 해줘."

생각해보면 워커홀릭이자 안하무인이었다. 나는 의기양양하다 못해 모든 것이 우스웠다. 세상이 나를 위해 존재한다 생각했고, 내가 살짝 손을 대도 뭐든지 이룰 수 있는지 알았다. 겉멋이 들다 못해 뻔뻔하고 당돌했다. 엄마는 혀를 차면서 슬쩍 이런 말을 했다.

"그래, 젊고 예쁘니까 네 맘대로 해라. 그것도 한때니까."

엄마 말은 틀린 법이 없다. 정말 그때까지 그랬다.

"선아 대리, 여기야."

오랜만에 만난 입사 동기 지원이가 손짓을 했다. 그녀가 들어 올린 손목에서 묵직한 백금 팔찌가 번쩍였다. 어깨 아래로 세련된 컬이 바람에 휘날렸다. 블랙 쉬폰 블라우스에 화이트 와이드 팬츠를 입으니 훨씬 호리호리했다. 나는 가방으로 복부를 가리며 아이가 잡고 있는 꽃무늬 원피스 자락을 떼려고 애썼다.

"지원 대리, 아니 승진했으니 임지원 팀장님이라고 불러야지?"

나는 축하할 요령으로 그렇게 둘러댔다.

"우리끼리 뭘. 옛날처럼 부르자. 근데 하울이를 데려오는지 몰랐어."

"미안. 어제 남편이 중국으로 출장 갔어. 딱히 맡길 데도 없어서."

그녀는 하울이 앞에서 무릎을 꿇고 눈높이를 맞췄다.

"하울아, 이모 알아보겠어?"

아이는 움츠러들며 내 뒤로 숨었다.

"미안. 하울이가 낯가림이 심해."

"요만한 애들이 다 그렇지 뭐."

그녀는 우리를 앞세우고 호위무사처럼 인파를 헤쳐 나갔다. 약속 장소는 남산 근처에 자리 잡은 호텔이었다. 그곳 루프톱에는 탁 트인 전망을 자랑하는 바 겸 라운지가 있었다. 지난번 통화 때 내가 숨통 트이는 곳에 가고 싶다고 했던 것을 기억했던 모양이다. 들어가려는데 직원이 입구 앞에서 막았다.

"죄송하지만 성인만 입장할 수 있습니다. 아이는 데리고 오시면 안 됩니다."

당황한 내가 지원이를 쳐다봤다. 그녀는 능숙하게 응대했다.

"저희 룸 예약했어요. 마지막 타임에 나갈 거니 아무도 못 봐요. 쥐 죽은 듯 있을게요."

그리고는 나에게 귓속말로 미안하다고 속삭였다. 나는 괜찮다고 말하며 고개를 저었다.

룸에서는 예전 동기들과 퇴사 전 데리고 있던 팀원 몇 명이 건배를 하고 있었다. 나를 보자 뛰어와 얼싸안거나 악수를 청했다. 갑작스러운 만남에 얼굴이 붉어졌다.

"선아 대리님, 얼굴 너무 좋아 보인다."

"살 많이 쪘지?"

"선아 대리, 일루 와. 아직도 맥주 잘 마시는감?"

선아 대리란 말은 마치 마법처럼 육여 년의 시간을 거슬러 그때로 돌려 놓았다. 잔을 부딪치고 시원하게 들이켰다. 와 하는 박수 소리가 터져 나왔다. 나는 예전처럼 목젖이 보이도록 호탕하게 웃었다. 누군가 아이를 키울 만하냐고 물었다. 나는 밤새지 않아서 좋지만 산출물이 없어서 허탈하다고 했다. 역시 선아 대리는 워커홀릭이야. 그럼 다시 나와. 지원 팀장이 자리 하나 못 만들겠어? 그때 지원이가 말을 끊었다.

"됐어. 한창 손 많이 가는 애를 두고 어딜 나와."

"선아 대리는 안 돼. 일에 미쳐 애도 나 몰라라 할 거야. 그러다가 유산까지 했잖아."

순간 정적이 일었다. 말한 당사자가 당황해 말을 잇지 못했다. 나와 눈이 마주쳤다. 그의 눈빛에서 미안함이 흘러나왔다. 가슴이 콩닥거렸고 온몸이 저리면서 아파졌다. 그때 와장창하는 소리가 났다. 하울이가 선반 위에 오르다가 꽃병이 떨어진 것이다. 나는 속상함을 제쳐두고 반사적으로 뛰었다. 아이를 잡아 부둥켜안고서 팔과 어깨에 다친 데가 없는지 살폈다. 지원이가 다가왔다.

"하울이 괜찮아?"

"팔꿈치가 살짝 긁혔어. 미안하지만 가방 안에서 마데카솔과 일회용 밴드 좀 갖다 줘."

그녀는 내 가방을 뒤져 약품을 챙겨왔다. 나는 능숙하고 꼼꼼한 손놀림으로 응급 처방했다. 아이는 눈물을 그친 채 내 품을 파고들었다. 아이를 질질 끌다시피 해서 소파 끄트머리에 앉았다. 모두 그 광경에 눈을 떼지 못하고 있어 나는 괜찮다는 손짓을 보냈다. 누군가 맥주 한 잔 줄까 했지만 이따 마시겠다고 했다. 서먹했던 분위기는 잠시 후 요즘 회사 내 공공의 적에 관한 이야기로 흘러갔다. 아이는 가볍게 코를 골며 잠이 들었다. 이마 위의 젖은 머리카락을 가만히 넘겨주었다. 옆에 있던 메뉴판을 부채 삼아 부쳤다. 괜히 엄마를 따라왔다가 다친 것 같아 미안했다.

"하울이 자니?"

지원이가 다가와서 물 한 잔을 내밀었다. 벌컥벌컥 들이켰다. 타는 목을 적셔줄 정도는 됐다.

"괜히 여기로 잡았나 봐. 네가 기분 전환하길 바랐는데."

"아니야 좋아. 오랜만에 예전 생각도 나고."

"눕히고 이쪽으로 와."

"선잠 들었어. 눕히다가 깨면 또 분위기 망칠 거야. 너나 가서 마셔."

그녀는 돌아가지 않고 측은한 얼굴로 나를 봤다. 헝클어진 머리를 귀 뒤로 넘겨주며 말했다.

"선아 대리, 아니 하울이 엄마, 너 참 많이 변했다."

하울이 엄마라는 말에 나도 모르게 볼멘소리가 나왔다.

"애 엄마가 다 그렇지 뭐. 넌 안 낳아봐서 모르겠지만."

"그렇지만 이런 원피스는 네 취향이 아니잖아? 저 보따리 같은 가방도 그렇고. 여행 온 것도 아닌데 아이 여벌옷까지 챙겨야 하는 거야?"

"엄마, 유치원에서 내가 심은 거야."

하울이는 유치원으로 데리러 온 나를 보자마자 손에 들린 작은 봉투를 내밀었다. 열어보니 아이스 아메리카노 일회용 컵이 들어있었다. 반쯤 흙이 담겨있고 그 위에 콩알 몇 개가 굴러다녔다.

"하울아, 이게 뭐니?"

"강낭콩. 여기에 물을 주고 햇빛을 주면 엄청 자란대. 이만큼."

아이는 자신의 키보다 높이 팔을 뻗었다. 내가 말없이 쳐다보자 믿지 못하는 줄 알고 까치발로 키를 높였다. 그 바람에 눈이 튀어나올 듯 동그래지고 입마저 크게 벌어졌다. 나는 웃음이 나서 아이의 머리를 쓰다듬었다.

"그렇구나. 잘 키워보자."

"난 물 못 주는데. 엄마가 줄 거지?"

대답 대신 한숨이 나왔다. 이로써 일거리가 하나 더 늘었구나. 아이의 학습을 뒤치다꺼리로 보는 것은 문제지만 끝도 없는 집안일의 굴레가 있는 한 그런 마음이 드는 것은 어쩔 수 없다. 엄마도 사람이니까.

아이는 집 앞 놀이터에서 미끄럼틀을 타고 싶다고 졸랐다. 딱 한 번만이라며 두 손을 꼭 쥐고 오른쪽 검지를 내밀었다. 그 간절함에 또 웃음이 새어 나왔다. 그럼 딱 한 번이야. 앗싸를 외치며 달려가는 뒷모습에서 왼쪽 엉덩이에 물든 파란색 물감이 눈에 들어왔다. 저것을 또 어떻게 지워야 하나? 아까 돌린 빨래도 널어야 하는데…. 옆집 아줌마가 그렇게 서 있지 말고 앉으라며 벤치 한쪽 자리를 내줬다. 고맙다는 인사를 하는 둥 마는 둥 벤치에 앉았다. 아이는 앉지 않고 앞으로 누워 미끄럼틀에서 내려왔다. 나는 고꾸라지는 줄 알고 놀라 일어섰다. 그러나 아이는 재빨리 슈퍼맨처럼 착지하더니 그네 쪽으로 달려갔다. 나는 아이로부터 눈을 떼지 못했다. 어떻게 잘못되지 않을까 해서다. 활동량 많은 사내아이는 언제 어떻게 다칠지 몰랐다. 남편은 그런 나를 볼 때마다 아들 과민증 환자라고 놀렸다. 나는 아랑곳하지 않았다. 그러다가 진짜 큰일이라도 나면 어쩌려고…. 결국 내 탓할 것 아닌가? 한 번 속지 두 번 속나. 하울이는 첫아이가 아니었다. 엄밀히 말하면 두 번째 아이였다. 첫아이 유산 후 사 년 만에 생긴 아이였다. 하울이가 생길 때까지 얼마나 마음 졸이며 살았는지 모른다. 그 사건이 지금의 나를 만들었다. 선아 대리가 아니라 하울이의 엄마로.

"선아 대리, 옷이 왜 그래?"

본부장이 다급히 나를 불러세웠다. 아무렇지 않게 쳐다보는 나를 위아래로 훑어보더니 놀란 입을 다물지 못했다. 내 옆의 지원이에게 화장실로 데려가라고 지시했다. 주위에서 비명이 사이렌처럼 울렸다. 손을 떨며 다가온 지원이가 '자 얼른' 하면서 나를 질질 끌었다. 나는 신경질적으로 손을 밀쳤다.

"나 바쁜 거 안 보여?"

"야, 정신 차려 윤선아."

그녀는 완력으로 나를 끌고 갔다. 그 와중에 마주친 동료의 두려운 눈빛들. 소리친 것은 이들이었구나. 화장실 미닫이문에 빨려 들어간 나는 세면대 위의 거대한 거울 앞에 섰다. 그녀는 나의 몸을 돌렸다. 아침에 입었던 건 분명 하얀 치마였는데 붉게 물들어있었다. 빨개도 너무 빨갰다.

"생리야 뭐야? 아무 느낌도 없었어? 배도 안 아파?"

나는 후다닥 변기 칸으로 뛰어들었다. 치마를 내리고 스타킹을 벗었다. 피가 다리 사이로 줄줄 흐르고 있었다. 이미 속옷은 흥건하게 젖었다. 패드를 하지 않았다면 더 끔찍할지 몰랐다. 아침부터 슬슬 배가 아팠던 것은 사실이었다. 임신 이후로 종종 배가 아팠다. 의사 말로는 예민한 경우 새로운 생명체가 자리 잡는 과정을 느낄 수 있다고 했다. 만약 출혈이 있다면 아기집이 떨어져 나갈 수 있으니 피곤하면 무조건 쉬라고 했다. 그것은 어디까지

나 노파심에서 나온 말인 줄 알았다. 배 아프다고 피를 흘린 적은 없었으니까. 뮤직 페스티벌을 준비하느라 꽤 골몰했지만 예전에 비하면 설렁설렁했다. 서 과장은 중요한 일을 앞두고 덜컥 임신한 것에 대해 군말 없이 두둔해줬다. 남들 다하는 주말 근무에서 당당히 제외됐다. 잘 만큼 자고 그 흔한 입덧 한 번 없었다. 대체 어떻게 된 영문인지 알 수 없었다. 지원이가 문을 두들기며 괜찮은지 물었다. 손목시계를 봤다. 프레젠테이션까지 한 시간 남았다. 일단 변기에서 일어났다. 걸을 정도는 됐다.

"지원 대리, 편의점 가서 속옷 좀 사다 줘. 그리고 내 책상 서랍 맨 아래 칸의 블랙 팬츠도 갖다 줘."

"괜찮은 거야?"

"영식 씨한테 자료 누락된 거 없는지 확인하라고 해."

지원이가 건네준 물티슈로 대충 닦고 옷을 갈아입었다. 거울로 옷매무새를 점검하고 사무실로 향했다. 서 과장이 달려왔다.

"윤선아 대리, 얘기 들었다. 얼른 병원 가."

"프레젠테이션에서 제 파트 하고요. 그거 마치고 가겠습니다."

"아니, 그것까지 내가 한다. 내 말 들어."

나는 온몸의 힘이 풀렸다. 이 행사는 하반기 최대 규모로 회사 사활이 걸렸다. 게다가 나에겐 운명처럼 다가온 기회였다. 무려 열한 명의 경쟁자를 제치고 발탁된 나였다. 이것을 해낸 선아 대리는 회사 내 독보적 존재가 될 것이다. 고지가 저만치 보이는데 이제 와서 빠지라고? 아프다는 핑계로?

"싫어요. 할 거예요."

"몸보다 소중한 건 없어. 고집 피우면 네 남편보고 데려가라고 할 거야."

"선아야, 괜찮아?"

눈을 떠보니 천장이 온통 하얀색이었다. 밥공기 크기만 한 동그라미가 음각으로 사방팔방 있었다. 낯선 풍경이었다. 어디지? 커다란 얼굴이 시야 한가득 들어왔다. 훤칠한 이마에서 샘물 같은 땀이 송골송골 맺히다 또르르 흘러내렸다. 그것은 거무스름하고 촉촉한 턱수염에서 맴돌다가 하얀 시트 위에 떨어졌다. 바싹 마른 입술에 버짐처럼 허옇게 피어난 입가와 대조적이었다. 십 년을 훌쩍 넘긴 듯 초췌한 얼굴의 남편이었다.

"감각이 없어."

"조금 있으면 마취 풀릴 거래. 그때 아플지 몰라. 진통제 놔달라고 했으니까 걱정하지 마."

그는 내 손을 꼭 잡고 있었다. 그때 어디선가 튀어나온 엄마가 맞잡은 손을 밀치고 얼굴을 들이밀었다.

"아이고, 김 서방 수고했다. 얼른 가서 밥 먹고 와라. 여긴 내가 있을 거니까."

엄마는 괜찮다는 그를 억지로 문밖으로 쫓아냈다. 사위를 내보내고 획 돌린 얼굴은 웃음기 없이 매서웠다. 한참 노려보더니 한 손을 들어 올려 때릴 듯한 시늉을 했다.

"내가 못 산다, 너 때문에. 그렇게 몸조심하라고 했거늘. 첫애부터 이러면 다음은 더 힘들어. 가뜩이나 나이 삼십에."

"아, 엄마…."

"망신이지 뭐니. 아이고 내가 김 서방 얼굴을 쳐다볼 수가 없더라. 수술하는 내내 아주 가시방석이었다 내가. 사돈에게 또 뭐라고 할꼬? 가뜩이나 손이 귀한 집인데."

엄마는 모든 것을 당신 탓으로 돌렸다. 자기가 딸을 잘못 키웠다고. 똑똑하기 전에 생명 소중한 것을 가르치지 못했다고. 반면 시어머니는 딱 한마디만 했다. 그럴 거면 회사 그만두라고. 나는 굉장히 억울했다. 그때의 나로 말할 것 같으면 아이와 프로젝트를 잃었고, 잘난 딸이자 며느리의 타이틀도 무색해졌다. 누가 더 괴롭겠냐고 소리쳤지만 돌아오는 것은 네 탓이라는 조롱이었다. 윤선아는 경거망동한 여자가 되어버렸다. 묵묵히 지켜보던 남편은 다음과 같이 정리했다.

"선아 대리가 중요해, 아니면 엄마나 아내가 중요해? 나는 네가 선택하는 걸 따를 거야."

무엇이 중요할까 생각했어.

내 앞엔 두 갈래의 길이 있어.

유능한 선아 대리로 살거나 누군가의 엄마로 사는 것.

근데 하나를 선택해야 할까?

커리어우먼과 엄마를 동시에 하는 여자들을 생각해봐.

그들은 오늘 당장 때려치울 것처럼 말하지만 내일 다시 밝은 얼굴로 나오잖아.

그들보다 못한 게 뭐가 있어?

이보다 어려운 프로젝트도 성공한 나라고.

"하울이 엄마, 내일 또 출장 간다. 짐 좀 싸줘."

남편은 한가득 밥을 밀어 넣고 우걱우걱 씹으면서 말했다.

"또 어디? 며칠 가는데?"

나는 하울이가 어질러놓은 레고 블록을 시리즈별로 분류하면서 물었다.

"청주 공장. 새로 들어오는 시스템이 있어서 검수해야 해. 아 참, 대학 동기 상훈이 알지? 부친상 당했어. 모레가 발인이라 내일 저녁에 들러야 해. 상복도 챙겨."

"일박 이일이란 소리지? 팬티랑 양말, 와이셔츠 두 개…."

"상갓집 가니까 셔츠 하나는 하얀색이야. 괜히 하늘색 넣지 말고."

"알았어. 이거 치우고 해줄게."

나중에 한다는 소리에 그는 먹다 말고 물끄러미 나를 쳐다봤다. 나는 막 커다란 락앤락 통에 라벨 스티커를 붙이고 있었다. 만들고 부술 때마다 피스 하나 잊어버리지 않으려면 이렇게 해둬야 했다.

"언제까지 장난감을 정리해줄 거야. 직접 하게 해야지."

그리고는 큰 소리로 아들을 불렀다.

"김하울, 얼른 나와. 이제부턴 네가 정리해. 맨날 이렇게 어질러놓으면 안 사줄 거야."

"앙 싫어. 나 정리 못 해."

"이 자식이. 안 돼, 이거 다 버려."

드르륵 식탁 의자를 밀고 성큼 다가와 미처 완성하지 못한 로봇과 자동차를 집어 버리는 시늉을 했다. 나는 그것을 빼앗았다.

"이제 여섯 살이야. 뭘 바라. 자기는 출장 가니 짐 싸라고 조르면서. 어서 밥이나 드세요. 설거지도 해야 한다고."

그는 멋쩍었는지 빈손으로 아이의 볼을 꼬집었다. 그리고는 귀에 대고 뭔가를 속닥거리더니 회심의 미소를 지으며 아이와 새끼손가락을 걸었다.

"참 하울이 엄마, 지난해 회사 장부 어디 있지? 아무리 뒤져도 못 찾겠어. 김 부장이 보고한 수치와 내가 아는 것이 달라서 확인해야 하는데."

"그것까지 내가 어떻게 알아. 당신 책장에 있겠지. 잘 찾아봐."

나는 블록이 담긴 락앤락 통들을 장난감 정리함에 차곡차곡 쌓았다. 그리고 하울이에게 알려주었다. 맨 위 칸은 레고, 그다음 칸은 헬로 카봇이야. 남편은 마지막 밥숟갈을 밀어 넣으며 단호하게 말했다.

"당신이 허구한 날 책을 사대는 바람에 내 책장까지 점령했어. 정리하면서 찾아봐."

"이 남자는 툭하면 해달래. 어머니는 대체 자식을 어떻게 키운 거야?"

앞에선 아무 말도 못 했으면서 돌아서니 독백처럼 터져 나왔다. 서서히 시동 걸린 부아가 목구멍을 타고 넘어와 감정을 할퀸 것이다. 나는 서재로 들어갔다. 창문 아래로 거대한 CEO 책상과 값비싼 회전의자가 눈에 들어왔다. 책상 위에는 십구 인치 노트북과 각종 케이블, 깎다 만 연필 몇 자루와 회사 서류가 뒤엉켜있었다. 짜증이 밀려왔지만 차곡차곡 치우면서 혹시나 장부가 있을까 살폈다. 그 바람에 난장판인 서랍을 정리해 이십 리터짜리 쓰레기봉투를 채웠다. 이번에는 양쪽 벽을 가득 채운 오 단 책장에 눈을 돌렸다. 원래대로라면 왼쪽은 남편의 책, 오른쪽은 내 것이어야 했지만 어느새 양쪽 모두 내 것으로 가득했다. 하울이를 가지면서 하나둘씩 사 모은 책들이 벌써 수천 권이었다. 어릴 때부터 책에 대한 로망이 있었다. 문학소녀는 아니었지만 유달리 서점의 분위기를 좋아했다. 새 책이 가득한 공간에 둘러싸일 때면 미지의 숲속에 들어온 느낌이었다. 거기에서는 누구나 이방인이었다. 한꺼번에 다 읽을 수 없으니까. 광활함 속에 압도된다. 목적과 방향을 잃는다. 탐색하고 바라본다. 호기심이 생긴다. 뭐라고 쓰여 있을까? 잘난 척하는 문장들. 와닿지 않는다. 나에게 의미 없다. 몰라도 돼. 처음으로 내 방식대로 판단한다. 기대나 목표 따윈 필요 없다. 언제나 수학 백 점이라고 입버릇처럼 떠들던 엄마의 엄지손가락으로부터, 시험 성적이 나올 때마다 우등반에서 탈락할까 봐 가슴 졸였던 조바심으로부터, 프로젝트를 빼앗길까 봐 하이에나처럼 벌였던 눈치작전도. 다 잘할 필요는 없어. 몰라도, 못 해도 괜찮아. 꼭 무엇이어야 해? 이미 나는 난데.

"뭐가 어디에 있는지 하나도 모르겠네."

일단 남편의 책장부터 뒤지기로 마음먹었다. 비즈니스나 업계 관련 서적이라도 분류해보자. 그러다가 장부가 나올지 모르니까. 식탁 의자를 끌어다가 위 칸의 책들을 뺐다. 수북하게 쌓인 먼지가 날려 사레에 걸렸다. 핸드 청소기로 보이는 먼지와 이물질을 제거했다. 중간 칸을 정리하는데 바늘 하나 들어가지 않을 정도로 꽉 들어차 있었다. 겉표지가 딱딱하고 두꺼운 양장본 뒤쪽으로 검지를 넣어 간신히 빼냈다. 여백이 생기자 벽돌 같던 책들이 앞으로 쏟아졌다. 뒤에 뭔가가 끼어있는 듯했다. 손을 넣어 들어 올렸다. 검은색 외장하드 케이스였다. 지퍼를 여니 하얀색 외장하드가 나왔다. 익숙한 모양새였다. 예전의 내 것이었다. 육 년 전까지만 해도 가방에 애지중지 넣고 다녔다. 잃어버리면 난 끝이라고 농담처럼 말하기도 했다. 그 입방정 때문인지 진짜 믿고 싶지 않은 일이 일어났다. 그날은 회사 책상 앞에서 회의록을 쓰고 있었다. 조만간 오픈할 영화 배급사와 미팅한 내용을 보고하기 위해서였다. 사실 그다지 기분이 좋지 않았다. 스타 한 명 출연하지 않는데 상대는 지나치게 고자세를 취했다. 제시한 수익 배분 역시 마음에 들지 않았다. 이런 비위까지 맞추며 회사에 다녀야 하나? 까짓것 때려치워? 갑자기 배가 움찔거렸다. 훅은 아니어도 잽 정도는 됐다. 왼손으로 배를 쓰다듬었다. 뱃속에는 지금의 하울이가 있었다. 엄마의 예민함을 넘기지 못하고 꼬물거리는 작은 생명체. 괜찮아 아가야, 엄마 일이 그렇단다. 너 때문에라도 내가 참아야지?

그때였다. 배를 만지던 왼손을 책상 위로 올리다가 USB 케이블을 건드렸다. 그 바람에 외장하드와 케이블이 분리됐다. 아뿔싸 외장하드에서 작성하던 회의록이 날아갔다. 가뜩이나 쓰기 싫어 억지로 하고 있었는데. 다시 케이블을 연결하고 탐색기를 열었다. F 드라이브를 찾아 클릭했다. 열리지 않았다. 대신 포맷하겠냐는 메시지가 떴다. 심장이 덜컹했고 온몸이 부들부들 떨렸다. 회의록을 다시 쓰냐 마냐의 문제가 아니었다. 그동안의 포트폴리오가 전부 날아갈 판이었다. 무덤까지 가져가라던 서 과장의 업계 자료나 긴급 입수한 분석 틀도 있었다. 내년 과장 승진 심사 때 야심 차게 선보이려던 도표와 문서. 지원이에게도 절대 말하지 않았다. 무엇보다 내 사생활이 들어있었다. 좀 더 근사했던 시절의 연애담과 해프닝. 아, 어떡하지? 모두 날리고 제대로 살아갈 수 있을까?

"하울이 어머님, 웬일이세요? 그땐 잘 들어갔지?"

지원이는 늘 한 옥타브 올라간 목소리다. 듣는 이도 덩달아 업되어서 장난치고 싶어진다.

"임지원 팀장님, 바쁜데 전화한 거 아니죠?"

"야, 내가 너한테 무슨 팀장이야. 원래대로 부르라니까."

"네가 먼저 시작했잖아. 하울이 어머님이라고."

그녀의 목소리는 급하게 톤 다운되었다.

"미안. 그게 그렇게 기분 나쁘냐? 귀여운 아들도 있어 부럽기만 한데."

"난 네가 부러워. 늘 그대로야."

"난 이제 결혼하고 애를 낳아도 마흔하나야. 그 애가 대학 가면 환갑이고. 그때 넌 하울이 다 키워놓고 해외여행 다닐걸."

잠시 할 말을 잃었다. 각자의 길에서 바라보면 서로 부럽기만 하다. 아니라고 누누이 강조해도 상대는 믿지 못한다. 서로 다른 길을 가고 있으니까. 죽었다 깨어나도 거기에 있을 수 없으니까. 어쩌면 나도 그녀처럼 살 수 있었을지 모른다. 그러나 엄밀히 말하면 나는 다른 길을 선택한 것이다. 이유가 어찌 됐든 간에. 달라진 내 이름처럼.

"지원 대리, 혹시 외장하드 데이터 날린 거 복구할 수 있어?"

"가능하지. 팀원 하나도 그런 일이 있었거든. 근데 백 퍼센트까진 안 되더라."

"알려줘. 찾고 싶은 게 있어서."

"하울이 엄마, 그때 말한 장부 찾았어?"

남편은 들어오자마자 장부 타령을 했다. 나는 대답도 하지 않고 쌓아둔 빨래를 차곡차곡 개고 있었다. 그는 답답했는지 빨래를 밀어놓고 내 앞에 앉아 바싹 얼굴을 들이밀었다.

"하울이 엄마, 내 말 들었어? 왜 대답이 없어? 진짜 중요한 일이라고."

나는 손을 뻗어 밀쳐진 빨래를 잡으면서 말했다.

"못 찾았어. 책장을 정리하는 데 시간이 걸려."

"얼마나 걸리는데?"

"책이 너무 많아. 먼지가 쌓여서 털다 보니 반도 못 했어. 공간도 없어서 책장 주문했어. 이참에 거실에도 책장을 둬서 북카페처럼 꾸밀 거야."

"뭐?"

그는 어이가 없다는 표정으로 혀를 찼다. 나는 의아한 얼굴로 그를 바라보았다.

"당신 제정신이야? 책장을 들이면 그거 채우려고 또 살 거 아냐? 가뜩이나 책이 넘치고 넘쳐 이고 잘 판이야. 대체 왜 그러는 거야?"

"왜 그렇게 말해?"

"정도껏 해야지. 과하다는 생각 안 들어?"

"명품 백을 사 모으는 것도 아니고. 책 산다고 타박하는 남자는 처음 보네."

나는 입을 삐쭉 내밀었다.

"정리하다 남으면 버려. 아니면 팔던가. 주문한 책장 당장 취소해."

"책장은 지금 배송 중이야. 그리고 이 집은 내 작품이야. 잊었어? 하고 싶은 것 다하는 대신 집안일 안 도와주기로 합의했잖아."

그는 두 손을 허리에 대고 거칠게 숨을 쉬었다. 그리고는 서재를 가리키며 삿대질을 했다.

"그럼 서재에 있는 책 다 읽었어? 요즘 뭐 읽어? 읽은 것 가져와 봐."

"뭐야? 장부 하나 못 찾았다고 괄시하는 거야? 솔직히 그거랑 책이 무슨 상관이야? 자기가 아무 데나 놔둔 거지. 그렇게 중요하다면서."

나는 분을 이기지 못하고 개던 빨래를 던졌다.

"내가 왜 당신한테 책 읽는 것까지 검사받아야 해? 내가 애야? 그러면서 말끝마다 하울이 엄마, 하울이 엄마. 내가 네 엄마니?"

"뭐?"

"나도 이름 있어. 윤선아. 십 년 전 당신이 그렇게 목 놓아 부른 이름이었다고."

인생이 끝난 것처럼 굴지 마.

그 순간 인생 패배자가 되는 거야.

어쩌면 유산은 시련일지 몰라.

그것을 견디고 넘어야 다음 단계로 가는 거야.

뜻이 있는 곳에 길이 있다고 했어.

결국 방법을 찾아야 해.

"윤선아 고객님, 택배 왔습니다."

업체에서 생각보다 빨리 외장하드를 복구했다. 방문하지 않았는데 전화와 택배로 일사천리 진행했다. 이럴 줄 알았으면 진작 알아볼 것을 그랬다. 포장용 에어캡을 벗기니 케이스 위에 포스트잇으로 메모가 붙어있다.

My Data 내 2010~2012년 폴더는 복원하지 못했습니다.

그 밖의 폴더는 성공했습니다.

그것이 이 외장하드의 존재 이유였는데 결국 건지지 못했다. 퇴사는 어쩔 수 없는 운명이었던 모양이다. 다행이다 싶으면서 씁쓸했다. 서재로 가서 남편의 노트북에 외장하드를 연결했다. 과거의 회사 문서를 훑었다. 신입 시절 작성했던 원 페이지 프로포절이나 사내 연수 자료를 보니 웃음이 났다. 이런 것은 당장 삭제 버튼을 눌러도 아깝지 않았다. 연애 때 사진도 발견했다. 강릉 바닷가와 코엑스 영화관 앞에서 찍은 사진. 공연 티켓을 하나씩 찍어서 기록해놓았다. 한때 메모나 수집에 병적으로 집착했다. 그 순간을 잡지 않으면 먼지처럼 사라질 것 같아 뭐라도 남겨야 했다. 쓸데없는 짓이라고 놀림 받았지만 개의치 않았다. 어차피 내 인생의 기록이니까. 그러나 외장하드를 날린 후 모든 것이 시들해졌다. 저장할 것이라야 기껏 스마트폰으로 찍은 하울이 사진뿐이었다. 처음 태어난 하울이, 처음 내 손으로 씻긴 하울이, 첫걸음을 떼고 내게로 팔을 뻗은 하울이, 키즈카페에서 모래놀이를 하는 하울이, 유치원에 가다 길가 민들레를 만지는 하울이. My Baby란 폴더가 눈에 띄었다. 2009년 폴더를 보자 가슴이 벌렁댔다. 첫아이의 흔적이었다. 지우지 않았구나. 기억은 희미해졌으나 증거는 남았다. 폴더를 열었다. 4주 차부터 9주 차까지 여섯 개의 사진 그리고 초음파 동영상. 잠시 망설였다. 떨리는 손으로 미디어 플레이어를 실행했다. 쉭쉭쉭쉭. 초 단위로 들리는 소리. 더 존재하지 않는 생명체의 심장 소리. 얼마 전까지 꿈속에도 환청처럼 따라다녔던 소리. 잊으려 했던 건 아니지만 하울이를 낳고 점점 아득해진 소리. 기술로 복원됨으로써 다시 내게로 왔다. 미안하다, 아가야. 잠시 잊었구나.

쉭쉭쉭쉭. 한 음 한 음 울릴 때마다 습한 아지랑이가 피었다. 눈이 뿌연 안개로 흐릿해졌다. 스멀스멀 메마른 마음을 파고들었다. 후덥지근하다 못해 맥을 출 수 없었다. 아이를 잃고서 한동안 그랬다. 왜라는 의문에서 맴돌다 죄책감으로 흘러갔다. 아이를 다시 갖지 못한다면 내 삶은 의미 없다. 덕분에 하울이를 낳았고 하울이의 엄마가 됐다. 그 선택을 후회하지 않지만 이상하게 가슴 한구석이 휑했다. 서재로 달려가 무작정 책 한 권을 뽑았다. 내용이 마음에 와닿지 않았다. 맞는 말이었지만 나와 동떨어진 이야기였다. 화려한 골드미스, 아이를 낳고 사회로 복귀한 워킹맘, 경력 단절을 극복하고 창업에 성공한 재취업맘. 나는 그 누구도 아니었다. 그 무엇도 되고 싶지 않았다. 사실 무엇을 원하는지 알지 못했다. 무언가 될 수 있다는 자신마저 잃었다. 선아 대리가 아니라 하울이의 엄마였으니까. 선아 대리는 스스로 얻은 타이틀이었다. 반면 하울이 엄마는 하울이가 있어야 가능했다. 아이를 중심으로 삶의 반경이 그려졌다. 하울이를 지키기 위해 강해졌고 하나라도 더해 주려고 아꼈다. 나를 위한 것은 없었다. 하울이 엄마는 하울이가 전부다. 하지만 일부는 거짓이다. 나는 윤선아이기를 원한다.

종료 버튼을 눌러도 소리가 사라지지 않았다. 환청에 시달렸다. 외장하드를 복원하지 않았던 것은 이 때문인지 모른다. 십 년 전에는 선아 대리도, 엄마 자리도 잃고 싶지 않았다. 나라면 가능할 것이라고 믿었다. 그러나 그 소리는 착각이라고 말했다. 달라진 것은 타이틀이라고. 선아 대리가 아니라 하울이 엄마로. 둘 다 윤선아가 아니었을지 모른다. 착한 딸, 똑똑한 사회인, 현명한 아내이자 엄마. 그 착하고 똑똑하며 현명한 것과 윤선아답다는 등식이 성립되는가?

소리가 점점 또렷해졌다. 귀를 막아도 소용없었다. 흠뻑 두들겨 맞은 양 가슴이 저렸다. 맞서거나 탈출해야 한다. 달음박질쳐도 제자리걸음이다. 십 년 전 그때, 두려웠던 그 시절이 눈앞에 펼쳐졌다. 갈림길에 서 있다. 선아 대리냐, 하울이 엄마냐. 무엇을 선택하든 하나를 잃어야 했다. 그러나 내심 둘 다 갖고 싶었다. 그 강박관념은 벽이 되었다. 아무것도 하지 못하고, 불안하고 두려워했다. 그것이 문제였다. 환청 같은 소리는 대답한다. 중요한 건 쉭쉭쉭쉭. 윤선아지 쉭쉭쉭쉭.

"엄마 이거 봐. 내가 그린 거야."

하울이는 스케치북을 내밀었다. 커다란 화분에 십오 센티미터가 넘는 세 개의 연두색 줄기를 그려 넣었다. 줄기가 마치 정글에서 자란 듯 이파리가 무성했다.

"뭘 보고 그린 거야?"

"강낭콩. 이만큼 자랐어."

아이는 두 손을 머리끝까지 뻗었다. 내가 알아듣지 못하자 스케치북을 내팽개치고 내 손을 이끌었다. 아이를 따라 베란다의 문을 열었다. 아이는 쪼르르 달려가 창문 앞 화분 정리대에 놓인 아이스 아메리카노 컵을 들어 올렸다. 방학식 때 유치원에서 보낸 강낭콩이었다. 하울이의 표현만큼은 아니었지만 아이의 무릎 정도 자라있었다. 화단에 물을 줄 때마다 덤으로 줬던 것인데 이렇게 자랄지 몰랐다. 시들해져 아이를 울리지 않을까 걱정했는데 괜한 기우였다.

"하울아, 이것 좀 봐. 뿌리도 자랐다."

나는 투명한 컵 밑으로 내려온 뿌리를 가리켰다.

"뿌리가 뭐야?"

"마치 사람의 입 같은 거야. 땅 밑에 길게 내릴수록 흙 속의 양분을 먹고 자라는 거지."

나는 뿌리를 가리켰지만 한편으로 강낭콩을 찾고 있었다. 당연히 보이지 않았다. 싹을 틔우고 위아래로 뿌리와 줄기를 내리면서 사라졌으니까. 바보 같은 의문이 머리를 스쳤다. 왜 강낭콩은 그대로 있지 못하고 싹을 틔워야 했을까? 무엇이 답답했을까? 가보지 못한 길을 동경했을까? 생명체는 가만히 있는 법이 없다. 살아있으므로 궁금하다. 욕망, 바람, 꿈으로 꿈틀댄다. 참지 못해 껍질을 뚫고 나온다. 싹트고 시들기를 반복한다. 보이지 않는다고 없는 것은 아니다. 희생은 전진을 위한 일보 후퇴다. 정체가 아니라 다음을 기약한다. 형체는 사라져도 정신은 이어진다. 살아야 하는 버둥거림. 다시 일어나겠다는 꿈틀거림. 강인하고 완벽하다. 충분하고 특별하다. 그 생명력이 나를 자극한다. 인생은 수레바퀴다. 어떻게든 굴러간다. 멈추는 것은 회피다. 회피는 패배와 같은 말이다. 그래, 지금은 한 발 떼기만 하자. 잊힌 내 길을 찾아서. 중요한 건 쉭쉭쉭쉭! 윤선아지 쉭쉭쉭쉭!

여름날의 소나타

박 민 영

오늘은 어제의 나보다 조금은 쉬었을 거라는 위로를 하면서 잠자리에 든다. 내일은 오늘보다 지치지 않고 힘내야지, 이런 무의미한 다짐을 오늘도 한다. 하는 일 없이 피곤한 하루였다. 경제 활동을 하지 않는 주부에게 하루하루는 해놓은 일 없는 하루일 때가 많다. 가사는 일이 아니고 그냥 관성인 것이다.

7월 삼복더위에 아스팔트 열기까지 겹쳐 숨쉬기가 힘들다. 이 한낮에 나는 걷고 있다. 등록할까 말까 고민하던 수업이다. 글쓰기에 소질이 있다고

저자는 서울에서 태어났다. 그뿐만이 아니다. 지금까지 살아오며 서울을 벗어난 적이 단 한 번도 없다. 아울러 지금은 가사 전문 인력으로 20년째 살아가고 있다. 책 읽기를 좋아해 국문학을 전공했으나 장애인 시설과 어린이집에서 근무했고, 책에 미련이 남아 동화 읽어주는 자원봉사에 전념하던 중 글쓰기에 도전했다. 요즘은 장애인 인권과 취약 계층 아이들에게 관심을 두고, 그들에 관한 이야기를 세심하게 써보려고 노력하는 중이다.

생각해본 적은 없지만 새로운 취미를 갖는다는 기분으로 접수했다. 첫 시간 수업은 물 흘러가듯이 지나갔고 마음도 편했다. 과제에 대한 부담은 있었지만 할 수 있다는 막연한 자신감이 있었다. 책 읽는 걸 좋아해서 과제의 무게를 간과했다. 둘째 시간에도 수업은 이해할 수 있었다. 피곤하긴 했지만 즐거운 수업이었다.

세 번째 시간은 주호의 중간고사 마지막 날이었다. 수면 부족으로 아침부터 피곤했다. 미열이 나고 편두통이 심했다. 진통제를 먹고 고민을 하다 천천히 걸어서 수업 장소로 갔다. 도착해서도 달라지지 않았다. 수업이 진행되면서 목덜미에서 식은땀이 나기 시작했다. 눈앞이 흐려지고 소리가 아득하게 들리기 시작했다. 들리는 대로 적기 시작했다. 정신을 차려야 한다. 집중해야 한다.

물을 마셨다. 심장 박동이 빨라지는 게 느껴진다. 수업 내용에 맞춰서 화면이 계속 바뀌는데 그나마 화면이 울렁거린다. 사람들이 화면을 찍기 시작했다. 나도 찍었다. 흔들려서 내용을 알아볼 수가 없다. 다시 찍었다. 다행히 이번에는 내용을 알아볼 수 있었다. 식은땀이 계속 난다. 내 숨소리가 커지고 있다. 주변 사람들이 내 숨소리를 들으면 어떡하지. 눈이 피곤하다. 화면이 뿌옇게 보인다. 여기 계속 앉아있어야 하나. 가슴이 답답하다. 사람들 사이에 이렇게 있어도 되는 건지 모르겠다.

쉬는 시간이다. 다행이다. 옆 좌석에 앉은 분이 나가셨다. 음악을 들어야겠다. 마음이 편안해진다. 눈이 감긴다. 끝까지 있어야 하나, 집에 가야 하나. 공간이 날 옥죄어온다. 음악에 집중하자. 베이스 소리가 안정적이다. 소리가 뭉개지지 않아서 듣기가 편안하다. 천천히 눈을 떴다. 다들 열심히 수업에 참여하신다. 나만 빼고 모두 무탈해 보인다. 나는 지금 서울 양천구 목동의

한 강의실에 앉아있고, 정상이다. 난 특별한 사람이 아니다. 좀 지치고 힘든 시간을 보내고 있을 뿐이다. 그동안 너무 고단하게 살아서 피로가 몰려온 거다. 수업이 끝나면 집에 가서 저녁을 준비해야 하는 평범한 주부다.

여기는 나하고 안 맞는다는 생각이 계속 머릿속에 맴돈다. 그러나 나는 다음 시간에도 여기에 앉아있을 것이다. 빨리 집에 가고 싶다. 수업이 끝날 무렵 평상시로 돌아왔다. 말소리가 제대로 들린다. 내가 공황을 인정해야 하는데 인정하는 게 두렵다.

주호가 방학하면 주호 일정에 맞춰서 시간을 분배한다. 방학 전에는 약속이 많아진다. 분기별로 만나는 은영이는 오늘 내가 만날 반가운 사람이다. 장소는 늘 그렇듯이 광화문의 대형 서점이다. 서둘러 집을 나섰다. 약속은 열한 시지만 일찍 가서 찾아볼 책들이 있다.

버스가 광화문을 지나고 있다. 신문로를 걷기에 딱 좋은 날씨다. 가는 중간에 내가 가끔 마시고 싶어 하는 찻집에서 카페라테를 사고 와플을 먹고 싶지만 생각으로만 맛을 보고 내리지 않았다. 서점 안은 사람들로 붐비고 책들은 나를 반겨주었다. 먼저 검색대에 가서 내가 찾는 책을 찾아보고 서고들 사이를 천천히 돌면서 책을 고르는 게 재미있다. 꽂고 있는 이어폰이 다른 사람들과 단절시켜주는 이 안정감이 좋아 음악을 계속 듣고 있다. 집에서 출발할 때 구매할 권수를 정해왔는데 한 권을 더 구매했다. 도서관에서 잠시 읽어본 책이다. 요즘은 혼자 읽기보다 주호와 함께 읽을 책들을 고른다. 친구가 오려면 아직 한 시간 정도 남았다. 베스트셀러 코너에 있는 한 작가의 책을 골라 등받이가 있는 자리에 앉았다. 평일 오전이지만 앉을 자리가 별로 없다. 짧은 글이 마음에 들었다. 에세이가 현실적이라서 좋았고 묘사가 길지 않아 지루하지 않았다. 슬픔이 차오르는 부분을 덤덤하게 기술해 오히려 놀라웠다. 읽는 내내 자신의 상황을 이렇게 편안하게 받아들이는 작가가 부러웠다.

누군가가 내 어깨를 친다. 은영이가 왔다. 도착해서 내가 있을 법한 곳에 왔더니 내가 있더라고 한다. 이런 게 친구구나. 구태여 설명하지 않아도 되는 사이, 만난 지 30년이 다 되어가는 친구, 여름을 좋아하는 여름 체질인 사람이다. 주호를 출산하고 산후조리원에 있을 때 날 만나러 왔다. 다른 사람들은 덥다면서 잠시 얼굴 보고 돌아가는데 유일하게 여기 내가 좋아하는 온도라며 자고 가면 안 되냐고 물었던 친구다. 외부인이 잘 수 없다는 규정만 없었으면 그때 재워서 보냈을 것이다.

"얼굴 좋아 보이는데."

"너는 어디 아픈 데 없어?"

만나면 안색과 어디 아픈 곳 없는지 확인하는 나이가 되었다.

"아침은?"

"대충 넘겼어. 속이 별로 편하지 않으니 소화가 잘되는 걸 먹고 싶어."

"길 건너에 죽 전문점이 있어. 거기로 가자."

"원래 너 만나면 파스타 먹으려고 했는데 어제부터 속이 안 좋아서 안 되겠어."

"파스타는 다음에 먹으면 되지."

광화문에는 우리가 20대 때부터 다니던 파스타 전문점이 지금도 있다. 맛도 그대로고, 옛날 생각도 나고 추억이 필요할 때 가는 곳이다. 이번에는 그 추억의 이웃에 있는 죽집에서 좀 이른 점심을 먹었다. 그런 다음 세종로가 한눈에 들어오는 찻집에서 그동안 밀린 이야기를 나누었다.

"요즘 뭐 읽었어?"

"존 버거 것도 읽었고, 알랭 드 보통도 한 권 읽었고, 우울증이나 공황에 대한 책도 좀 읽었어. 내가 좀 불안정하니까 그런 책을 찾게 된다."

"네가 뭐 어때서! 신경 쓰는 일이 많아서 그런 거지. 너처럼 신경 쓰고 살면서 아무렇지도 않으면 그게 비정상이야."

"그런가? 그런데 네가 보기에 내가 너무 게을러진 거 같지 않아?"

"네가 게으르면 난 굼벵이냐? 넌 지금도 아주 부지런하고 열심히 잘 살아가고 있어."

"네가 그렇게 말해주니까 기분 좋다."

"그런데 난 알랭 드 보통이 쓴 책 별로던데 넌 괜찮았어?"

"《불안》은 나랑 안 맞더라고, 근데 《슬픔이 주는 기쁨》은 단숨에 다 읽었어."

"나 《불안》을 말한 거야. 그걸 읽다 말았거든. 잠깐만 좀 적자. 다른 건 또 뭐가 있어?"

수첩을 꺼내 올해 내가 읽었던 책들을 불러주었다.

"너 《말의 품격》 읽었지?"

"응 읽었어."

"그걸 읽으면서 떠오르는 얼굴이 있어서 그 책을 사서 선물했어. 근데 아직 안 읽었어. 꼭 읽어야 하는 사람인데."

"오히려 안 읽어도 되는 사람들은 읽잖아."

"그래 맞아."

둘 다 저녁을 준비해야 하는 주부인지라 각자의 집으로 방향을 잡고 헤어졌다. 가을에 보자는 말은 하지 않았지만 그때 만날 것을 우린 알고 있고,

서로에게 추천할 책과 이야깃거리들을 모을 것이다. 행복한 날이었다.

폭염주의보와 폭염경보, 열대야가 일기예보 고정 단어인 요즘은 하루에도 여러 번 날씨를 확인하고 있다. 그렇게도 잘 오던 태풍은 왜 이렇게 오지 않는지 모르겠다. 아스팔트까지 이글거리며 열기를 뿜어내는 요즘이다. 그 순간 남해에서 전화가 왔다.

"어떻게 지내?"

"잘 지내고 있지. 언니는 어때?"

"나도 잘 지내고 있어."

"서울 가면 얼굴 봐야지. 너 언제 시간 돼?"

"언니 오면 내가 시간을 맞춰야지."

더운데 어떻게 지내는지 묻는 안부 전화였다. 내가 먼저 해야 했는데 요즘 무슨 생각으로 사는지 미처 연락하지 못했다. 희숙 선배는 자매가 없는 나에게 그냥 선배가 아니고 언니다. 보고 싶다.

주호의 방학이 이번 주다. 이제 나만의 휴식처에 가야 한다. 이번 여름을 보낼 에너지를 모아야 한다. 그런 생각을 하며 북카페로 향했다. 간단한 간식을 먹을 수 있고, 노트북 사용도 가능한 이곳은 여러 해 동안 최고의 휴식처를 나에게 제공해주었다. 버스를 환승해 아홉 시에 맞춰서 갔다. 아무도 없는 공간에 들어서며 스위치를 켜 밝게 만들고, 내가 좋아하는 물레방아가 보이는 곳에 자리를 잡았다. 여러 해 동안 나에게 휴식처를 제공한 이 북카페는 간단한 간식을 먹을 수도 있고, 노트북을 이용할 수도 있다. 버스를 환승해 아홉 시 문 여는 시간에 맞춰 도착했다. 내가 첫 번째 이용자다. 물레방아를 보면서 그림을 그리기 시작했다. 이 낙서는 보이는 대로, 손 가는 대로

여서 엉망이지만 마음은 편해진다.

내 휴대폰은 언제나 진동이나 무음이다. 진동일 때는 그래도 다행인데 무음일 때는 못 받는 경우가 종종 있다. 전화벨 소리는 날 깜짝깜짝 놀라게 한다. 즐거운 전화는 거의 없다. 그때 또다시 반갑지 않은 전화가 왔다.

"여보세요?"

"너 집이지?"

"아니에요. 일 있어서 밖에 나왔어요."

"너의 집에 오빠 티셔츠 있냐?"

"오빠 옷이 왜 저희 집에 있어요?"

"나는 그냥 있냐고 물어본 건데 뭘 그렇게 짜증을 내냐?"

"제가 무슨 짜증을 내요?"

"알았다. 그건 됐고 나 이번에 여행 가는데 작은 가방 옆으로 메고 다닐 거 필요한데 너 있냐? 가벼운 거로."

"없는데요."

"너는 젊은 애가 그런 것도 없니? 알았다."

친정어머니와 통화는 항상 이런 식이다. 결혼 전 어머니는 나를 '재수 대가리'라고 불렀다. '아가씨'라고 아주 상냥하게 부를 때도 있다. 그러나 이렇게 부르면 최악의 상황이 온다. 내가 힘들거나 아픈 거는 상관없이 당신 일들을 나에게 떠넘겼다. 내가 고등학교 다닐 때쯤 엄마는 봉사라는 걸 시작하면서 독립 비슷한 걸 시작하셨다. 그때부터 가사에 관심을 멀리하셨다. 나는 고등학교 다닐 때부터 어머니가 도시락을 준비해준 적이 없고 물론 아침에 깨워주신 적도 없다. 알아서 다녔다. 직장을 다닐 때는 지옥이었다. 출근길에 재수 없는 게 집안일도 안 해놓고 나간다고 객사해버리라는 말을 들으면서 집을 나서기도 했다. 어머니는 나에게 어떤 사람인가. 결혼 전까지 나를 항상 저주했던 사람이다. 아마도 화풀이였다고 하시겠지. 하지만 난 그걸 이해할 만큼 성숙한 나이가 아니었다. 지금도 이해하지 못한다. 그 화풀이들은 날 매일매일 죽음으로 몰았고, 어떤 방법으로 자살하면 좋을지가 내 생각을 지배했다. 아침마다 들었던 그 비아냥거리는 어투가 지금도 생각난다. 지겹다. 어머니는 당신과 나의 거리가 얼마나 좁고 깊은지 인식조차 하지 못하고 있다. 휴대폰에서 이어폰을 빼 가방 안에 넣었다. 벽시계가 오전 열 시를 지나고 있다. 어머니는 봉사한 이후 나에 대해 아는 것이 없다. 내가 어떻게 살았는지, 무슨 생각을 하는지 알지 못한다. 나를 유년의 기억으로 판단하고 지금도 통제하기를 원하신다. 우리는 대화가 되지 않는다. 일방적인 말만 한다. 지금까지 살면서 나를 가장 욕하고 괴롭힌 사람은 어머니다. 난 어머니에게 어떠한 표현도 하지 않았고, 어떠한 것도 물어보지 않았다. 이해가 아니라 철저한 무관심이 생겼다. 기분이 나쁘다. 불쾌하다. 짜증 난다. 이러려고 여기에 온 게 아닌데 이 분노를 어떤 방법으로 가라앉히면 좋을까. 물레방아는 잘 돌아가는데 내 머릿속과 마음은 정지 상태다. 멍하니 화단을 보고 있는데 유치원 아이들이 단체로 왔다. 아이들은 보기만 해도 기분이 좋아진다. 내 유년에는 어머니에 대해 애틋함이 있었을까 궁금해진다. 숨소리가 깊어지기 시작한다. 어제도 세 시간 남짓 잠을 자서 피곤하고 졸려야 하는데 식은땀이 목덜미에 난다. 정신이 아득해진다.

출근과 등교가 끝나고 세탁기도 부지런히 돌리면서 설거지와 청소를 했다. 더워지기 전에 출발해야 한다. 아스팔트가 깔린 주택가를 지나 어수룩한 길로 들어서면 산이 나온다. 혼자서 하는 산행은 말을 안 해도 되고, 말이 없으니 아무 생각을 하지 않고 머리를 비우면서 걸을 수 있어 좋다. 자주 오지 않는 산이지만 오늘은 땀을 쭉 빼고 싶어 찾았는데 내 갈 길에만 집중하며 마음을 잡고 오르기 시작했다. 속도를 내기 시작하니 땀이 난다. 얼굴에는 열이 나지만 녹색을 눈에 담으니 마음이 편안해진다. 그늘진 산길을 돌아 내려오는 길 의자에 앉아 물을 마시며 열을 식혔다. 이제 마트에서 구매할 목록을 확인하고 천천히 내려왔다.

나는 가끔 휴대전화 없이 외출한다. 오늘 세 시간 정도의 외출에도 휴대폰을 가져가지 않았다. 전화 서른다섯 통이 와있었다. 번호를 확인하니 시댁이다. 한숨이 나온다. 발신을 눌렀다.

"여보세요?"

"언니!"

전화기 너머에서 시누이가 소리를 지른다.

"왜요?"

"집에 도대체 무슨 일 있는 거예요?"

"아무 일 없는데요."

"어떻게 아무 일이 없을 수 있어요?"

"무슨 말이에요?"

"아무 일 없는데 오빠가 아침에 전화해 '어머니 아들입니다'라는 말을 안 할 일이 없잖아요. 집에 무슨 일이 있으니까 그렇지 우리 오빠가 그럴 사람이 아닌데…."

"지금 엄마 손이 벌벌 떨려서 아무것도 하지 못하고 있는데 언니는 왜 그렇게 전화도 안 받고 그러는 거예요?"

"전화기를 안 갖고 나가서 집에 와 확인한 거예요."

"진짜 무슨 일 있는 거 아니에요?"

"아무 일 없어요. 어제 퇴근해서도 그렇고, 아침 출근할 때도 주호 아빠 기분 괜찮았는데."

"언니는 참 팔자 좋아요. 우리 오빠가 벌어다 주는 돈으로 편하게 살고. 언니는 정말 운이 좋은 사람이에요. 우리 오빠처럼 착한 효자가 요즘 세상에 어디 있어요. 우리 오빠한테 잘하세요."

아, 열 받는다는 표현이 딱 맞는 상황이다. 이렇게 오전 산행이 물 건너갔다. 일단 땀을 씻고 생각하자였는데 머리를 비워도 너무 짧은 시간에 쌓이고 있다. 이 기분을 어찌해야 할까. 난 도대체 어떤 사람인가. 내가 어디까지 이해해야 하지?

퇴근한 남편에게 물었다. 출근길에 어머님과 통화하면서 왜 '어머니 아들입니다'라고 안 했냐고. 예상대로 답이 나왔다. "내가 했는지 안 했는지 모르겠는데." 그래서 웬만하면 꼭 기억해서 하라고 말했다. 이런 일로 언성을 높이고 싶지는 않았다. 내가 숨은 쉬고 있나 궁금해진다. 그때 남편이 말한다.

"어머니 용돈 송금했어?"

"어 했어."

"좀 넉넉히 보내지."

"지난달하고 같은 금액으로 했어. 이달에 제사가 있어서 한 번 더 송금해야 해."

"이달에 제사가 있어?"

"있어. 아버님 제사야. 해마다 휴가 대신 항상 집에 가는데 어쩌면 그렇게 잊어버려."

"그런가?"

남편의 이 말에 갑자기 화가 올라온다. 서랍 안에 넣어둔 각종 영수증과 통장을 남편 앞으로 미뤄주었다.

"이게 뭐야?"

"이거 이제 당신이 알아서 해."

"내가 이걸 왜?"

"당신이 가장이니까 이런 거 이제 알아서 해."

"왜 이래?"

"뭐가 왜 이래, 당신 소득이니까 생활비 일부만 나를 주고 알아서 다해."

"무슨 일이야?"

"아무 일 없어. 하늘 같은 자식이 벌어온 돈 아까워하시는 어머님께 용돈 많이 보내드리고 난 생활비나 달라고. 당신도 용돈 여유 있게 쓸 수 있으니 좋지 뭐."

"무섭게 왜 이래?"

"무섭기는! 나는 이제 이것들과 안녕이야. 그리고 이번 제사에 나 안 간다. 생각해봤는데 결혼하고 계속 갔으니까 이제는 빠져도 되겠더라고. 당신은 꼭 가. 당신은 일 바쁘다고 거의 안 갔잖아. 주호는 학교 때문에 못 가는 거 알지? 가서 말 잘하고."

내 말에 남편이 황당한 표정으로 얼음이 되었다. 그러거나 말거나 나는 잠을 청했다. 빨리 잠이 들고 싶었다.

알람보다 먼저 눈이 떠지는 아침이 오늘도 시작되었다. 남편이 내 눈치를 살짝 보고, 난 기분이 이상하게 좋다. 이때 친정에서 전화가 왔다.

"여보세요?"

"너 오늘 올 수 있냐?"

"일이 있어요."

"너는 돈도 안 버는 애가 맨날 일이 있냐? 그 일 미루고 와라. 집에 손님 오는데 내가 식사를 어떻게 준비해, 네가 와서 해야지."

"저 못 가요. 근처 식당에서 드세요."

"집에 오는 손님인데 어떻게 사서 먹냐. 내가 너 그렇게 안 키웠는데 얘가 왜 그러니?"

"제가 돌연변이인가 보지요. 저 지금 나가야 해요."

"그럼 염색은 언제 하냐?"

"미용실 가서 하세요."

"너 있는데 내가 왜 미용실 가서 하니?"

"저 이제 염색 못 해드려요. 정 집에서 하고 싶으시면 새언니한테 해달라고 하세요."

"얘 봐라. 일하는 사람은 쉬어야지 너처럼 노는 사람도 아닌데. 너는 애가 점점 못 되어가는구나."

"왜 저는 항상 논다고 생각하세요?"

"그럼 놀지 일하냐?"

"저 이제 안 갈 거예요."

"그게 무슨 말이냐?"

"주호에게 꼭 외가가 필요한 게 아니라는 생각이 들었어요. 가서 맨날 구박이나 받고 일이나 하는 모습 보여주는 것도 안 좋고, 서로 거친 말하는 것도 별로고 해서 이제 안 갈래요."

"너 아주 이상해졌구나."

"그 이상한 사람을 이렇게 키운 건 왜 모르세요?"

"내가 언제 키웠냐?"

"저 지금 나가야 해요. 전화 끊습니다."

전화기 연락처에서 번호를 찾기 시작했다. 삭제, 수신 거부, 삭제, 수신 거부…. 삭제하면 누군지 몰라서 받을 수도 있으니 수신 거부를 선택해서 눌렀다. 그리고 남편에게 문자를 했다.

[본가와 관련한 모든 번호에 수신 거부했으니까 무슨 일 있냐고 연락 오면 알아서 잘 대처하고 행운을 빕니다. 점심 맛있게 먹고.]

그다음에는 [친정과 관련한 번호에 수신 거부해서 앞으로 연락은 안 될 거니까 잘들 지내고 언제 연락이 될지는 나도 모름. 막내가.]

이 문자를 오빠들에게 전송하고 수신 거부를 눌렀다.

태어나서 처음으로 가족들에게 통보했다. 일방적으로 내 말을 한 적이 있었나. 일할 때는 감정 없이 하면서 가족들에게 질질 끌려다녔다. 이런 날 이겨보기로 했다. 이젠 더 이상 참고 싶지 않다. 부모를 외면하는 것은 죄라고 생각했다. 나는 이제 그 죄를 지우면서 편하게 살기로 작정했다.

오늘이 가기 전에 꼭 감정 치료 선생님과 대화하고 싶다. 내가 현재 어떤 상태로 흔들리고 있는지 알게 해준 감사한 분이다. 그 기회 아니었다면 나는 화내는 법을 잊고 살았을 것이다. 이게 화인지도 모르겠다. 그냥 내 감정, 내 상태를 말하고 싶어졌다. 누구나 느끼는 감정을 말하고 싶다.

"선생님, 저 이선영입니다. 잘 지내셨어요? 전화 자주 드렸어야 했는데 무더위 어떻게 지내셨어요?"

"그럭저럭 잘 지냈어요. 도령하고 타협 잘하셨어요?"

"예. 기다려주기로 했어요."

"잘하셨어요. 세상일이 내 뜻처럼 되지 않지요?"

"며칠 전 도서관에 갔는데 엄마의 속도가 고등학교 아이의 속도보다 빠르다는 제목의 책이 있었어요. 제가 저희 애보다 30년 더 살았는데 그 경험을 속도에 붙여서 답답해한 게 아닌가 그런 생각이 들었어요. 제 욕심이었지요. 결혼 후 저의 성적표 노릇을 한 아이를 해방시켜주려고 노력 중입니다."

"선영 씨, 좋은 해결책을 찾을 거로 생각했어요. 음, 그거 아세요? 시인이 되지 못한 사람보다도 시인이 되지 못한 사람 주변에 있는 사람들이 더 힘들다는 거. 그런 분들이 선영 씨 주변에 있다면 지혜롭게 잘 대처하세요."

"늘 신경 써주셔서 감사합니다."

"오늘은 선영 씨에게 어떤 하루였는지 궁금하네요."

"오늘은 I had a great time이었어요. 제가 쿠데타를 일으켰거든요. 웃음이 자꾸 나와요. 더 일찍 할 걸 그랬다는 생각도 들고, 그냥 기분이 좋아요. 다음은 나중에 생각하고 지금보다는 어떤 길로 가도 더 좋아질 거로 생각하고 있어요. 더 이상 나빠질 게 뭐가 있겠어요."

"본인이 그런 판단을 했다면 그게 옳은 거예요. 선영 씨가 상처받지 않고 슬기롭게 잘 이겨내리라 믿어요. 선선한 바람 불면 얼굴 보고 긴 이야기 나누어요."

"예 선생님, 들어가세요."

나는 아들에게 내가 받는 스트레스를 성적으로 보답받고 싶어 했고, 시어머님은 하늘 같은 당신 아들 걱정이 생활이자 취미여서 내게 신경을 곤두

세우고 있고, 친정어머니는 딸인 내가 해우소가 되어주어야 한다는 착각을 하며 사시고, 애 아빠는 오래전에 확실한 남의 편으로 혼자 즐겁게 잘 사는 사람이고, 나는 이제 미성년자 주호만 신경 써줄 존재로 남겼다. 난 작은 방의 코끼리였다. 그들은 자신들의 시에 맞춰서 나에게 움직이기를 강요만 했다. 나는 지금 그 방을 나와 휴가를 준비하고 있다. 그동안 과로한 나에게는 장기 휴가가 필요하고, 그 휴가는 내가 원하는 날에 끝날 것이다. 누구도 나에게 강요할 수 없다. 오늘은 정말 끝내주는 하루였다.

누구 엄마? 나는 나야

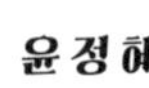

아기가 태어난 그 순간 아기를 낳은 여자들은 잊지 못할 순간을 경험한다. 그리고 그때부터 우린 누구 엄마로 불린다. 나는 그냥 윤정혜 나인데 왜 나를 이렇게 불러주지 않을까? 내가 가장 사랑하는 내 아이의 엄마라는 사실은 정말 설레고 축복받은 일임에도 주아 엄마는 가끔 나를 작아지게 만들기도 했다. 나를 위해 30년을 살아왔는데 누군가를 위해 내 삶을 온전히 희

유학을 마치고 서울에 살면서 회사 생활과 대학교 강의를 병행하며 바쁜 나날을 보내고 있었다. 그러던 중 힘들게 만 3년 만에 출산을 경험하였다. 준비가 길었던 만큼 아이를 낳고, 내 마음대로 하고 싶은 것은 다 할 수 있으리라 생각했지만 현실에 점점 지쳐갔다. 나는 잠시 일을 뒤로한 채 육아에만 전념하며 정신적인 여유와 육체적인 고통을 맛보았다. 아기가 한 살이 될 때쯤 나의 자아와 자유를 찾아 미국으로 무작정 떠났다. 미국에서 생활하는 동안 새로운 아이템을 발견하고, 유니크한 나만의 디자인을 완성하여 회사를 차렸다. 내가 만든 것을 통해 누군가의 긍정적인 에너지나 기쁨이 커질 때 가장 행복감을 느낀다. 이탈리아 DOMUS 제품 디자인 석사, 밀라노 거주하면서 기업의 해외 리포터로 활동. 영남대학교 및 청주대학교 산업디자인 강의 출강. 기업에서 5년 이상의 실무, 밀라노 디자인 위크 및 뉴욕, 영국, 국내 등 디자인 전시회 참가, 디자인 관련 다수의 수상 경력. 디자인 및 CEO 멘토. (주)허니듀래빗 회사를 창업하여 현재 CEO 및 디자이너로 활동 중.

생하는 것은 매우 낯선 일이었다. 그리고 엄마라는 자격 외에 아무도 나를 인정해주지 않을 것 같은 불안감이 몹시 커져 있었다.

그래서 딸 주아가 태어나고 돌이 될 무렵까지 나는 앞으로 내 인생은 어떻게 될 것인가, 어떤 변화를 겪어야 할 것인가, 아무리 물어봐도 선뜻 답이 나오지 않는 이 문제들에 대해 정말 많은 고민과 탐색을 했다. 특히 그때 정말 힘든 일들을 겪었다. 인생에 여러 단계가 있다면 출산과 육아를 했던 당시가 가장 위기 단계였고, 책을 쓰며 커피 한 잔의 여유와 듣고 싶은 노래를 흥얼거리며 시원한 바람이 불어오는 신선함을 느끼는 지금 이 순간은 가장 행복을 느끼는 회복 단계에 머물러있다고 말하고 싶다. 그러는 동안 주아는 어느새 예쁜 아이로 성장해 여덟 살이 되었다. 그 일들을 잘 이겨낸 나한테 스스로 칭찬해주고 싶다.

나는 왜 그렇게 힘들었을까? 먼저 우리 아이는 태어나자마자 영아 산통을 겪었다. 영어로도 difficult baby라고 분류되며, 영아의 10퍼센트가 이 영아 산통을 겪는다고 한다. 아이는 태어날 때 고통이 심했는지, 매 순간 배앓이를 하는 것인지 정확한 원인은 알 수 없었지만 한 살(돌)이 될 때까지 심각하게 매일같이 12시간 이상을 울어댔다. 울음을 멈추는 데 좋다고 하는 것은 시도를 안 해본 것이 없었다. 그래도 소용이 없었고, 아기는 잠을 자는 시간, 밥 먹는 시간 외에 계속 울었다. 너무 오래 안고 서 있어서 항상 벌을 받는 기분으로 하루하루를 살다가 너무 속상해서 혼자 울고, 서서 밥 먹고 그렇게 지냈다. 어떤 날은 연속해서 4시간을 쉬지 않고 우는 바람에 아기가 얼굴이 빨갛다 못해 푸르고 검은색을 띠더니 몇 초 동안 숨이 넘어갈 것처럼 몸이 경직되고 숨을 제대로 쉬지도 못했다. 나는 그 순간 초능력이라도 발휘하듯 몇 분 만에 주차장으로 달려가 대학병원 응급실로 향했다. 일 년 동안

네 번은 넘게 갔다. 사실 영아 산통은 시간이 해결해줄 뿐 의사도 분명한 처방과 진료를 해주지 않는다. 원래 아기는 다 운다고 하며 돌려보내는데 집으로 가는 발걸음이 너무 무겁고 무서웠다. 그리고 너무나 아이러니하게도 집에서 아기와 단둘이 있는 시간이 나에게는 가장 두려웠다. 내가 가장 사랑하는 아기였기 때문에 잘못되면 어떻게 하지? 나도 엄마가 처음인데 내가 너무 부족한가? 왜 이런 시련이 나한테만 찾아왔지? 두려운 마음으로 하루하루 원망하고 걱정하고 불안했다.

좋은 일과 안 좋은 일은 대부분 겹쳐서 온다고 이 시기에 가족들이 많이 아팠다. 나는 내가 너무 힘들어도 기댈 곳이 없다는 것을 잘 알고 있었다. 남편은 다정다감하고 육아도 잘하는 일등 아빠이기는 하나 여객기 파일럿이기 때문에 출장으로 집에 없는 날이 더 많았다. 오롯이 나 혼자 스스로 해내야 하는 많은 일에 우선순위를 정하고 우울증에 빠지지 않도록 새로운 목표와 꿈을 계획하기 시작했다. 그렇지 않았다면 나는 살아가야 할 에너지와 방향을 잃어버리고 더 많이 방황했을지도 모른다. 정말 인생을 살아가면서 엄마가 되고 책임감도 생겼는데 반대로 내가 너무 사회에서 작아지고 쓸모없는 존재가 되지 않나 두려웠다.

결혼 전의 나, 출산 후의 나, 내 모습은 같은데 상황이 정말 너무 많이 변했다. 이 모든 일이 10년 안에 일어난 일들인데 10년 전 나는 이런 일이 일어날 것을 예상했는지, 일들이 닥쳤을 때 어떻게 할 것인가 고민했는지 생각해보면 100퍼센트 그렇지 않았다. 우리 걱정의 90퍼센트 이상이 일어나지 않는 일인 것처럼 역설적으로 90퍼센트 이상이 전혀 예상하지 못한 곳에서 문제가 발생하게 된다. 그렇기 때문에 우리는 어제에 살지도 않고, 내일에 살지도 않으며, 오늘 바로 이 순간 현재에 맞춰 소소한 행복을 누리고 살아야 할지도 모른다.

결혼 전 나는 이탈리아에서 제품 디자인으로 석사 과정을 밟고 있었고, 유학 전 직장에서 디자이너로 수많은 히트작을 남기고 인정받는 디자인 유망주였다. 이런 이유로 조명 회사의 창업주이신 한 회장님께서 이탈리아에서의 학업뿐만 아니라 MD로 일할 기회와 넉넉한 월급을 주셨다. 열심히 공부하고 일해서 세계 무대를 상대로 잘나가는 디자이너가 되고 싶었다. 그리고 남편은 미국에서 비행 전문학교에 다니고 있었는데 우리 두 학생은 방학 동안 결혼을 했다. 남편은 여러 번의 취업 실패와 도전을 겪고 지금의 항공사에 들어갔고, 나는 다니던 조명 회사를 나와 이탈리아 도무스에서 같이 공부했던 가구 디자이너의 스타트업 회사에 가구 및 소품 디자이너로 취직했다. 그러면서 나와 나이가 거의 비슷했던 영남대학교와 청주대학교 산업디자인과 학생들을 2년 동안 가르치면서 회사 생활을 하며 바쁜 일상을 보냈다.

어느 날 결혼 3년 만에 힘들게 가진 아기 소식에 우리는 눈물을 흘리며 기뻐했다. 정말 세상 모든 것을 다 가진 기분이었다. 그리고 밝은 미래만을 떠올리며 경험도 해보지 않고 행복한 순간이 내 것이 된 것처럼 기뻐했다. 그래서 '사람은 겸손해야 한다'는 교훈을 잊지 않아야 하는지 모르겠다. 나도 내 인생이 이렇게 달라질 줄은 상상도 못 했으니까. 아기를 낳을 때도 예외가 아니었다. 남들은 순풍순풍 다 잘 낳는 것처럼 보였는데 나는 그렇지 못했다. 40시간 진통을 하고, 꼬박 2박 3일을 금식하면서 병원 침대에만 누워있었다. 그리고 양수가 먼저 터지는 바람에 응급으로 수술을 하고 아기를 만났다. 거의 일주일을 극심한 진통과 수술 후 통증으로 고생한 셈이다. 이처럼 세상은 기대했던 것과 다르게 돌아갔다. 너무너무 아팠던 기억이 지금도 나에게 둘째 아기는 꿈도 못 꾸게 하고 있다.

그런 와중에 예상대로 이뤄진 게 딱 하나 있었다. 바로 경!력!단!절!이었다. 나는 출산하면서 휴가를 한두 달 정도 가질 생각이었으나 회사도 대학교도 다시 돌아갈 수 없었다. 몸의 회복도 덜 됐고, 매일같이 우는 아기를 남의 손에 맡길 수가 없었다. 나도 이렇게 내 아기가 힘든데 그 어떤 누가 계속 울고 보채는 아기를 사랑으로 잘 돌봐줄까 해서다. 그렇게 나는 아무런 계획 없이, 돌아갈 곳 없이 세상과 단절되었다.

유일한 외출은 아기의 예방주사 날 병원에 가는 일, 가끔 남편과 하는 외식, 마트에서 장 보는 시간 외에 거의 매일 온종일 집에만 있었다. 정말 활발하고 여러 가지 일을 동시에 해야 살아있는 기쁨을 누렸던 나로서는 상상할 수도 없었고, 경험해보니 정말 도망칠 곳 없는 감옥과 같았다. 목이 터져라 우는 아기와 함께 편안한 외식과 쇼핑은 있을 수 없는 사치였다. 그래서 나는 1년을 꼬박 이런 생활 속에 스스로를 가둬두고 살았다. 정신력으로 살아냈다는 표현이 더 맞을 것 같다. 그렇게 1년이 되는 어느 날 변화를 위해 몸부림을 치기 시작했다. 이대로 이렇게 살다가 정말 10년은 더 늙어버릴 것 같았고, 무엇보다 윤정혜 나 자신의 삶이 없다면 좋은 엄마도 될 자신이 없었다.

과연 어떻게 해야 가장 나다운 모습으로, 윤정혜로 살아갈 수 있을까? 왜 사람들은 나를 윤정혜로 불러주지 않고 주아 엄마로만 부르려고 할까? 나는 그렇게 잊혀야 하는 사람인가? 희생한다고 생각하며 사는 삶은 겸손하고 배려하는 삶하고는 조금 다르다고 생각한다. 희생한다고 생각하면 나도 모르게 대가를 바라고 있을지도 모르겠단 말이다. 나는 딸 부잣집 막내딸로 자라 철도 늦게 들고 늘 타성에 젖어 바라는 게 많은 아이였다. 엄마에게, 아빠에게, 언니들에게 나는 늘 해달라고, 사달라고 조르는 철부지였다. 하기 싫은 게 있으면 울어버리고 안 해버리면 되는 어린 시절을 보냈는데 내가 아홉 살이 되던 해에 아버지가 뜻밖의 교통사고로 하늘나라로 가셨다. 서울고, 서울대 수석이셨고, 항상 1등만 하시고 인정받으셨던 아버지는 사랑하는 딸들에게 늘 이런 말씀을 하셨다.

"가장 낮은 데서 우두머리가 되어라." 너무 치열한 경쟁이 싫으셨던 것 같다. 어릴 때는 그 말이 무슨 소리인지 이해가 되지 않았다. 이제 생각하니 너무 빨리 변화하는 세상에서 1등 하는 천재는 이용당하기가 쉽다. 천재를 원하지만 천재의 스트레스를 이해해주고 인정해주는 사회를 만나기는 쉽지 않다. 인생을 제대로 즐기려면 내가 가장 좋아하고 잘하는 분야의 일인자가 되라는 말과도 비슷하게 해석됐다. 그 분야가 남들에게 어떻게 보이든, 인기가 있든 없든 말이다.

나는 내가 정말 힘든 순간에 하늘나라에 있을 아빠에 대해 많이 그리워하고 스스로 물으며 대답을 구하려 했다. 그리고 어려서 그렇게 1등만 하던 공붓벌레 아빠는 우리에게 단 한 번도 공부를 하라고 잔소리하지 않으셨다. 아이의 자존감은 그렇게 길러질 수 있을지도 모르겠다. 너의 길을 네가 개척해서 훌륭한 리더가 되도록 열심히 살아보라는 말은 성공에 대한 스트레스나 강박보다는 실패를 두려워하지 않는 아이가 될 수 있게 해주었다. 그래서 나는 어려서부터 '자기 사랑(자기애)이나 자존감이 오버 스펙'이라고 친구들이 놀려댔다. 예쁘게 생긴 것도, 공부를 잘하는 것도, 집이 엄청나게 부자도 아니었고 가진 것도 친구들보다 적었지만 늘 내 삶에 만족했고, 나 자신을 누구보다 나 스스로 사랑했다. 행복은 상대적이지 않았다. 내 만족이었고 성공도 내가 세운 목표 안에서 이루었을 때 붙일 수 있는 단어이다. 하지만 우리는 너무 사회 속에서 남들을 의식하고 사는 것은 아닐까? 남들이 인정해주는 성공을 했는데 그다음은 뭘까? 그러면 나는 행복할까? 지금도 이런 질문은 끝이 없다.

누구에게나 찾아올 수 있는, 몇 번쯤 경험해본 정말 힘든 시기에 앞이 하나도 보이지 않고 답을 찾을 수 없을 때 작은 변화의 몸부림이 시작됐다. 그때가 2012년 6월이었다. 정말 모든 게 싫게 느껴졌다. 그동안 한 번도 경험해보지 못한 초보 엄마로의 삶을 사는 내가 나에게 주어진 책임과 의무, 무거운 어깨로 아이를 안고, 업고, 온종일 서 있고, 아무도 몰라주는 집에서 혼자 벌을 서고 있었다. 매일같이 뭐 해먹을까를 고민하며 혼자 밥을 먹고, 너무 서툴러서 아기 목욕도 제대로 못 시켜주고, 놀아주는 법도 잘 몰라서 애먹고, 기저귀 갈 때도, 분유를 탈 때도 실수가 많았다. 그럴 때면 '나는 왜 이렇게 못났지' '할 줄 아는 것도 없지' 하면서 나 자신과 환경을 비관했다. 1년 동안 경험한 엄마의 세계는 정말 혹독한 자기 자신과의 싸움이었다. "그래 이 정도 했으면 됐지, 나 잠깐 미국 다녀올게" 나는 이 짧은 한마디를 아침에 던지고 오후에 미국 LA행 비행기를 탔다. 더 이상은 아무것도 하고 싶지 않았다. 매일같이 조금의 변화도 없이 반복되는 일상이 너무 지겨웠다. 아무 계획이 없었기 때문에 짐도 아침에 정신없이 싸면서 드디어 나에게도 뭔가 탈출구가 생기는 것 같아서 조금 다른 삶이 나타날 것 같은 설렘에 가슴이 다시 두근두근 뛰기 시작했다. 출산하고 아이를 처음 안을 때 뛰던 내 심장처럼.

한 살배기 막 된 돌아기를 데리고 단둘이서 떠나는 미국 여행이라니 벅찬 가슴은 다른 말이 필요 없는 그냥 그걸로 충분했다. 그리고 어릴 적부터 가장 친한 친구에게 떨리는 목소리로 "다흔아, 나 드디어 떠나! 오늘 출발할 거야!" 전화를 걸어 출국 몇 시간 전 동네 카페에서 급하게 만났다. 나는 얼음이 가득한 오렌지주스를 주문해서 시원하게 들이켜고 주아에게도 약간 덜어서 나눠주었다. 사실 주아는 그때도 영아 산통이 완전히 괜찮아진 것은 아니었고, 조금 찡얼대기도 하고 밤에 가끔 이유 없이 울기도 하면서 극복해내는 과정 중에 있었다. 우리는 카페를 나와 예정대로 공항으로 갔고 비행기에 몸을 실었다. 하필 그때였다. 비행기에 타자마자 아기는 기저귀에 설사를 했다. 11시간의 비행 동안 무려 8번이 넘는 응가와 함께 지독한 냄새뿐만 아니라 본인도 너무 괴로웠는지 내내 울고만 있었다. 나는 비행기 안에서도 집에서처럼 아기띠를 둘러메고 11시간 동안 벌을 서고 말았다. 다른 승객들은 영화도 보고 밥도 우아하게 먹는 것처럼 보이는데 내 삶에는 약간의 여유도 허락되지 않았다. 정말 예상하지 못했는데 아까 마신 오렌지주스에 들어있던 얼음이 아기의 장을 자극하여 바이러스성 장염이 되었다는 것을 LA에 도착하자마자 들른 소아과에서 알 수 있었다.

'아, 정말이지 하늘은 견딜 수 있을 만큼의 고통을 주신다고 하셨는데 저는 이제 더 못 견딜 것 같아요. 이제 저를 더 이상 시험하지 마세요.' 진짜 너무 속상해서 펑펑 울었다. 나의 설렘과 기대는 비행기 안에서 모두 탈진하고 어디로 갔는지도 모르겠다.

우여곡절 끝에 나는 미국에서 가족과 사는 언니네 집에 도착하여 한 달 동안 머무르기로 하였다. 아기는 미국 도착해서도 2주 동안 장염으로 고생하며 게토레이와 항생제를 먹고 살도 많이 빠지고 정말 고생을 많이 했다. 이럴 때 엄마들은 보통 못난 나의 행동을 탓하게 된다. 나 역시 얼마나 많은 반성과 후회를 했는지 모른다. 매 순간순간이 선택이로구나. 그리고 그 결과에 따라 잘한 일과 못한 일이 결정된다. 이것이 세상의 이치라는 것을 깨달았다. 하지만 잘못된 선택일지라도 깨달음이 있고 이겨낼 힘이 있다면 '그럴 수도 있지 뭐 어때'라고 훌훌 털어버렸어야 했다. 나는 육아를 경험하는 동안 이것을 몰랐다. 이렇게 생각하고 지웠어야 했는데 내 자식을 돌보는 것을 잘못했을 때 그렇게 쉽게 머릿속에서 떨치지 않았다. 어쩌면 너무 소중해서, 너무 잘해주고 싶어서…. 세상 모든 엄마의 마음이 그런지도 모르겠다. 요새는 육아 아빠도 많이 늘어나고 있는데 모든 부모가 같은 심정이지 않을까. 하지만 세상에는 완벽이란 없다. 사람이 하는 일에는 완벽을 포기해야 세상을 조금 더 부드럽게, 동그랗게, 더 크게 바라볼 수 있다는 것이 혹독한 나의 육아 경험을 통해 배운 교훈이다. 그리고 과정이란 것은 반드시 목표가 있어야 한다. 그래야 나를 행복하게 만들 수 있다. 목표가 장기적이고 원대할 필요는 없다. 당장 오늘내일 하나씩 해나갈 수 있는 작은 변화와 실천이 나에게 큰 성취감을 주었다. 그리고 그것은 살아있음을 느끼게 하고, 앞으로도 더 나은 삶을 살 수 있을 거라는 막연한 희망과 긍정적인 에너지를 주었다. 그리고 때로는 원하는 방향대로 흘러가지 않는 하루를 살아가더라도 '뭐 어때, 아니면 어때, 틀리면 어때, 그럴 수 있지' 하고 혼잣말을 한다. 이렇게 스스로 나쁜 에너지를 차단하면 내 몸과 정신을 온전하게 새롭고 재미있는 일을 위해 쓸 수 있다.

나는 하루하루 미국 생활에 신기한 것과 이상한 것과 재미있는 것들을 찾아다니며 시간을 보냈다. 같은 육아지만 환경과 문화와 언어가 다른 곳에서 조금 다른 일상을 보내는 시간이 지루하지 않았다. 아무 일도 하지 않고 집 앞에 아기와 산책하러 나가도 배우는 게 있다고 생각했다. 어느 날은 슈퍼마켓에 장을 보러 나갔다. 일주일에 한두 번 있는 일상이라 특별한 날도 아니었다. 마트에는 많은 사람이 카트를 끌고 다니면서 과일, 채소 그리고 생선, 고기 등을 사느라 바삐 다녔다. 나는 신선한 제철 과일들이 있는 과일 코너로 가서 아기가 먹을 수 있는 신선하고 좋은 과일을 고르기 시작했다. 바로 그때 영어로 'HONEYDEW'라고 적힌 아주 연한 그린색을 하고 있는 멜론이 눈에 들어왔다. 이탈리아에서 2년 동안 공부했던 나는 영어가 라틴어에서 왔다는 것을 알고 있었지만, 허니듀라고 적혀있는 그 단어 앞에 그만 나도 모르게 한동안 멈춰서 있었다. 그리고 생각했다. 이탈리아어인가, 불어인가, 영어인가. 아니면 공통으로 쓰이는 명사인가를 말이다. 그리고 영어 사전을 찾아서 그것이 영어이며, 멜론의 한 품종인 속이 조금 더 진한 녹색을 띠고 겉껍질은 하얀색에 가까운 멜론이라는 것을 알았다. '도대체 이게 뭐라고 이렇게 아름답지?' 맛도 달달하고 시원했다. 나는 어느새 허니듀의 매력에 푹 빠져들었다. '내가 왜 좋을까?'라는 물음을 해보면 그냥 좋아서 꽂히는 제품이나 사람이 있다. 그리고 그것을 우리는 사랑 또는 운명이라고 하는지도 모르겠다. 좋은 이유를 말하라고 하면 그냥 다 좋다고 하지 특별히 이런 것들이 장점이고, 더 우수하고, 차별점이나 우위 점을 나열하지 않아도 감성이 충만해지니 본능에 가까운 감정인 거 같다. 그리고 그때 내 머릿속에 주아가 태어난 2011년도 토끼띠의 해라는 생각이 스쳐 지나갔다. 사실 'RABBIT'과 'HONEYDEW'는 아무 연관이 없다. 그리고 나는 새로운 제품이나 디자인 등을 위해서 시장 조사를 하겠다고 마음먹은 것도 아니었고, 그냥 시장에 과일 사러 간 아기 엄마였는데 말이다. 'HONEYDEW RABBIT' 이 단어의 조합은 나에게 어떤 새로운 일이 벌어질 것만 같은 가슴이 벅차고 심장이 뛰는 그런 순간이었다.

우리는 때로 이런 일들을 만났을 때 '인생은 살아볼 만한 가치가 충분히 있다'라는 생각을 하는 것 같다. 왜냐하면 오늘의 일상이 내일도, 미래에도 계속된다는 장담을 할 수도 없고, 내일 일어날 일들을 구체적으로 나열할 수 있는 사람도 없기 때문이다. 그렇다면 어떻게 나는 이 힘든 시기를 극복하고, 경력 단절이 된 아기 엄마에서 스타트업 사업가가 될 수 있었을까? 지금 생각해보면 하나씩 목표를 세우고 매일같이 도전했던 일들이 가능하게 만들어준 것 같다. 기회는 누구에게나 오지만 그것을 내 것으로 만들기 위해서는 반드시 시간과 꾸준한 노력이 필요하다. 브랜드명을 허니듀래빗으로 정하자 그다음으로 나는 어떤 일이 벌어질지 모르지만 내 사업을 위해서 가능성 있는 아이템이나 서비스, 기술이나 여러 가지를 생각해보고 있었다.

그러다 오랫동안 가족과 미국에 살면서 두 아이의 엄마가 된 언니의 집에서 발견한 유아용 가구에 꽂히게 되었다. "나는 만약에 둘째가 태어나면 저 브랜드의 유아 소파는 또 안 살 거야"라는 언니의 말에 유아 소파가 눈에 들어왔다. 보기에 꽤 좋아 보이는데 저 소파의 문제점이 무엇인지 이유가 궁금해서 물었다. "왜? 괜찮아 보이는데." 이유는 간단했다. 아이의 눈에 맞춘 디자인은 아니었다. 더 큰 문제는 아이의 올바른 자세를 형성해준다고 하였는데 실상은 그렇지 않았다. 소파 내부에 들어있는 스펀지 폼은 고정이 되지 않아 좌우로 흐느적거리고, 아이들은 비스듬히 누워있거나 발을 올리고 허리를 구부정하게 앉아있었다.

미국 현지에서 한 달간 체류하는 동안 나는 미국 현지 유아 가구 시장이 크다는 데 놀랐다. 집마다 똑같은 브랜드의 유아용 소파가 있었는데 거의 필수품이 되다시피 했다. 그런데 저렴한 원단과 소재를 사용했을 뿐더러 원가 절감을 위해 허술하게 만든 중국산이 대부분이었다. 나는 열심히 다른 제품이 있는지 시장 조사를 해보았다. 대부분 중저가 제품이었다.

"저는 아이에게 좋은 가구를 사주고 싶었어요. 옷처럼 한두 해 입고 버리는 것이 아니라 가구는 오랫동안 친구처럼 사용하는 제품이잖아요. 엄마의 마음으로 좋은 재료를 써서 예쁘게 만들면 사업이 될 것 같아요."

한 달 후 한국에 돌아와 바로 창업을 준비했다. 집에서 아이를 돌보면서 1년 정도 아이디어를 생각하고 틈틈이 시장 조사를 했다. 허니듀래빗이라는 브랜드명을 그대로 회사명으로 하여 사업을 시작하기도 전에 사업자등록증부터 냈다. 그해가 2011년 11월, 창업에 대해서 '창'자도 모르면서 무조건 나는 회사를 운영하며 좋은 제품을 만들겠다는 일념으로 도전했다. 무식하면 용감하다는 딱 그 시기였다.

그러다가 정말 우연히 집에서 아기가 잠든 틈을 타서 거실 소파에 누워 텔레비전을 보고 있었다. 마침 그때 청년창업사관학교를 방영하고 있다. KBS-TV 교양 프로그램인 〈다큐 3일〉에서 청년창업사관학교를 소개하는 내용을 보고 '바로 이거다' 싶었다. 그러나 방송이 나갔을 때는 이미 1차 모집기간이 지나있었다. 포기하고 있었는데 2차 모집을 한다는 소식에 바로 서류를 써서 접수했다. 여기에 들어가면 사업 초기 자금도 정부 지원금으로 마련할 수 있으며, 사무실까지 지원되고, 아는 것이 하나도 없는 대표에게 많은 정보를 제공해준다. 정말 좋은 기회라고 생각해 며칠을 밤새가며 사업계획서를 작성하고 그 외 필요한 것들을 열심히 준비해서 면접을 보고 한 번에 붙었다. 그렇게 어렵게 들어간 사관학교였는데 도중에 퇴교할 뻔했다. 사관학교에 입교하기 1년 전부터 이미 자신이 이끌어가고자 하는 브랜드의 방향과 철학을 명확히 해두었던 나에겐 이곳의 행정 시스템이 답답하게 느껴졌다. 지원금이고 뭐고 그만두겠다는 나를 지도 교수와 사관학교 담당자가 차분하게 달랬다.

"사관학교에서 맺은 300명과의 인연이 중요한데 왜 단칼에 자르려 하냐는 말에 생각을 바꿨어요. 그땐 제가 정말 성급했어요. 법인(法人)도 결국 사람인 거잖아요. 결국 사람이 하는 비즈니스인데 그걸 몰랐던 것이죠. 지금 생각하면 저를 잡아주신 것이 얼마나 다행인지 몰라요."

실제로 사관학교에 있으면서 나는 동기생들로부터 많은 도움을 받았다. 소파에 사용할 원단을 소개받기도 했고 마케팅 전문가나 연예인을 소개받기도 했다. 전공 분야가 다양한 사람들이 모여 있다 보니 어려울 때 누군가가 도와주고 본인 자신도 누군가에게 도움이 되었다. 결국 비즈니스의 연결과 성사는 모두 사람이 하는 일이다.

이런 우여곡절 끝에 사관학교에 입교한 지 얼마 안 되어 시제품이 나왔다. 좋은 재료를 사용해 일일이 엄마의 마음과 정성으로 만든 제품이다. 토끼, 기린 등 유아에게 친숙한 동물 모양을 등받이에 적용했다. 무게는 2.5kg에 불과해 아이들이 장난감처럼 갖고 놀 수도 있다. 친환경 접착제를 사용하는 등 아이의 건강을 최대한 배려했다. 모양도 예쁘지만 탈착식 커버로 만들어 세탁을 할 수 있게 위생까지 신경을 썼다. 이 부분에 대해서는 특허도 출원했다. 특허 출원도 동기생의 조언 덕분이었다. 소파 커버가 특허가 될 수 있다는 생각을 전혀 못하고 있던 나에게 일단 특허를 내라고 조언을 해준 것이다. 우선 심사 대상이 되어 한 달 만에 특허가 등록됐다. 덕분에 벤처기업 인증도 받았고 디자인 상표도 등록했다.

그리고 나는 명랑 디자이너로 신제품 개발에 몰두했다. 고객들에게 선보이고 좋은 반응을 얻으면 그 기쁨으로 매일을 행복하게 지냈다. 제품을 론칭하자마자 바로 사전 테스트에 나섰다. 정부 지원금 상당 부분을 시제품 개발 비용 또는 마케팅 비용에 투자했다. 2013년도 밀라노 디자인 위크와 뉴욕 가구 박람회에 제품을 전시했는데 반응이 좋았다. 밀라노 디자인 위크에서는 기자들로부터 '가장 안아주고 싶은 디자인 톱 5' 브랜드에 선정됐다. 전시회에 나갈 때마다 제품은 현장에서 완판되었다. 2014년에는 이탈리아 '에이디자인어워드'에서 은상을 수상하며 디자인을 인정받았다. 무엇보다 현지 디자이너가 제품이 갖고 싶다며 사는 것을 보고 내 디자인에 자신감이 생겼다. 이후 특별한 영업을 하지 않았는데 백화점에서 먼저 제안이 들어왔다. 디자인이 곧 영업이었던 셈이다. 현대백화점, 신세계백화점, 갤러리아백화점 등에 차례로 입점이 되었다. 프리미엄 브랜드라는 이미지로 승부를 건 것이 주효했다.

"생각했던 것 이상으로 반응이 좋았습니다. 이 시장은 분명 블루오션은 아닙니다. 기존에 있던 시장도 아니고 필수품은 더더욱 아니죠. 시장에서 제일 비싼 가격으로 무리수를 던진 셈인데 신선한 디자인이 소비자들에게 받아들여진 것 같아요."

많은 언론과의 인터뷰 때 나는 늘 이렇게 답했다. 가격이 기존 유아용 소파에 비해 5~10배나 되는 데도 엄마들로부터 폭발적인 호응을 얻었다. 유아용 가구에 특화되다 보니 요즘에는 파트너십을 제안하는 기업도 많다. 사관학교를 졸업할 시점에는 3D 애니메이션 회사인 레드로버와 공동으로 만화 캐릭터를 이용한 소파와 테이블을 제작했다.

나는 요즘 더 신이 난다. 내가 디자인한 제품을 수집하는 컬렉터가 생길 만큼 팬층이 두터워진 것을 실감한다. 팬층이 두터워지면서 매출도 수직 상승하고 있다. 그리고 지금은 중국, 홍콩, 대만, 일본에 대기업 유통사와 함께 협력하여 허니듀래빗 세컨드 브랜드를 만들고 있으며, 공동 투자 및 유통 협력으로 전 세계에 진출할 단기 목표를 가지고 있다. 더불어 해외에도 여러 차례 소개되었으며 수출도 활발하게 됐다. 국내 영업과 마찬가지로 따로 영업하지 않았는 데도 해외 업체 쪽에서 어떻게 알았는지 먼저 연락을 해왔다. 이미 사관학교에 있을 때 홍콩에 수출이 됐고, 홍콩 하비니콜스 백화점 및 일본 도쿄의 긴자백화점에도 입점이 됐다. 수출을 진행하는 과정에서 새로운 아이디어 제품도 나왔다. 물류비를 줄이기 위해 고민하던 끝에 쉽게 조립되고 해체할 수 있는 자작나무 테이블을 기획했다. 핀란드산 최고급 자작나무를 사용했고, 마감도 식물성 오일로 한 프리미엄 제품이다. 특히 나사와 볼트 같은 연결 장치 없이 쉽게 조립할 수 있는 것이 특징이다.

나는 유아용 프리미엄 가구 시장 및 유아용품에 큰 기대를 걸고 있다. 가구 시장이 점점 위축되고 있지만 유아용 가구 시장은 10년 전보다 10배나 덩치가 커졌다. 그중에서도 프리미엄 시장의 성장세는 더 가파르다. 그리고 유럽, 미국 등에서도 기존에는 소매상과 주로 거래했지만 요즘에는 기업에서 제안이 들어오고 있다. 너무나 놀랍게도 이런 제안들과 기회는 순식간에 퍼져나가 연락이 들어오고 있어 창업하고 2년 동안 믿을 수 없는 일들의 연속이었다. 내 인생의 전환점임은 분명했다. 나는 집에서 음식을 만들고, 청소를 하고, 아기를 돌보는 주부였는데 어떻게 내가 라디오와 텔레비전에 나오기도 하고, 내가 즐겨 보는 드라마에 내가 디자인한 제품이 나오게 되다니 도무지 이런 일들이 나한테 벌어질 거라고는 전혀 예상치 못했다.

그리고 그때부터 세상은 나에게 누구 엄마가 아닌 윤정혜 대표라고 부르기 시작했다. 하지만 그렇다고 나는 지금 내 꿈을 모두 이뤘다고 생각하지 않는다. 재미있게 일하고 있지만 아쉬운 점은 늘 있다. 회사 규모가 작다 보니 시스템이 갖춰져 있지 않아 일당백으로 일해야 한다. 일을 즐기는 나에게도 버거울 때가 많다. 가끔 예기치 않게 터지는 사건 사고를 수습하는 것도 결국엔 경영자의 몫이다. 얼마 전에는 자작나무 수입 운반 과정에서 스크래치가 발생해 고가의 자재를 버린 적도 있다. 사고는 결국 방심하는 데에서 터진다. 물론 사고를 수습하고 해결해가는 과정에서 나는 제대로 공부를 했다. 인생은 이겨낼 수 있을 만큼의 시련이 찾아오게 마련인데 내가 실패를 극복해가며 도전에 용기를 내는 동안 '나도 조금씩 아주 천천히 철이 들어가는구나' 느낄 때가 많다. 그리고 아직도 공부해야 할 분야가 너무 많다. 그렇기 때문에 젊은 마음을 유지하며 건강한 삶을 살 수 있는지도 모른다.

2015년까지가 스타트업을 위한 도약의 해였다면 그 이후는 회사의 시스템을 갖춰나가는 해로 목표를 잡았다. 외주 업체들과 더욱 돈독해지고, 믿을 수 있는 전 세계 파트너 회사들도 생겨나고, 수출에도 조금 더 적극적으로 나서서 회사를 설립할 당시 가졌던 '글로벌 디자인 브랜드'의 목표에 한 발짝 더 다가설 계획이다.

그리고 나의 머릿속에는 조금 더 큰 그림이 그려져 있다. 내가 만든 가구에 스토리를 입혀 독창적이고 유머가 있는 유니크함으로 고객들에게 감동을 주는 브랜드로 허니듀래빗을 키우는 꿈이다. 디즈니와 같은 회사를 꿈꾸면서도 나는 다른 길을 갈 것이다. 캐릭터가 인기를 얻은 후 제품이 나오는 것이 아니라 제품으로 사랑을 받고 나서 거기에 스토리를 녹여내 캐릭터 사업을 하고 싶다. 모르긴 몰라도 사업의 성패를 떠나 회사를 경영하는 이유가 명확하기 때문에 앞으로도 꾸준히 즐겁게 일할 수 있을 것 같다.

자포스 창업자인 토니 셰이의 말을 빌자면 "기업의 가장 큰 존재 가치는 사명입니다. 제 인생의 모토이기도 합니다. 돈을 벌려고 사업을 하는 것도, 단지 일에 미쳐서 하는 것도 아닙니다. 제가 가장 행복을 느끼는 것은 고객이 제 디자인에 감동하는 순간입니다."

나는 이 창업자의 말에 100퍼센트 동감한다.

| 허니듀래빗의 가치관 경영 |

'나는 어떤 혼을 가진 기업을 만들 것인가?'

육아를 경험하며 아이들을 이해하고, 아이들을 위한 디자인을 하고자 항상 노력합니다. 어린아이의 상상력을 유지하며, 정직하고 사람과 통해야 하는 것이 디자인이라고 생각합니다. 그러한 예술적 가치와 디자인이 세상과 소통하므로 이를 위해 꾸준히 노력하고 있습니다.

창업자인 저는 디자이너이자 한 아이의 엄마입니다. 저는 몇 년 전 한 아이의 엄마가 되었습니다. 아이가 자라는 동안 아이들을 웃게 만들고자 하는 제 꿈도 같이 자랐습니다. "당신을 어린아이처럼 행복하게 하는 순수한 즐거움은 무엇인가요?" 저는 그 답이 디자인이고 창의라고 생각합니다. 어린아이의 상상력을 유지하고, 정직하고 사람과 통해야 하는 것이 디자인이고, 그러한 디자인이 세상과 통한다고 믿습니다.

"어떻게 하면 우리 아이들이 더 행복한 웃음을 지을 수 있을까요?" 항상 고민하면서 육아를 경험하였습니다. 그러다가 아이와 부모의 교감, 소통이나 애착 형성이 굉장히 중요하다는 것을 깨달았습니다. 그래서 제가 만들고자 하는 브랜드는 우리 아이들이 사용하는 제품과 가구를 디자인으로 표현하고자 하였으며 이를 위해 사람, 자연, 동물을 끊임없이 연구하고 있습니다.

단순히 아이템 개발로 끝나지 않고 아이를 생각하는 엄마의 마음으로 엄마가 디자인하고 만든 영유아 가구 브랜드로 안전함과 유익함을 공유하는 것이 기업의 목표입니다. 예를 들어 마치 아이가 소파에 앉아있으면 엉덩이가 과장되어 보이게 하여 부모에게도 웃음을 줄 수 있고, 즐거움을 제공하며, 아이도 자신의 신체 형상과 닮은 엉덩이 모습에 관심을 보이고 흥미로울 수 있도록 합니다. 그리고 이러한 디자인에는 안전, 최고의 품질, 놀이를 통한 교육의 가치들이 수반되어야 합니다.

이러한 브랜드 기업이자 고객과 가장 가까이에서 소통하는 혼을 가진 기업을 만들고자 합니다. 새로운 경험이나 만족, 서비스를 고객에게 늘 주려는 마음과 가치관을 따르고 정직하고 투명한 기업이 된다면 성공으로 갈 수 있다고 강력하게 믿고 있습니다. 그렇게 해서 전 세계인과 소통하고 세상을 바꾸는 글로벌 기업가가 되려고 합니다.

장기적으로는 그저 좋기만 한 기업이 아닌 위대한 기업으로 존경받고 싶습니다. 엄청난 매출과 순이익으로 돈을 번다거나 시장 점유율 1위를 획득하는 것 이상의 위대한 사명과 큰 비전을 가지고 기업을 이끌고자 합니다. 많은 기업이 돈을 버는 데에만 초점이 맞추는 우를 범하기 쉬운데 저는 돈이 제 인생에서 전부가 아니라는 것을 나이 아홉 살에 아버지의 갑작스러운 교통사고 사망 소식을 통해 일찍 깨달았습니다. 제 인생에서 가장 가치 있는 일이자 제가 가장 행복한 순간은 바로 존경받는 일을 하고, 그로 인해 성취감을 얻는 것입니다. 제가 인생을 살면서 성취해야 하는 일 중 하나가 돈이나 물건을 소유하는 것이 아닌 경험을 쌓는 것입니다.

'나는 어떤 기업을 만들려고 하는가?'

인생의 전부가 돈이거나 물건의 소유에 집착하는 것이 아니라 우리가 추구하는 경험과 지식을 쌓고 성취함으로써 느끼는 행복을 전파하고자 합니다. 그러기 위해서 우리 기업의 가치관을 충분히 이해하는 사람을 직원으로 채용하며 비슷한 가치관을 가진 거래처 및 고객과 함께합니다. 우리의 실천과 성공을 통해 보여주고 사람들의 자발적인 참여가 이루어지도록 만들고자 합니다. 고객의 자발적 참여가 가능한 플랫폼을 창조하고자 합니다.

허니듀래빗의 미션, 핵심 가치, 비전

허니듀래빗은 아이들의 웃음을 전파하고 우리 아이들의 행복한 경험의 가치 형성과 이를 위한 디자인을 연구하여 세상을 바꾸고 가장 신뢰할 수 있는 글로벌 브랜드를 위해 존재합니다.

미션(Mission, 사명) : 왜 존재하는가?

- 어린아이의 상상력과 순수함을 항상 유지한다.
- 동심으로부터의 친숙한 경험을 제공하는 새로운 제품을 만든다.
- 전 세계의 아이들과 동물, 자연과 소통하여 세상을 바꾼다.
- 우리의 정직함과 감성적인 스토리로 고객과 친구가 된다.
- 이로써 모든 이웃에게 웃음과 행복을 전파하고 서로 배려하는 아름다운 세상의 성공을 돕는다.

핵심 가치(Core Value)

- 감성(Sensitivity)
- 소통(Interaction)
- 유머(Humor)

비전(Vision) : 무엇이 될 것인가?

허니듀래빗은 2025년까지 아이들과 부모가 함께 만들어가며 가장 신뢰할 수 있는 글로벌 브랜드가 될 것이다. 아이를 생각하는 엄마의 마음으로 엄마가 직접 만들고, 아이들의 상상력을 유지하며, 세상에 아름다운 가치와 웃음을 전파한다.

우리는 이러한 사명과 가치, 그리고 비전을 실천하는 창조인입니다.
세상에 없는 새로운 제품으로 고객 만족을 위해 끊임없이 도전합니다.

소소하지만 확실한 행복

윤현희

뒤척이며 이불을 더 돌돌 말고 꿈속 장면을 따라가 본다. 하지만 아이들의 활동을 알리는 TV 켜는 소리, 냉장고 문을 열었다 닫았다 유리컵 부딪치는 소리, 장난감이 통에서 와르르 쏟아지는 소리, 두 녀석이 장난치며 노느라 쿵쾅, 퉁탕, 딸그락거리는 소리에 이제는 도저히 더는 버틸 수가 없다. 습관적으로 누웠던 자리 주변을 더듬으며 핸드폰을 찾기 시작했다. 베개 근처에 놓여있던 핸드폰을 한 손에 집어 들고 다른 손으로 화면을 켰다.

저자는 결혼 후 두 아이를 키우다가 이제야 비로소 인생 2막을 향해 도전하며 열심히 꿈을 키워가고 있다. 아이들에게 그림동화책 읽어주는 일을 시작한 후 우리나라 역사, 에세이, 자기계발, 소설 등과 자연스레 친해지는 계기를 마련했다. 비단 거기에만 그치지 않고 꾸준히 책 속에 파묻혀 지내다가 우연한 기회에 글을 쓰게 되었고, 이렇게 첫 번째 책을 출간하는 기회도 생겼다. 여자의 삶도 시대 흐름에 따라 아이들과 함께 성장하며 육아를 병행하면서도 얼마든지 변화할 수 있다는 메시지를 담아내고 싶었다. '나도 작가' 프로젝트에 참여하며 글쓰기의 매력에 더욱 깊이 빠져들었고, 누구나 재미있게 읽는 멋진 소설을 써보고 싶은 욕심도 생겼다.

오전 8시다. 아직 8시밖에 안 되었다.

주말이라는 핑계로 늦잠 좀 자보려던 나의 작은 바람은 유리창으로 쏟아져 들어오는 눈부신 햇살과 함께 사라져버렸다. 몹시 억울한 기분이 들었지만 정신을 차리고 주방으로 향했다. 오늘 아침은 뭘 줄까 고민하다가 음식을 만들기 시작했다. 독박 육아의 하루가 다시 시작되었다. 아이들과 아침을 챙겨 먹고, 옷을 입히고, 외출 준비를 했다. 엄청나게 예민한 아랫집 사람들이라 계단 오르내릴 때 발소리도 신경 쓰였다. 아이들에게 살금살금 내려가자고 타이르며 몇 번이나 주의를 준 뒤 현관문을 나섰다. 하지만 개구쟁이 두 녀석은 마냥 신난 기분을 온몸으로 표현하며 계단을 순식간에 뛰어 1층으로 내려갔다. 그럴 때마다 내 가슴은 철렁 내려앉았다. 층간 소음이 너무 신경 쓰여 주말이면 어디로든 아이들을 데리고 나가 놀았다. 아이들과 함께 보내는 시간은 나에게도 소중하다. 물론 혼자 외출할 때보다 신경 쓰이는 부분이 많지만 내가 혼자였을 때 늘 무심히 지나쳤던 세상의 새로운 풍경을 아이들 눈을 통해 새삼 느끼게 되었다. 회사 다닐 때는 한낮의 공원이나 놀이터를 본 기억이 전혀 없다. 10년 동안 다람쥐 쳇바퀴 돌듯 출근 → 퇴근 → 직장 동료와의 술자리가 반복되었기 때문이다. 해 뜨기 전 출근해서 해가 지면 퇴근하고, 휴일에는 방구석을 뒹굴며 온종일 '시체놀이'에만 급급했다. 그때 왜 그렇게 살았는지는 나도 잘 모르겠다. 따사로운 햇살을 받으며 아이들을 쫓아다녔고, 아이들의 시선이 가는 곳을 함께 바라보며 시간을 보냈다.

"엄마, 저기 나비가 날아가요."

"엄마, 나비가 꽃에 앉았어요. 그런데 저 꽃은 이름이 뭐예요?"

철우가 대답한다.

"저 꽃? 나 알아. 저 꽃은 철쭉이야."

이야기를 들으며 잠시 생각에 잠겼다. 어쩌면 우리의 삶도 나비의 일생과 비슷한 게 아닐까 싶었다. 여자 → 엄마 → 인간으로 거듭된 탈피를 거치면서 내가 원하는 삶이 과연 무엇인지 끊임없이 갈등하며 조금씩 변해갔다.

"엄마, 량우가 안 보여요."

철우가 소리쳤다.

"뭐라고?"

"량우가 없어졌어요. 조금 전까지 여기 있었는데."

둘째 녀석이 불과 몇 초 사이에 눈앞에서 사라졌다. 짧은 순간, 온갖 걸 상상하며 이리저리 눈동자를 굴려가며 아이를 찾았다. 빠른 걸음으로 방금 왔던 길을 되돌아보고, 다녔던 길을 다시 되짚어보고, 놀이터에 바글바글한 아이들을 눈으로 훑어보았다. 같은 색 옷을 입은 비슷한 또래의 아이들이 전부 다 내 아이처럼 보였다. 땀에 젖어 찾아다닐 엄마 생각은 전혀 하지 않은 듯 공원 한쪽 구석에 쪼그리고 앉아 땅바닥만 뚫어져라 쳐다보는 녀석에게 가까이 다가가 나도 모르게 크게 소리쳤다.

"네 이놈 자식, 엄마한테 말도 없이 어딜 혼자 다녀."

호통에도 해맑은 눈빛을 보내며 무슨 일이 있었냐는 듯 "엄마, 여기에 개미집이 있어요. 개미들이 집으로 먹이를 나르고 있어요"라며 그곳을 손가락 끝으로 가리키며 소리쳤다.

"형아, 이것 좀 봐. 빨리 와봐."

아이들은 개미가 줄지어 이동하는 풍경이 늘 보아도 그저 신기할 따름이다. 놀란 가슴을 쓸어내리며 아이와 함께 개미를 보았다. 두 녀석이 한참을 종알대며 관찰했다. 어느새 아이는 또 쪼르르 달려가 "엄마, 선물" 하고는 꺾어온 강아지풀을 작은 손에 쥐고서 다가온다.

쓸모도 없는 강아지풀 선물이지만 아이의 성의를 생각해 받아든 나는 그것을 한참 동안이나 손에 쥐고 다녔다.

아이들 나이 다섯 살이 되기까지 엄마의 24시간은 그야말로 쏜살같다. 편하게 잠잘 수도 없고, 잠잘 시간도 부족할 만큼 눈코 뜰 새 없이 힘들고 바쁘다. 밥숟갈을 입에 넣는 순간도, 화장실에 잠깐 다녀올 틈도 주지 않고 온종일 엄마를 놀라게 하는 아이들이었다. 그러다가 어느새 스스로 할 수 있는 일이 늘어나고, 말도 제법 할 줄 알게 되며, 엄마의 손도 덜 가게 되면서 어린이집에 다니게 된다.

그런 과정 이후에 찾아온 시간의 여백은 달콤했다. 몇 년간 육아에 시달려온 몸과 마음에 보상이라도 하듯 한동안 아이들 없는 혼자만의 시간을 즐겼다. 동네 엄마들을 만나 커피를 마시며 수다 떠는 것만으로도 엄청난 힐링이라며 신나게 돌아다녔다. 하지만 시간이 지날수록 점점 할 말도 없어지고, 내 삶과 타인의 삶을 비교하며 잡생각만 늘어났다.

그뿐 아니라 공연히 내 생활에 불평불만이 늘어나면서 오히려 우울감만 생길 뿐 전혀 도움이 되지 않는다는 걸 느꼈다. 막연히 직장을 구해보는 게 어떨까 고민하며 사람들을 만나 단순히 수다 떠는 시간을 줄여보기로 했다. 너무 자주 만나는 것보다는 나의 일상에 조금 더 집중하고 열심히 살아가며 가끔 얼굴 보면 그게 더 반가울 것 같아서였다.

아이들이 잠든 고요한 시간에는 어김없이 허무감이 찾아왔다. 화려했던 나날도 있었던 나였는데, 지금은 '집사람' 또는 '애 엄마'가 되어있다. 아직도 '아줌마'라는 호칭이 익숙하지 않아 인정하기 싫고 불편하기만 하다. 드라마를 보면서 맥주 한 캔 마시는 일도, 아이들이 잠든 밤 하루 육아를 마무리한 엄마들의 수백 개 카톡 수다도, 소소한 인터넷 쇼핑도 모든 게 다 무료할 뿐이었다.

30대면 중년으로 접어든 나이인데도 나이 들어가는 게 그다지 실감 나지 않았고 그저 시간만 아까웠다. 애매하게 놓을 수 없는 육아의 끈과 현실을 생각하면 저절로 한숨만 흘러나왔다.

남편이 착실하게 직장 생활을 잘하고 있지만 그것과 별개로 나의 삶이 있어야겠다는 생각이 들었다. 엄마로서의 삶과 나의 삶, 그 중간 어딘가 즈음에서 내면의 갈등이 생긴 것이다. 결혼했지만 그렇다고 남편에게 내 모든 것을 걸고서 한평생 남편만을 의지하는 의존적인 여자로 살고 싶지는 않았다.

다음 날부터 일자리를 찾기 시작했다. 구인, 구직 사이트를 수시로 찾아보았다. 아이들 픽업 시간과 겹치는 건 피해야 했기에 내가 할 만한 일자리는 거의 없었다. 마땅히 아이들을 봐줄 사람도 주변에 없었고, 그 시간을 피한 꿀타임 시간대는 이미 자리가 꽉 차서 들어갈 수도 없었다.

"구인 광고를 보고 전화 드렸습니다. 아직도 구하시나요?"

"네, 아직 구하고 있어요. 면접 보러 오실 수 있나요?"

그다음 날 바로 면접을 보기로 약속했다. 그러고 나니 직장을 다니게 될 수도 있지 않을까 하는 약간의 기대와 설렘도 생겼다. 아이들을 키우며 몇 년 동안 편한 스타일에 익숙해졌기에 갑자기 면접을 보려니 어떤 옷을 입는 게 좋을지, 신발은 뭘 신는 게 좋을지 고민하느라 옷장과 신발장을 여러 번 여닫았다.

근래에 전혀 입지 않던 옷을 꺼내 입고 거울에 비춰보았다. 예전 같지 않게 어색해진 모양새를 느끼며 그냥 다시 옷장에 넣어두고는 자연스럽고 내

몸에 편안해 보이는 게 최고라고 위로하며 그중에서 그나마 깔끔하고 단정해 보이는 옷을 입고 가기로 결정했다. 그리고 이력서를 쓰고 잠이 들었다.

평소보다 일찍 일어나 아이들을 흔들어 깨웠다. 아직 잠이 덜 깬 녀석들을 한 명씩 잡아끌어 얼굴을 씻기고 옷을 입혀 간단히 아침을 먹였다. 빠른 동작으로 가방을 챙겨 등에 메어주고, 신발을 신기고, 어린이집 차량 시간에 맞춰 집을 나섰다. 잠에서 깬 뒤부터 뭔가 마음에 들지 않는지 둘째 녀석이 불만 가득한 얼굴을 하고는 일부러 느린 발걸음으로 걸어간다.

평상시에는 넘어지니까 천천히 걸으라고 해도 마구 뛰어다니던 녀석이다. 차 시간에 늦어지니까 빨리 오라고 소리쳤다. 마냥 천하태평인 녀석을 보고 있으니 내 속이 터진다. 느릿느릿 걷고 있는 녀석의 손목을 잡고 질질 끌다시피 해 차 타는 곳까지 겨우 데리고 나왔다.

"나 어린이집에 안 갈 거야."

오늘따라 유난히 떼를 쓴다.

"어린이집에 왜 안 간다는 거야? 친구들이랑 놀면 재미있잖아."

"엄마랑 같이 집에 있을 거야."

"랑우야, 엄마도 일이 있어서 잠깐 어디 좀 다녀올 거야. 그동안 씩씩하게 잘 놀고 있다가 엄마 만나자."

"싫어. 어린이집에 안 갈 거야. 엄마랑 놀 거야."

더 심하게 떼를 쓰면서 길바닥에 드러눕고 내 손을 잡아끌며 다시 집에 들어가자고 울고불고 난리를 친다. 간신히 어르고 달래서 차에 태워 보내자 울던 아이의 얼굴이 떠올라 속상했다. 마음이 아팠지만 괜찮을 거라고 스스로 다독이며 집으로 돌아와 면접 볼 준비를 하고, 우산을 챙겨 집을 나섰다.

"집은 어디시죠?"

"사거리 근처예요."

"거리가 가까워서 좋네요. 근무 시간이 9시 30분부터 8시까지인데 괜찮으세요? 아이들은 지금 몇 살이에요?"

면접을 보기로 한 것이 충동적인 결정이었을까? 머릿속은 온통 아이들 걱정으로만 가득했다. 대답도 잘못하고, 출근해서 근무를 잘하고 싶다는 확실한 인상도 주지 못한 채 면접이 끝나버렸다. 1층으로 내려와 밖을 내다보니 집을 나설 때는 보슬보슬 약하게 내리던 비가 제법 굵은 빗줄기가 되어 마구 쏟아지고 있었다.

마치 지금 내 기분처럼 모든 것이 엉망인 그런 기분. 가방에서 우산을 꺼내 펼쳐 들고 서둘러 발걸음을 옮겼다. 비바람이 점점 더 거세졌다. 머리카락이 거센 바람을 따라 이리저리 휘날려 산발되어버렸다. 한 손으로 우산을 들고 다른 한 손으로는 머리카락을 대충 쓸어내려 부스스한 모양을 가다듬으려던 순간, 우산이 바람의 힘을 못 이겨 뒤집어지려 했고 손에 더욱 힘을 줘 버텨보려 했지만 결국 우산은 힘없이 망가졌다.

그대로 비바람을 맞으며 가던 길에 멈추어 섰다. 쇼윈도에 너무도 처량한 내 모습이 비쳤다. 눈물인지 빗물인지 모를 무언가가 뒤섞인 채로 흘러내렸다. 참아왔던 감정들이 북받쳐 울음을 터뜨렸다. 그렇게 한 번 터져버린 눈물은 집으로 돌아오는 길에서도, 집에 도착해서도 멈춰지지 않았다.

그러다가 아이들의 귀가 시간이 되었고, 나는 퉁퉁 부은 눈으로 아이들을 맞이해야 했다. 분명 주변의 모든 것이 제자리에 그대로인데 왜 나만 이렇게 혼란스럽고 괴로운 것일까? 내 마음은 알 수 없는 깊은 수렁에 빠져든 것 같았다.

남몰래 알아보던 구직 활동은 한때의 해프닝으로 접어두어야 했고 마음을 진정시키려 노력했다. 사회가 그랬다. 결혼한 이후로 경력 단절이 되고, 엄마로 사는 여자에게 맞는 일자리를 찾기란 쉽지 않았다. 어느 길로 가야 할지 막막했고 누군가의 조언을 듣고 싶었지만 아무도 만나고 싶지 않아 혼자서 지냈다.

서점에 자주 갔다. 사람을 만나는 대신 책에서 길을 찾아보았다. 유명하다는 자기계발서나 에세이를 찾아 읽었다. 그렇게 나는 말이 점점 줄어들고 독서에 집중하게 되었다. 당분간 직장을 구해보겠다는 생각을 접고 남는 시간을 활용해 배우고 싶은 것을 공부해보기로 마음먹었다.

책을 읽다가 기억을 더듬어 10대 때의 학창시절을 떠올려보았다. 그때는 공부를 싫어했다. 초등학교 6학년 때의 일이다. 수업이 끝난 후 집에 가려는데 종례를 마친 담임선생님이 엄한 목소리로 말씀하셨다. "우리 반의 국어와 수학 점수가 많이 낮아졌다. 오늘은 반성하면서 모두 교실에 남아 1시간 동안 스스로 부족한 부분을 생각해보고 틀린 문제를 다시 풀어보는 자습 시간을 갖기로 한다." 여기저기서 한숨을 내쉬는 소리가 들렸다. 나는 슬쩍 곁눈질로 주위를 살펴보았다. 교실 분위기는 엄청 조용하고 엄숙했다. 이어서 담임선생님은 "교실에 남아서 공부하는 게 너무 억울하다거나 '공부하기 싫다. 나는 지금 집에 꼭 가야 된다' 하는 사람은 지금 당장 자리에서 조용히 일어나 가방을 싸서 집에 가도 좋다"라고 말씀하셨다.

그 순간 나는 정말 그 교실 책상과 의자가 너무 불편했고 머릿속엔 온통 집에 가서 쉬고 싶다는 생각만 가득했다. 기회를 놓칠세라 나는 당장 가방을 싸서 자리에서 일어나 뒤도 돌아보지 않고 교실에서 나가버렸다. 그때 집에 가란다고 진짜 집에 간 학생은 나뿐이었다. 아마 실력이 가장 부족한 학생도 나였을 것이다. 이제 와 생각해보니 그 무슨 객기였나 싶지만 이유는 단순하다. 그 정도로 공부하는 게 싫었다. 내게 공부란 시험 보기 전날 벼락치기로 밤을 새우는 일 정도였다. 그랬던 내가 나이 35세가 되어 놀라운 경험을 하게 된다.

아이들에게 좋은 교육 방법이 무엇일지, 어떤 알찬 프로그램을 체험하게 해줄지에 대해서만 고민하다가 내가 배우려니 무엇부터 배워야 할지 막막해졌다. 인터넷을 검색하고 막연하게 생각만 하면서 많은 날을 고민했다. 그러다 예전에 이루지 못한 꿈이 생각났다. 곧바로 용기를 내 미용학원에 등록했다. 처음에는 자격증을 따지 못하더라도 식구들 머리 정도는 해줄 수 있지 않을까 싶어 가볍게 시작했다. 그런데 살면서 그때만큼 몰입해본 적은 처음이었다. 일단 재미있었다. 그리고 내 나이를 고려해보니 이때를 놓치면 앞으로 다시 오지 않을 마지막 기회가 될 것 같았다. 무엇보다 이미 시작했는데 자격증을 따지 못하면 가족들 보기가 너무 창피할 것 같았다. 부모님의 지원을 받아 도전했을 때는 실패해도 약간의 죄송한 마음만 남을 뿐 죄책감이 그리 오래가진 않았다. 그런데 지금은 남편의 지원을 받아 도전하는 것이다. 부모님에게 지원을 받던 시절과는 달라 부담감이 컸다. 그리고 나도 무엇인가를 해낼 수 있다는 것을 증명해 보이고 싶었다. 그래서 더 절실한 마음으로 노력했다.

인생을 살면서 누구든 열정이 생기는 시기는 저마다 다를 것이다. 스스로 어떤 동기 부여나 계기가 생겨야 하고 마음속 깊은 곳에서 절실함이 묻어나야 뭐든지 해낼 힘이 생긴다. 아이들이 어린이집에서 활동하는 시간에 학원을 다녔다. 학원비의 일부 금액을 국비로 지원받아 주 5일을 출석했는데,

아이들이 아프거나 집안 행사로 결석해야 할 상황이 생겼지만 하루라도 결석하면 진도 차이가 확연히 드러날 테고, 진도를 따라가지 못하면 뒤처질지도 모른다는 생각에 필사적으로 두 가지를 병행했다.

아이들이 잠든 밤에 새벽까지 연습했다. 그토록 어렵게 과정을 마친 후 실기 시험을 보았는데 단 한 번에 합격했다. 그때 쏟았던 노력은 지금도 믿어지지 않을 만큼 평생 잊지 못할 열정의 기억으로 남아있다. 어려서 이 정도로 몰입해 공부했다면 말로만 듣던 서울대도 갔을 텐데 배움의 즐거움을 왜 이제야 알게 된 것일까?

야심 차게 미용사 자격증을 따고, 구청에서 미용사 면허증까지 발급받고 나니 더 많은 기술을 배우고 싶어 헤어 실무 중급반 수업도 듣고, 요양원과 정신병원에 다니며 봉사활동도 했다. 그러나 미용실에 취직하고 싶었지만 아이들 때문에 그 마음을 접어야만 했다. 지금은 식구들의 머리를 해주는 정도로 만족하며 몇 년 후를 기약하고 있다.

나이는 숫자일 뿐이라고 했던가? 30대 어른이 되었지만 좋아하는 수업을 들을 때는 마치 10대로 되돌아간 것처럼 정신이 초롱초롱했다. 내가 모르고 살았던 새로운 분야를 배우는 것은 물음표에서 느낌표로 이동하는 과정이었다. 그 시간만큼은 아무런 근심과 걱정 없이 외부적인 역할로 움직여야만 하는 내가 아니라 온전한 '나'로서 존재할 수 있었다.

자식에게는 엄마로서의 움직임, 남편에게는 아내로서의 움직임, 부모님께는 며느리와 딸로서의 움직임, 밖에 나가면 누구누구의 엄마로서 학부모가 되어 움직인다. 이런 여러 가지 역할에서 잠시 벗어나 나를 챙기는 시간을 갖는 것이 좋았다. 그 역할들도 분명 삶의 일부이지만 나의 모든 것을 바쳐가며 해내야 할 일은 아니다. 가장 중요한 것은 내가 살아 숨 쉬는 지금이고, 이 모든 것이 나로부터 비롯된다는 점이다. 그리고 내가 없는 세상이라면 그 어느 것도 의미가 없다는 사실이다. 그러니 첫 번째로 챙겨야 할 사람은 바로 '나' 자신이다. 내 몸과 마음이 건강해야 가정을 비롯한 내 주변을 돌볼 수 있다. 이렇게 모든 것을 내려놓자 비로소 한 인간으로서 온전히 보낼 수 있었고, 이렇게 내게 주어진 시간에 감사했다.

또 다른 것을 배워보자 마음먹고 있는데 좋은 기회가 찾아왔다. 아이의 학교 도서관 명예사서로 활동하면서 책 읽어주는 엄마 '책맘'이라는 동아리 모임을 1년 동안 맡게 되었다. 매주 수요일마다 15분 정도 그림동화 책을 읽어주는 봉사활동이었는데, 집에서 내 아이들에게만 읽어주다가 학교에서 다른 아이들에게도 읽어주는 시간이 너무 뿌듯했다. 그때 읽고 접하게 된 책이 거의 그림동화 책이었는데 마침 동화 작가 수업에도 참여해 동화를 쓰기 시작했다.

그때부터 글쓰기에 매력을 느껴 꾸준히 글을 쓰고 있다. 과거로 돌아가 치열하게 앞만 보고 달리던 20대에는 보이지 않던, 잊고 살았던 주변 풍경을 다시 보게 되면서 나 자신도 다시 돌아보는 계기가 되었다. 아이가 성장하는 모습을 보며 부모도 아이와 함께 크고 있다는 사실을 깨달았고 한층 더 성숙해진 자신을 느끼게 되었다.

배우고 싶은 것을 배우며 활력을 되찾으면서 마음의 여유가 생기니 가장 먼저 눈에 띈 것은 그동안 정리되지 못한 헝클어졌던 나의 마음만큼이나 정리 정돈되지 않은 채로 살아왔던 집 상태였다. 가장 가까운 내 주변부터 하나씩 정리해가자고 마음먹었다. 그동안 퇴근 후 집에 들어서면 큰 한숨부터 내쉬던 남편의 모습이 떠올랐다.

아이들이 어릴 때는 상황이 어쩔 수 없었다지만 이제 그 정도로 틈이 없지는 않다. 지금은 내가 게을러진 게 맞다. 아이들을 돌보느라 청소할 시간이 없었다는 말을 또 써먹기에는 양심에 가책이 느껴졌다. 어느 날 아이들을 재우고 누워있다가 예상보다 일찍 퇴근해 집에 들어선 남편에게 이제 막 애들이 잠들어 슬슬 치우려 했다고 말하며 서둘러 몸을 일으켰다.

그동안 돌보지 않은 집 상태는 정말이지 어디서부터 손을 대야 할지 막막할 정도였다. 내 마음이 아픈 건지도 모르고 병든 닭처럼 집에 있는 시간에는 누워만 지내는 날이 많았다. 심장이 쿡쿡 찌르는 느낌과 숨이 막혀 힘들 정도로 가슴이 답답해서 죽을 것 같은 느낌을 자주 받았고, 심할 때는 두통과 현기증도 났다. 겁이 나 병원에 가서 사진을 찍어보고 검사도 해보았지만 아무런 이상이 없었다. 그 뒤로 신경정신과를 다니며 약도 먹고 치유의 시간을 보냈다. 이런 상태로 생활한 지 얼마나 된 것일까? 다 마른빨래는 개어놓지 않아 방 한쪽에 산처럼 쌓여있었고, 욕실 앞에는 씻고 벗어둔 빨랫감이 쌓여있고, 집 안 여기저기에 아이들이 가지고 놀았던 블록이며 장난감이 널려있었다. 색종이 접기, 가위로 종이 오리기 놀이를 해서 흩뿌려진 종잇조각이며 먹다 만 과자 봉지와 부스러기까지 발 디딜 틈이 없을 정도였다. 주방의 가스레인지에는 때가 잔뜩 끼어있고 싱크대에는 설거지해야 할 그릇이 산더미였다. 짧은 순간 '정리 수납 컨설턴트'의 도움을 받아볼까 고민하다가 이내 정신을 차리고 하나하나씩 내가 직접 정리하기로 마음먹었다.

설거지부터 시작했다. 주방은 남편이 좋아하는 공간이다. 홈베이킹은 물론 각종 요리와 아이들 간식 만드는 게 취미여서 주방이 지저분한 걸 가장 싫어한다. 만들고 싶은 요리가 생각났을 때 그릇이 잔뜩 쌓여있으면 곧바로 요리할 수 없어 보는 순간 성질부터 난다고 했다. 그다음에는 여기저기 널려진 장난감을 분류했다. 장난감 통에 모두 넣어 정리하고, 쌓여있는 마른빨래를 개어 서랍 속에 정리했다.

가구에 쌓인 먼지를 제거하고, 방을 쓸고 닦고, 안 쓰는 물건과 안 입는 옷들을 정리했다. 그뿐 아니라 최근 몇 년간 사용하지 않던 물건들을 모두 꺼내놓았다. 방문 앞에 버릴 물건들이 쌓여갈수록 복잡했던 서랍 속이 말끔하게 정리되어갔다. 케케묵은 짐들을 꺼내 정리하고 버리는 작업을 하면서 마음까지 상쾌해지는 기분을 느꼈다. 이렇게 일상 속에서 '비움'을 실천하게 되었다.

공간 다음에 시간이었다. 두서없이 살아왔던 일과를 정리해보기로 했다. 여러 역할을 해야 하는 '나'와 온전한 '나'의 공존을 위한 규칙이라고도 할 수 있는 아주 중요한 일이었다. 주변 상황에 휘둘리듯 이끌려 지내기보단 둘 사이에 규칙을 정해두어야 할 필요가 있었다. 예를 들어 공부하는 수업 시간에 집 싱크대에 그냥 둔 음식물 쓰레기가 생각난다거나 돌려놓고 나온 세탁기 안에서 빨래가 꿉꿉하게 엉켜있을지 걱정된다면 그것은 온전한 나만의 시간을 마주할 마음의 준비가 안 된 것이다.

온전히 '나를 위한 시간'으로 채우기 위해서는 집안일에서 손을 뗄 때는 미련을 두지 말고 확실하게 분리해야 한다. 갑자기 글 소재가 떠올라 글을 쓰는데 남편과 아이들의 저녁 식사를 걱정하면 제대로 몰입할 수 없다. 요리하는 시간을 절약하려면 어쩌다 한 끼 정도는 반찬이나 음식을 사서 먹어도 된다. 이것이 가정의 평화와 나라 경제를 위한 일이기도 하다며 그 시간

만큼은 당당하게 나를 위해 투자하기로 했다. 언젠가는 남편과 함께 나란히 사회생활을 할 수 있는 여건이 될 그날까지 열심히 준비하며 나의 힘을 키우기로 했다.

이렇게 마음먹고 쓸데없이 시간을 낭비하는 일들을 바꿔보기로 했다. '시도 때도 없이 스마트폰 열어보기' 이건 정말 별것 아니라고 느낄 수도 있다. 하지만 어느 날 옆에서 이야기하는 아이의 말을 건성으로 듣고 건성으로 대답하면서 식사 시간도 한참 지나서야 간신히 움직이며 밥을 챙겨준다거나, 살림을 뒤로 미루면서 계속 스마트폰을 들고 터치하느라 바쁜 내 손가락을 발견하고는 나 자신이 너무 한심하다는 생각이 들었다. 이는 자신도 모르게 중독되어 다시 오지 않을 동심의 시절을 사는 아이들의 소중한 시간까지 갉아먹는 나쁜 습관이었다.

이 습관부터 없애기로 했다. 처음에는 잘되지 않아 꽤 오랫동안 노력해야 했다. 핸드폰에서 자주 사용하는 기능, 예를 들면 늘 확인하기 위해 알림도 켜두고 첫 화면 맨 위에 알림 표시가 뜨게 설정해둔 카카오톡과 SNS를 바탕화면에서 지워놓고 이들의 알림 기능도 전부 꺼버렸다. 그랬더니 5분이 채 지나지도 않아 너무 궁금해지면서 열어보고 싶어졌다. 그래서 핸드폰의 존재를 아예 머릿속에서 지우기 위해 눈에 보이지 않는 곳에 넣어두고 지내보았다. 그러자 처음에는 무인도에 있는 것처럼 답답함이 느껴졌다.

그렇게 2개월 이상 끊고 지내다 보니 예전에는 생각하지 못한 새로운 깨달음이 생겨났다. 이것들이야말로 모두 시간 낭비에 지나지 않는다는 걸 비로소 깨닫게 된 것이다. 중독처럼 얽매인 습관에서 빠져나오면서 마음이 자유로워짐을 느꼈다. 시도 때도 없이 확인하기보단 시간을 정해두고 열어본다. 요즘은 외출할 때도 핸드폰 대신 책을 한 권 들고 나간다. 하루하루의 시간을 좀 더 유익하고 알차게 활용하면서 나와 우리 가족의 일상에 더 많은 시간을 할애하고 내 일에 집중할 수 있었다. 가족들과 함께 보내는 시간 외에도 아이들이 학교나 어린이집에서 지내는 동안 나는 반드시 자기 계발을 위해 활용한다.

이렇게 능력을 키우다 보면 분명 좋은 기회도 만나게 될 것이다. 내가 원하는 일이 무엇인지, 그리고 나의 재능이 무엇일지 스스로 찾아가는 과정은 매우 중요하다. 아무리 사소한 일이라도 생각만 하는 것과 실천하며 변화를 경험하는 것에는 많은 차이가 있다. 생각보다 많은 노력과 에너지가 필요하지만 좋은 습관들로 일상이 자리 잡히면 새로운 삶이 찾아온다. 평범하고 무료하기만 했던 주변의 모든 것이 새롭고 특별하게 느껴지며 삶의 활력소로 작용한다. 어쩌면 나에게는 직장보다 가정이라는 배움의 시간이 더 필요했는지도 모른다.

아침 여덟 시, 언제나처럼 알람 소리에 눈을 뜬다. 아이들을 깨워 외출 준비를 마치고 집을 나섰다. 둘째아이의 어린이집 등원을 시작으로 나의 하루도 시작되었다. 귀에 이어폰을 꽂았다. 제이슨 리의 〈Show Me〉가 흘러나온다. 제이슨 리의 색소폰 연주는 언제 들어도 좋다. 가벼운 발걸음으로 걷는다. 아무 생각 없이 걷는 시간이 좋다.

산책을 하고 집으로 돌아와 간단히 아침 겸 점심을 챙겨 먹고, 원두를 갈아 커피를 내렸다. 머그컵에 커피를 따르고 3g롱슈가 두 개를 넣으면 내 입에 딱 맞는 커피 맛이 된다. 창가 쪽에 앉아 따뜻한 커피를 마시며 생각을 정리한다. 일 중에서도 가장 먼저 해야 할 일부터 수첩에 적어본다. 아이들과 나의 수업 준비물과 과제도 미리 체크해본다. 그리고 책을 읽었다. 오후 한 시, 집을 정리한 후 다시 집을 나섰다. 수업 시간이 다가온다. 오늘은 어떤 이야기를 들려주실까? 궁금하고 설렌다.

오늘을 사는 여자

이승희

수경은 결혼 후에도 직장 생활을 계속했다. 다행히 친정과 근거리에 집을 구해 심적으로 안정된 상태였지만 늦은 나이의 결혼은 상상처럼 달콤하지 않았다.

친구 소개로 만나 불과 6개월 만에 결혼을 선택한 것은 평범한 삶에 안주하고 싶은 마음이 컸기 때문이다. 신혼의 단꿈은 석 달도 가지 않아 깨졌다. 서투른 집안 살림과 양가의 명절 행사로 신경 쓸 부분이 두 배로 늘어났다.

'삐익, 취사를 시작합니다.' 밥솥의 요란한 소리에 잠에서 깬 수경은 반쯤

저자는 대학에서 식품영양학을 전공했고, 엄마가 된 후 유아교육과 청소년교육을 공부했다. 올해 나이 마흔아홉으로 결혼한 지 20년이 지났으며 16년간 전업주부로 살아왔다. 또한 두 아들 진호와 진성이를 키우며 과묵한 경상도 남편과 서울에서 살고 있다. 아이들과 함께 지역 사회를 위한 봉사활동에 전념하면서 소외된 이웃이 많다는 것을 새삼스레 알게 되었다. 그뿐만이 아니다. 서울문화재단의 '생활 문화 거버넌스 25' 프로그램을 통해 지역 주민들로 구성된 예술 동아리에 참가해 콘서트와 작품 전시회 활동으로 예술을 나누며 세상과 소통하고 있다.

감은 눈으로 흐느적거리며 욕실로 갔다. 찬물에 정신을 차리고 냉장고에서 채소와 생선을 꺼내 식사 준비에 분주한 아침을 맞았다. 구수한 된장찌개가 보글보글 끓고 생선이 익어가고 있을 때 남편을 깨우는 알람 소리가 요란하게 울렸다.

"자기야, 벌써 일곱 시야. 씻고 밥 먹어요."

"어, 5분만…."

수경은 남편 어깨를 몇 번 흔들고 잰걸음에 부엌으로 돌아가 음식을 식탁 위에 가지런히 놓았다. 민석은 수건을 목에 두른 채 시계를 한 번 쳐다보고 찌개를 떠먹었다. 수경도 구워진 가자미를 내려놓고 마주 앉아서 밥을 먹기 시작했다. 아침을 간단히 두유나 과일주스로 때웠던 일상은 남편의 생활 패턴에 맞춰 분주히 식사 준비를 하게 되었지만 남편은 몇 숟가락 깨작거리다 물 한 잔으로 마무리했다.

민석과 짧은 인사를 나누고 수경은 서둘러 집안일을 끝냈다. 집들이 선물로 받은 난에 물을 뿌리고 FM 음악 채널을 틀고 커피 한 모금 마시며 식탁 의자에 앉아 수업 준비를 했다.

3년 전부터 수경은 빡빡한 회사 생활에서 벗어나 시간적으로 여유가 있는 학원 강사 일을 하게 되었다. 학원 강사는 늦은 오후 출근이라 오전 시간을 자유롭게 쓸 수 있었고 서투른 살림 솜씨에 여유를 선사했다.

"엄마, 순두부찌개 어떻게 하지?"

"아니, 안 오셔도 돼. 갑자기 먹고 싶어서…."

"애들 시험 끝나는 날이라 일찍 끝날 거예요."

"엄마, 무릎은 괜찮아?"

“내 걱정하지 말고 엄마 몸 챙겨요.”

수경은 수화기 너머로 들리는 엄마의 목소리에 촉각을 세우며 안부를 물었다. 결혼 전에는 몰랐던 여자의 고충을 조금씩 알아간다는 것이 썩 기분 좋지는 않았다.

계획한 대로 인생이 진행된다면 근심 없이 살 수 있겠지만 얼마나 심심할까? 오롯이 둘만의 힘으로 결혼 준비를 했기에 아이는 안정된 환경에서 자랄 수 있도록 2년 뒤로 계획했지만 1년 일찍 수경을 찾아왔다. 유산기가 있으니 조심하라는 의사의 말을 걱정하면서도 수경은 예정일을 한 달 앞두고서야 학원을 그만두었다. 몸은 가누기도 힘들었고 한여름 조금만 움직여도 땀범벅에 밤이면 뒤척이다 깨어나기를 수없이 했다.

말복이 지나고 일주일 뒤 예정일보다 3일이 지나 열두 시간 진통 끝에 수경은 아들을 안았다. 힘들고 두려웠던 나날들을 까마득히 잊고 흰 속싸개 사이로 홍조기 얼굴을 쏙 내민 아들을 보자 출산의 고통을 보상받듯 가슴이 벅차올랐다.

“이렇게 멋진 아들이 어디서 오셨나? 고생했다, 아들.”

직장 생활로 지쳤던 심신을 아들과 웃고 울면서 수경은 엄마로 함께 커갔다. 3년 동안 달콤하고 씁쓸한 육아의 현실에서 엄마로서 포기해야만 하는 것도 늘어났다.

“엄마, 준호 몇 시간만 볼 수 있어요?”

“운동하고 마트에서 장 좀 보고 오려고요.”

“몇 시에 올 수 있어요?”

"엄마, 필요한 것 있어요?"

"아 참! 준호 아빠, 늦게 퇴근한다고 하는데."

"저녁 드시고 가면 되겠네."

수경은 엄마에게 사랑한다는 말을 해본 적 없는 무덤덤한 딸이지만 엄마와 보이지 않는 탯줄로 영원히 연결되고 싶어 하는 딸이다. 아이를 낳고 수경은 엄마에게 미안한 마음이 쌓여만 갔다. 직장 생활로 바쁘다는 핑계로, 피곤하다는 핑계로, 삶이 힘들다는 핑계로, 엄마에게 다정한 말 한마디 건네지도 못했던 무심한 딸이 엄마가 되고 나서 엄마의 심정을 알게 되었다.

'엄마도 나와 똑같았을 텐데…. 똑같이 처음 해본 엄마였을 텐데….'

'엄마도 힘들었겠다. 22년 전 얼마나 힘들었을까?'

아버지의 부도로 하루아침에 세간 살림은 압류가 들어오고 아이 셋은 아직 학생인 상황에서 엄마는 얼마나 무서웠을까? 전업주부로 살면서 남편과 아이들 뒷바라지만 했던 여자로서 감당할 수 없는 현실이었다. 그러나 고3 수경이 눈에 비친 엄마의 모습은 의외였다. 그녀는 눈물 한 방울 흘리지 않고 담담하게 전화를 걸기 시작했다. 수경은 안방에서 통화하는 엄마의 목소리에 온 신경을 곤두세우고 책을 뒤적거리고 있었다.

그 일이 있고 2년 후 수경의 아버지는 소식 한 통 남기지 않고 20년이 지나서 나타났다.

남동생으로부터 전화가 왔다.

"언제 연락받았니?"

"지금 어디 계시니?"

"어디가 아프셔?"

"알았어. 매형이랑 갈게."
"엄마한테는 나중에 말씀드리자."

저녁 무렵 수경은 남편과 서울의 대학병원 암센터 5층 병실로 향했다. 1인 병실을 남동생이 지키고 있었고 적막 속에 숨소리만 퍼졌다. 까만 얼굴에 마른 나뭇가지 같은 팔 위로 주삿바늘이 서너 개의 늘어진 링거 주머니와 연결되어 있었다. 이불 밖으로 삐져나온 발은 앙상한 쇠갈퀴처럼 보였고, 듬성듬성한 머리에 눈은 초점을 잃고 몽롱한 상태였다.

"누나, 매형 오셨어요? 지금 막 잠들려고 하시는데…. 우리 밖에 나가서 얘기해요."

남동생을 따라 밖으로 나와 복도 끝 휴게실에서 나지막이 얘기를 나누었다.

"간암 말기래."
"그동안 어디에 계신 거야?"
"경기도 변두리에 계셨대."
"너한테는 어떻게 연락한 거니?"
"큰집으로 연락 와서 형이 나한테 연락했어."
"병원에 얼마나 계신 거니?"
"한 달 됐어."
"네가 병간호했어?"
"간병인 썼고 휴일엔 내가 있었어."
"혼자서 고생했어, 처남."
"이번 주가 고비라고…. 누나, 엄마한테 말해야 하나?"

"안 돼, 엄마 작년에 뇌경색으로 고생하셨잖아. 혈압도 많이 높아서 조심해야 해."

"나도 그렇게 생각했어. 막내는 내일 온다고 연락 왔어."

살기 위해 아버지에 대해 잊고 살았지만 원망조차 할 수 없다는 현실이 수경을 더 견디기 힘들게 했다. 잠에서 깬 아버지는 물끄러미 세 사람을 쳐다보다 앙상한 손을 수경에게 내밀었다.

"수경아, 미안하다."

"아빠, 아프면 안 되는 거잖아."

"내가 잘못했다."

수경은 하염없이 눈물을 흘리며 잡은 손을 꼭 쥐었다.

'아빠, 너무하잖아.'

짧은 만남을 일주일도 채우지 못하고 그는 그들의 곁을 영원히 떠났다.

화가의 꿈 대신 평탄한 길로 가길 바란 아버지는 어린 수경에게 커다란 장애물이었다.

"여자는 선생님이 최고지. 그림쟁이는 안 돼. 그림 그린다고 여기저기 쏘다니면…. 난 그 꼴 못 본다."

아버지의 속뜻을 직장 생활 하면서 조금씩 알게 되었고 그토록 듣기 싫었던 그 말을 인정하기까지 오랜 시간이 걸리지 않았다. 그렇게 수긍하며 살던 수경은 아버지의 죽음으로 자신의 삶을 되돌아보았다.

'내가 사는 이유가 뭘까? 아내, 엄마로만 살아야 하나? 어떻게 살아야 할까?'

수심 깊이 가라앉았던 대왕고래가 숨을 쉬기 위해 바다 위로 튀어 오르듯 수경의 심장 깊숙한 곳에서 못다 이룬 꿈이 요동쳤다.

수경은 한 달 뒤 고등학교 동창인 혜진과 선영을 집 근처 카페에서 만났다. 큰일 치르고 친구들이 보자는 연락에 우울한 마음을 빨리 떨쳐내고 싶어서 흔쾌히 약속을 잡았다. 수경은 저녁 설거지를 끝낸 후 남편에게 아들을 부탁하고 카페로 향했다. 혜진은 NGO 단체의 국장으로 나름 보람을 느끼면서 일하는 40대 미혼이고 선영은 시부모와 함께 살면서 딸 육아의 도움을 받는 워킹맘이다. 둘 다 첫 직장을 우직하게 다니는 성실하고 배려심이 많은 친구들이다.

"선영아, 일찍 왔네."

"어 수경아, 혜진이는 늦게 끝나서 지금 막 오고 있대."

창가에 앉은 선영은 핸드폰을 내려놓으며 수경을 찬찬히 살펴보았다.

"수경아, 좀 핼쑥해졌다."

"그렇게 보여? 너도 살 빠진 것 같다."

선영은 대학병원 간호사로 3교대 일을 하므로 휴일에 맞춰 약속을 잡을 수 있었다.

"저기 혜진이 온다. 혜진아!"

"다들 잘 있었니?"

"응, 그럭저럭."

"혜진아, 저녁 먹었어?"

"간단히 샌드위치로."

"야, 일이 많아서 어떡하니?"

"다음 주에 서울시 행사로 우리 단체가 참여해야 해서."

혜진은 자기 일에 확실한 소신이 있고 성격도 서글서글해서 말이 잘 통하는 친구이기에 가장 먼저 결혼할 거라고 생각했다. 소개도 많이 받았던 그녀의 이상형은 가정적이며 그녀를 평등하게 대하는 페미니스트였다.

"선영아, 혜진아! 이렇게 너희들 만나니까 좋다. 너희들 바쁜 데도 이렇게 얼굴 보여주고 고맙다."

"야, 무슨 소리야. 네 덕분에 이렇게 뭉쳤잖아."

"그래, 혜진이 말이 맞아. 나도 네 핑계 대고 잠깐 자유다."

선영은 장남과 결혼해서 신혼 때부터 시부모님과 함께 살았다. 무던한 성격의 선영은 대수롭지 않게 시부모님 모시기를 받아들였다. 그녀 역시 워킹맘으로 시부모의 도움을 받을 수 있는 이점도 있지만 어른을 모셔야 한다는 사회적인 시선에서 자유로울 수 없었다. 30년을 전혀 다른 환경에서 살다가 부부로 살려면 조율을 위한 시간과 공간이 필요한데 시부모님과 살면서 얼마나 참고 넘어갔던 순간이 많았을까? 대부분 며느리는 격식과 관례를 주장하는 시댁을 자연스레 꺼리고 그럴수록 시댁과 거리는 멀어져서 무거운 의무감에 결혼 생활까지 힘겨워진다.

선영은 현명하게 한 발짝 물러서서 남편의 도움을 받기로 했다. 그녀 남편이 더 현명하다고 볼 수도 있겠다.

"수경아, 어머니 괜찮으시니?"

"좀 안정되셨고 많이 좋아지셨어. 작년이 힘들었지."

"그때 네가 빨리 병원에 모시고 갔기에 망정이지."

"한사코 병원 안 간다고 하시는 걸 억지로 동네 병원이라도 가자고 하고 대학병원으로 갔지. 계속 어지럽고 속이 안 좋다고 하시니까 갑자기 겁이 나더라. 지금 생각해도 아찔하다."

수경에게 엄마의 부재는 두려움이었다.

"환자복 입고 누운 모습 보니까 화가 나더라. 이제 좀 편해지셨는데 뇌경색이라니. 그러면서 오히려 내 걱정부터 하시는 거야. 미안하다고…. 내 얘기만 했네. 미안! 너희들은 요새 걱정거리 없니? 혜진아, 난 네가 부럽다. 인정받으며 하고 싶은 일을 하잖아. 선영이 너도 워킹맘으로 인정받고. 난 점점 무기력해지는 것 같아. 하고 싶은 일도 포기하고…."

"수경아, 뭐 하고 싶어?"

"너희들도 알 거야. 고등학교 때 내 꿈이 화가였잖아. 그 꿈을 잊고 살았는데 자꾸 꿈틀거려. 이제는 반대하는 사람도 없는데…."

"수경아, 한 번 해봐."

"그래 수경아, 시작해봐."

친구의 격려가 고마웠지만 두려운 마음도 들었다. 그때 나지막이 들리는 목소리가 귓가를 맴돌았다.

'수경아, 인생은 한 번이니까 엄마처럼 살지 말고 하고 싶었던 것 하며 살아라. 아파보니 알겠더라. 그렇게 살아야 했다는 걸….'

퇴원하는 날 가방을 챙기는 수경에게 던진 엄마의 목소리가 점점 크게 울려 퍼졌다.

아들의 고등학교 입학으로 여유 시간이 생긴 수경은 가까운 복지관에서 한 달에 한 번 기타 공연 봉사를 하게 되었다. 문화센터에서 기타 수강을 하면서 알게 된 비슷한 나이대의 여섯 명이 모여 기타 연습을 하다가 봉사활동까지 하게 되었다. 처음에는 서먹한 사이였지만 시간이 지나면서 마음을 나누며 끈끈한 정이 쌓여갔다. 그날도 모여서 간간이 수다와 함께 두 시간의 기타 연습을 끝내고 1층 전시장을 지나가게 되었다. '한국화 전시회' 안내

표지판을 보고 동양화의 은은한 수묵 산수화 정도를 상상하며 전시장에 발을 들였다. 전시회에서 본 한국화는 서양화에 가까운 강렬한 색채로 수경에게 강한 인상을 심어주었고 곧바로 수강을 결심하게 했다.

첫 수업을 위해 수경은 아침 일찍부터 서두르며 설레는 마음으로 집을 나섰다. 강의실로 묵례를 하며 들어서자 지도 선생님은 수경을 향해 눈빛을 보내며 앉을 자리를 가리켰다. 신입생은 두 명이 더 있었다. 연세가 한 분은 70대로, 한 분은 60대로 보였다. 주위를 둘러보니 40~50대가 많았고 연세가 지긋해 보이는 두세 분도 계셨다.

선생님은 기존 수강생 주위를 다니며 그림을 지도했는데 분위기가 살얼음판을 걷듯 살벌했다.

"그쪽은 얇게 색을 올려야 해. 주변하고 균형이 안 맞잖아."

"내가 저번 시간에도 얘기했잖아."

"고치라고 했는데 전과 똑같네."

"생각하고 그려요."

"아니라니까."

불만에 가득 찬 얼굴을 한 채 입에서 공격의 화살이 거침없이 쏟아져 나왔다. 설레던 마음이 조금씩 뻣뻣하게 굳어졌다. 두 분의 신입생도 눈동자만 움직이며 조용히 기다렸다.

50대 후반쯤으로 보이는 선생님은 군데군데 염색한 머리를 질끈 동여매어 머리핀으로 고정하고 까무잡잡한 얼굴에 갈색 눈동자로 강의실 전체를 훑고 있었다. 수강생들이 선생님의 지도를 묵묵히 따르는 동안 신입생 옆으로 자리를 옮긴 그녀는 자신의 이력이 적힌 전시회 도록을 보여주며 한국화에 대해 짧은 설명을 덧붙이고 준비해야 할 목록을 메모해주었다.

두 시간의 숨 가쁜 수업 시간은 지루하게 흘렀고 수경은 그림 주제를 찾기 위해 스마트폰만 만지작거렸다. 수업이 끝나고 집으로 향하는 내내 불편한 심경을 떨치기 힘들었다. 화려한 이력이 무색할 정도로 손톱만큼의 여유도 찾아내기 어려운 그녀에게 배워야 한다는 생각을 하자 숨이 막히는 듯했지만 그런 자신을 다독일 수밖에 없었다.

'그렇게 배우고 싶어 했잖아, 조금 더 용기를 내자. 시작부터 겁내지 말고.'

'이수경, 더 힘든 일도 잘 해냈잖아. 힘내.'

6개월쯤 되자 신입 수강생 두 명이 집안 행사와 건강상의 이유로 수강을 중단했고, 기존 수강생 두 명도 이유 없이 나오지 않았다. 1월의 차가운 기온만큼이나 냉랭한 기운이 강의실을 휘감았고, 수강생들은 적막함을 따뜻한 차와 그림에 대한 훈훈한 조언으로 녹여냈다. 신입생 중 유일하게 남아있는 수경도 그 시간을 견디면서 그림에 몰입하며 수강생들과 조금씩 친분을 쌓아갔다.

삼삼오오 나누던 이야기도 그녀가 강의실로 들어서면 중단되고, 가벼운 인사와 함께 자리를 찾아가기 바빴다.

"다들 오셨죠? 오늘은 전시회 작품 낼 것 구상하세요. 단체전이니까 너무 큰 작품은 삼가시고…. 날짜는 아직 정하지 않았고 아마 5월 초가 될 것 같은데 전시회 도록을 만들려면 4월 중순에는 작품을 끝내야 해요."

수강생은 모두 그러겠다고 대답했고 걱정스러운 표정으로 작품 주제를 골랐다.

"주제 정한 분은 저한테 확인받아야 해요."

다른 곳에서 두어 번 수채화 단체전을 했을 때는 평소 그렸던 그림 중 골라서 전시회에 냈다. 이번에는 전시회를 위해 따로 작품을 구상해야 하니 부담스럽게 느껴졌다. 풍경을 좋아하는 수경은 고심 끝에 하늘을 향해 쭉 뻗은 자작나무를 떠올려 다행히 그녀의 승낙을 받았다. 다른 수강생도 그녀에게 구상한 작품을 말했고 마음에 들지 않으면 가차 없이 퇴짜를 당했다. 수경과 함께 통과한 수강생은 작품 주제를 스케치하며 위치 잡기에 몰두했다.

습작용 종이 전체를 선으로 나누고 형체를 비율에 맞게 스케치하면서 그리고 지우기를 무수히 반복했다. 풍성한 자작나무는 하늘을 향해 거침없이 힘차게 뻗어 나갔다.

겹겹의 한지를 붙인 장지 위에 바탕 물감을 굵은 붓으로 곱게 칠하고 건조를 여러 번 한 후 전체 그림의 윤곽을 그렸다. 기초 작업이 끝나면 색 입히기를 수없이 반복하면서 원근의 입체감을 살려야 하는 인내와 끈기를 요하는 기법이었다. 고 천경자 작가의 독특한 화풍처럼 서양화로 착각할 만큼 강렬한 색채의 이끌림이 수경을 여기까지 오게 했다. 물로 농도를 조절하며 한꺼번에 덧칠하지 않고 조심스럽게 작업하는 모습은 욕심을 버리고 수행하는 수도승과 사뭇 같았다.

석 달의 고행 끝에 작품이 완성될 즈음 전시회를 2주 정도 앞두고 한 수강생이 갑작스럽게 전시회 불참을 통보했다.

그녀의 성난 목소리가 들렸다.

"전시회 때문에 신경 쓸 것도 많은데 너무하네. 지난주 엉망으로 그려놔서 몇 마디 했더니 불쑥 문자로 못 하겠다고?"

그녀가 지난주 쏜 화살에 맞은 나이 지긋한 수강생 한 명이 포기를 선언했다. 자식들 출가시키고 여유가 생기면서 느지막이 시작한 취미 활동이 부담으로 다가오니 마음 편한 쪽을 택했을 것이다. 수강생들은 충분히 이해하는 눈치였지만 내색도 하지 못하고 불똥이 자신에게 튈까 걱정하며 붓에 힘을 실었다.

전시회 도록과 작품 액자가 완성되었고 전시회를 하루 앞둔 날 작품 위치를 이리저리 잡아보면서 최종 점검했다. 수경은 작품이 전시회장 벽에 걸리는 것을 지켜보는 순간 머리가 멍해졌다. 수많은 시간 긴장감으로 팽팽했던 장면이 떠오르며 파노라마처럼 지나갔다. 하늘을 향해 힘차게 뻗은 자작나무를 보면서 뿌듯함보다는 그동안의 역경에 긴 한숨을 내쉬었다.

하지만 그녀는 달랐다. 전시회장 벽을 빼곡히 채운 작품을 흐뭇하게 바라보며 수강생을 향해 내일 전시회 개관식 참석을 당부했다.

수경은 전시회에 가족과 몇몇 지인을 초대했고, 축하 인사와 함께 전시회를 감상했다. 초대된 지인들도 수경이가 처음 한국화를 보았을 때처럼 강렬한 색채에 깊은 인상을 받은 듯했다. 지인들의 축하와 격려를 받으며 수경은 그동안의 힘들었던 전시회 준비가 한꺼번에 보상되는 것 같았다.

일주일간의 전시회는 무사히 끝났고 뒤풀이 점심 식사가 남아있었다. 선약을 핑계로 자리를 피하는 몇 명을 제외하고는 대부분 예약 장소로 이동했다. 여러 개 붙여놓은 교자상에 수저와 그릇이 가지런히 준비되어 있었다.

그녀가 자리를 잡자 주변으로 하나둘씩 앉았다. 수경은 그녀와 멀찍이 떨어져 자리를 잡고 그간 친분을 쌓은 수강생과 조용히 이야기를 나누었다.

미닫이문을 닫고 연세가 지긋한 수강생이 그녀에게 전시회 준비를 위해 애써주신 것에 대한 감사의 뜻을 전했다. 그녀도 수강생들을 향해 그간의 노고와 성공적인 전시회를 자축하며 들떠있었다.

정갈한 색색의 한식이 하나둘 차례차례 나오자 식사에 열중하게 되었고, 화제가 음식 쪽으로 흘러가면서 분위기가 자연스러워졌다. 그녀와 수강생 모두 여자였고, 주부이자 며느리고 서넛은 시어머니였다.

들깨죽이 나오자 노환의 시어머니를 모시면서 식사가 어렵게 되어 '묽은 들깨죽'을 만들어드린 일, 명절마다 힘들게 음식 만들었던 일 등 연세 지긋한 수강생들의 고된 시집살이 이야기가 무르익어갈 때 듣고만 있던 그녀가 입을 열었다.

"장남과 결혼하고 시집살이하면서 골병 다 들었죠. 일하면서 시어른들 챙기기까지…. 명절 때 음식 만든다고 바쁜데 남자들이 방마다 차지하고 앉아 먹고 놀면서 이것저것 심부름시키지를 않나."

서울 소재 유명 미대를 다니며 미팅으로 알게 된 경상도 출신의 남편과 긴 연애 끝에 결혼한 그녀 역시 며느리이기에 겪어야 했던 일을 하나둘 꺼냈다.

그녀의 이야기는 수경에게 잊었던 과거를 회상시켜주었다.

출산을 한 달 앞두고 학원을 그만둔 수경을 보러 올라온다는 시어머니의 전화를 남편이 받았다. 수경은 내심 만삭인 막내며느리를 걱정하는 마음에 오는 거라 생각했다. 도착하기 전날까지 시어머니가 쓸 침구를 세탁하고 집 안을 깔끔하게 정리했다.

남편의 퇴근 시간에 맞춰 서울역에 도착한 시어머니는 남편과 나란히 들어오면서 수경의 부른 배를 보며 고생한다는 말과 함께 거실에 앉았다. 수경은 어머님께 시원한 주스 한 잔 건네고 서둘러 준비한 반찬들을 식탁 위에 놓았다. 세 명이 맛있게 저녁 식사를 마친 뒤 시어머니는 올라온 이유를 이야기했다.

서울에 사는 친척의 자녀 결혼식 참석이 큰 이유였고, 온 김에 외가 친지도 만날 계획이어서 2주 정도 있을 예정이라고 했다. 수경의 예상은 빗나갔고, 아침과 저녁을 만삭의 몸으로 신경 써서 상을 차려야 했다. 시어머니는 식사 준비나 집안일을 거들어주지 않았고 자신이 계획한 일정대로 서울에 사는 일가친척을 만나러 다니기에 바빴다. 그러던 중 시아버지의 전화를 받고 마지못해 며칠 일찍 내려갔다.

수경은 지금까지도 두 가지를 이해할 수 없다. 그중 하나는 시어머니도 만삭이었을 때 분명 힘들었을 텐데 무심하게 모른 척했다는 점이다. 그리고 다른 하나는 시어머니도 며느리를 거쳤고 여자의 고충을 알 법도 한데 며느리가 묵묵히 감수해야 한다고 당연하게 여겼다는 사실이다.

머릿속이 복잡해지는 가운데 그녀의 목소리가 점점 크게 들려왔다.

수경은 처음으로 그녀를 이해하게 되었다.

"첫애 낳고 삼칠일도 안 되었는데 명절 준비해야 한다고 털고 일어나라고 하셨을 때 얼마나 서럽던지…."

그녀의 이야기는 봇물 터지듯 계속 이어졌다. 시집살이와 함께 화가의 위치에 서기까지 힘들었던 순간순간이 느껴졌고, 그녀를 방어벽에 둘러싸여 팍팍하고 깐깐하게 살도록 만들었다고 생각하니 측은한 마음이 들었다.

한국화를 접한 지 두 해가 되면서 수경은 다양한 기법을 시도하고 싶은 마음에 전시회를 다니며 안목을 넓혔다. 안목의 깊이만큼 지난해 전시회 작품의 미흡했던 점이 눈에 띄었고, 비슷한 주제보다는 독창적이면서 자신의 색깔이 뚜렷한 작품을 하고 싶었다.

선생님은 정형화된 주제만을 고집하였고, 전시회를 앞두고 그 정도가 점점 심해졌다. 그럴수록 수경은 자유롭지 못하고 틀에 박힌 습작에 회의를 느끼게 되었다. 올해도 전시회는 그들을 기다리고 있었고, 선생님도 변함이 없었다. 변한 것은 아무것도 없지만 수경은 변화를 바랐다.

세상은 지난 두 해 동안 급변의 바람이 불었다. 국정 농단에서 비롯된 '촛불 집회'가 대통령을 바꿨고 지도층의 '갑질 논란'과 각계각층의 '미투 운동' 등 권력을 이용한 사회적 불평등에 대한 문제를 각종 매체에서 다루며 해결 방안에 대해 열띤 토론이 벌어졌다.

이런 변화가 확산되어 자유롭고 평등해지길 바라는 수경은 조간신문을 덮으며 거실 한쪽에 비스듬히 세워놓은 미완성 작품으로 눈길을 돌렸다. 혼탁한 연못을 배경 삼아 피어있는 우아한 연꽃을 시원스럽게 펼쳐진 연잎이 떠받치고 있었다. 연잎 사이로 화려한 자태를 뽐내며 올라온 연꽃은 조연에 불과했다. 어지러운 세상을 초록으로 빛내며 아침이면 이슬을 품고 청개구리가 잠시 쉬어갈 수 있는 자리를 내주는 연잎이 마땅히 주연이 되어야 했다.

며칠 남지 않은 전시회 준비로 마음은 조급해졌고 색다를 것 없어 보이는 자신의 그림이 한없이 부족하게 느껴졌다. 수경은 마음의 동요를 가라앉히고 붓을 들어 색을 입혀가기 시작했다. 연꽃 줄기에 아슬아슬 매달린 개구리의 윤곽을 그리기 위해 붓에 물기를 털어내며 농도를 조절했다. 익살스러운 모습을 염두에 둔 채 선을 내려긋고 있을 때 전화가 울렸다.

수경과 복지관에서 기타 공연 봉사를 하는 서너 살 터울의 미희 언니였다. 집 근처 북카페에 있는데 잠깐 얼굴 볼 수 있느냐는 물음에 머리도 식힐 겸 붓을 내려놓고 양산을 들고 나섰다. 카페 안은 더위를 피하려고 온 사람들로 북적거렸다.

눈가에 웃음을 머금고 손짓하는 미희 언니를 향해 수경은 반갑게 눈인사를 하며 자리에 앉았다. 수경에게 미희 언니는 고민거리를 털어놓고 기댈 수 있는 존재였다. 여행과 집안 행사로 두어 달간 보지 못했던 서로의 안부를 물으며 걱정까지 나누었다.

수경은 틀에 박힌 작품을 고수하는 전시회로 그림에 대한 흥미까지 잃어간다고 고민을 늘어놓았다. 그림에 대한 열정이 많은 만큼 자유롭지 못한 작품 소재에 답답함을 느낀다고 말하는 동안 언니는 고개를 가볍게 끄덕이다가 조심스럽게 얘기를 꺼냈다.

다른 자치구에는 '예술문화재단'이 있어서 여러 예술 동아리를 하나의 문화 단체로 만들어 활동하고 주민들이 함께 어울려 손쉽게 접할 기회를 준다는 것이다. 동아리가 주체가 되다 보니 작품도 자유로운 소재로 전시할 수 있고, 심지어 영국은 'Voluntary Arts'라고 마을 주민이 주체가 되어 자발적으로 예술을 생활화한다는 말까지 더했다. 언니는 그림에 대해 가끔씩 털어놓았던 고민의 출구를 이렇게 가르쳐주고 있었다.

누구나 마음속에 이루지 못한 꿈 하나쯤 간직한 채 동경의 눈빛으로 세상을 바라보며 편하고 안락한 쪽을 택하고 안주한다. 용기 내어 간직한 꿈을 시도하려고 첫발을 어렵게 내디뎌도 꿈을 펼치지 못하고 밀쳐지는 경우가 많다. 그러다 세상의 걸림돌과 마음속 걸림돌을 하나씩 쌓아 꼼짝할 수 없이 갇힌 순간이 오면 자유를 절실히 갈망한다. 그렇게 하고 싶던 일도 자유가 바탕이 되지 않으면 생명력을 잃고 겉모습만 남게 된다.

수경의 꿈은 화가가 아니라 하고 싶었던 일을 할 자유였다. 미희 언니와 이야기를 나누다 그것을 깨달았다. 깨달음은 심해를 부유하던 대왕고래가 해면으로 높이 떠올라 깊은숨을 내쉬듯 답답했던 마음을 뚫어주었다.

공연이나 전시회를 하면서 사람들과 함께 즐거움을 나눈다는 기대가 수경을 기다리고 있었고, 꿈을 이루려고 헤매다 진정한 자신을 만났다. 사람들과 뒤엉켜 상처를 주고받으며 사는 삶 속에서 사소하게 여겼던 시도들이 연결고리가 되고 자양분이 되어 결국 또 다른 꿈을 꾸게 해주었다. 카페 한쪽의 은은한 빛이 파란 하늘 위로 날아가는 풍선을 바라보는 소녀의 그림과 수경을 비추고 있었다.

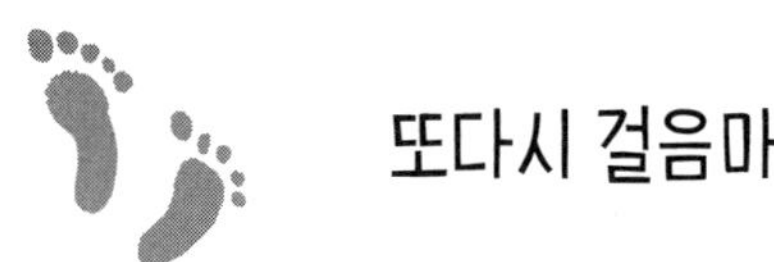

또다시 걸음마

이 은 주

삼복더위 한가운데서 박민정의 집 거실엔 큰아이가 카페 분위기를 연출한다며 켜놓은 가수 손의 노래 〈Way Back Home〉이 울려 퍼지고 있다.

'길고 긴 여행을 끝내 / 이젠 돌아가 / 너라는 집으로 / 지금 다시 웨이 백 홈….' 노래 가사가 왠지 박민정의 맘을 잡아끌었다. 작년 여름부터 그녀가 사는 건 제대로 사는 게 아니었다. 불안과 공포 속에서 거의 1년을 보냈다. 아버지의 투병과 임종 그리고 그녀의 수술. 그사이 그녀는 삶의 바닥을

저자는 경북 경산에서 태어나 일곱 살에 서울로 이사했다. 대학에서 문헌정보학을 전공했고, 신문사 자료실에서 6년간 근무했으며, 이제 전업주부 19년째에 접어들었다. 고교 시절 문예창작반에 들어가 글쓰기에 관심을 두기 시작했고, 지금은 17년 넘게 써오던 육아일기에서 벗어나 새로운 글쓰기에 도전하고 있다. 이름보다 먼저 지어진 '잘 크니'라는 별명을 지금도 실명보다 더 좋아한다. 잘 크라고 아버지가 지어주신 별명대로 40대 중반이 넘은 지금 새로운 성장을 위해 서툰 발걸음을 한 발짝씩 떼고 있다. 중학생, 고등학생인 두 아이를 두었으며 아이의 눈에 비친 자랑스러운 엄마의 모습을 찾기 위해 아이와 함께 성장하는 길을 모색 중이다.

찍고 다시금 제자리를 찾아오고 있다. 길고 긴 어둠을 떨치고 다시 밝은 삶의 세계로 발을 들여놓는 듯한 안도감이 들었다. 고등학교 2학년 딸 은솔이가 듣는 〈Way Back Home〉의 의미는 분명 박민정이 느끼는 그것과 다르리라. 박민정은 자기 멋대로 가사를 해석했다. 원래의 안정된 모습으로의 귀환으로.

올여름 문턱에 새로 바꾼 성능 좋은 에어컨은 옹기종기 거실에 모여 앉은 박민정과 두 아이에게 쾌적한 바람을 선사해주고 있다. 두 아이를 키우면서 그녀는 자신의 삶을 내려놓고 아이들만 바라보는 삶을 살았다. 아기가 엄마와 떨어지면 느끼는 분리 불안을 아이가 크는 내내 엄마인 박민정도 느끼며 아이와 밀착된 삶을 살았다. 공부도 손수 봐주며 아이에게 몰두하는 삶에서 스스로 행복감을 찾던 그녀였다.

그러나 40대 중반에 들어선 박민정은 자신의 생활을 들여다보기 시작했고, 남편의 그늘에서 벗어나 자기의 가치를 드러내고 싶다는 생각을 가지게 되었다. 모든 소수는 서로소냐고 묻는 중학교 1학년 아들 지웅이에게 척척 대답해주는 엄마의 모습은 더 이상 중요한 게 아님을 깨닫는다. 스스로 무언가를 하고 싶게끔 마음에 동력을 심어주는 그런 엄마의 모습이 되고 싶다. 〈Way Back Home〉이 계속 돌아가는 거실에서 노트북 자판을 두드리는 그녀는 잔잔한 행복을 느낀다. 다시는 맛볼 수 없을 것 같았던 일상의 행복. 지금 이 순간이 감사할 따름이다.

박민정은 아이를 낳고, 그녀 자신의 삶은 안중에도 없으리란 걸 예감했다. 아니 어쩌면 그 전부터였는지도 모르겠다.

"결혼해서 아이를 낳으면 난 집에서 아이만 기를 거야. 나한테 다른 거는 기대하지 마. 알았지?"

결혼하기 전 남편에게 했던 말이다. 박민정의 남편은 누구한테 한 소리냐며 지금까지도 그런 말을 들은 적이 없다고 하지만 분명 그녀는 말했다. 그게 진심이었든 그냥 허투루 한 말이었든…. 그리고 정말 그 말은 현실이 되었다. 박민정은 분신인 아이를 키우는 일에 몰두했고, 그것 말고 다른 선택은 그녀의 몫이 아니라고 생각했다.

출산 예정일을 일주일 앞두고 박민정은 다니던 신문사 자료실에 출산 휴가를 냈다. 친정에서 산후조리를 하기로 했기에 출가 전 자신이 쓰던 방에 아기 침대도 놓고, 서랍장에 아기 옷도 챙겨 넣으며, 이런저런 준비로 하루하루가 바빴다. 7월 무더위에 어찌 산후조리를 제대로 할지 친정어머니는 걱정이었다.

예정일을 이틀 앞두고 갑자기 퍽 소리와 함께 양수가 먼저 터졌다. 놀란 그녀는 친정어머니와 급히 택시를 잡아타고 병원으로 향했다. 진통이 시작되고 몇 시간이 지나도 아이가 나오지 않아 결국 의사는 제왕절개를 결정했다. 지금껏 진통을 참아왔던 박민정은 수술이 결정되자 더는 견딜 이유를 찾지 못하고, 빨리 마취를 시켜달라고 소리를 질렀다. 마취에서 깨어나자 간호사는 눈도 제대로 못 뜨는 갓 태어난 그녀의 아이를 팔에 살며시 뉘었다.

"고생 많으셨어요. 아기 보세요. 아빠가 태어나자마자 손가락 발가락 다 확인했어요. 호호호."

손가락 열 개, 발가락 열 개 보여달라고 했을 남편의 모습이 떠올랐다. 친정아버지와 어머니는 딸이 무탈하게 깨어나자 한없이 기뻐했다. 손녀의 탄생도 기쁘지만 수술받은 딸의 건강한 모습을 보고서야 안도하는 듯했다. 박민정은 눈도 제대로 못 뜨던 그 꼬물꼬물한 작은 모습이 자꾸 눈앞에 아른거렸다. 다음 날 링거 폴대를 잡고 겨우 신생아실로 걸어가 본 아기의 얼굴이 마냥 신기했다. 아기를 두고 발길을 돌리기 미안했다.

"어쩜 귀가 아빠랑 똑 닮았네. 아유, 오물거리는 입이 왜 이리 귀여워."

아기를 보는 사람마다 한마디씩 던지며 아기를 예뻐했다.

박민정은 아기가 예쁜 줄만 알았지 힘들 거란 생각은 눈곱만큼도 하지 못했다. 퇴원 첫날부터 박민정의 고군분투가 시작되었다. 낮에는 친정어머니의 도움으로 견딜 만했지만 밤낮이 바뀐 아기는 밤에 잠을 통 자지 않고 손에서 내려놓기만 하면 울었다. 밤새도록 아이를 안은 채 벽에 기대 선잠이 들었다. 젖이 모자란 것 같아 우유병을 소독하고 분유를 타서 시간 맞춰 먹이는 일도 여간 번거로운 일이 아니었다. 친정어머니가 박민정이 먹는 세 끼를 꼬박 다 챙겨주고 아기 목욕과 빨래 등 온갖 힘든 일은 도맡아 해주었다. 박민정은 온전히 갓난아기를 먹이고 재우는 일만 하는 데도 너무 힘들어서 우울증이 올 지경이었다. 육아 서적 한 번 보지 않고 아이를 낳은 박민정은 갓난아기를 키우는 게 그렇게 힘든 일인지 상상도 하지 못했다.

친정에서 한 달 조리 후 다시 제집으로 돌아온 그녀는 모든 게 서툴고 어설펐다. 모유 수유 또한 쉬운 게 아니었다. 젖몸살이 왔고 어떻게든 수유를 해야겠다는 생각에 유명한 산부인과를 찾았다. 의사는 뭐 하러 고생하며 수유를 고집하느냐며 젖 끊는 약을 처방해주겠다고 했다. 적어도 돌까지라도 모유 수유를 원했던 그녀는 또 다른 병원을 찾았다. 운 좋게 모유 수유를 독려해주는 의사를 만나 좋은 조언을 얻어냈다.

"젖이 모자란다고 분유를 같이 먹이면 젖이 남아 젖몸살을 일으켜요. 아기에게 젖을 먹이고 남는 젖이 없도록 충분히 짜내세요."

다른 약도 필요 없었다. 의사 말대로 한 지 사흘 정도 되니 너무 아팠던 젖몸살이 사라지고 모유 수유가 가능해졌다. 모유 수유가 해결되니 슬슬 출산 휴가가 끝나고 회사 나갈 일이 걱정되었다. 일단은 가까이 사는 시어머니가 아이를 봐주기로 했기에 맡기고 회사에 나가기로 결정했다. 박민정은 우유병에 젖을 미리 짜서 얼려두고 아이에게 먹여야 할 시간과 방법을 꼼꼼히 메모해서 어머니에게 줬다.

엄마가 된 후 광화문의 신문사 자료실로 출근한 첫날이었다. 그녀는 온통 아이 생각에 일이 손에 잡히지 않았다. 짜놓은 젖병을 아이한테 먹여야 할 시간에 시댁에 전화를 걸었다. 마침 전화기 너머로 들려오는 아이의 울음소리. 집으로 뛰어가고 싶은 마음을 억누르며 퇴근 시간을 기다렸다. 시댁에 들러 아이를 데리고 집에 도착하자마자 손을 씻고 퉁퉁 불은 젖을 아이에게 물렸다. 아이는 엄마의 품에 안겨 열심히 젖을 빨다가 갑자기 분수처럼 젖을 뿜어냈다. 박민정은 태어난 지 두 달도 채 안 된 아기가 토를 하니 너무 놀라고 겁이 나서 어쩔 줄을 몰랐다. 급히 어머니에게 전화를 걸었다.

"어머니 은솔이한테 젖을 먹였는데 갑자기 분수처럼 다 뿜어냈어요. 오늘 은솔이 젖병은 잘 먹었어요? 별다른 일은 없었고요?"

"젖병이 낯선지 내내 밀어내더구나. 계속 울면서 젖병은 빨지도 않고 얼마나 애가 타던지. 민정이 네가 오기 한 시간 전쯤인가 젖병 하나를 다 비웠는데 에구 내가 깜빡 잊고 말하지 못했구나."

그런 줄도 모르고 박민정은 또 아이에게 젖을 먹였던 것이다. 속상했다. 그녀는 이틀 만에 사표를 내던졌다. 어머니에게 아이를 맡기는 것도 죄송하고, 아이를 맡기고 마음 편히 회사에서 일할 성격도 못 되니 손수 아이를 키우겠다고 결심한 것이다. 이제 오롯이 아이만 돌보면 될 일이었다.

10월의 어느 화창한 날 창밖을 바라보며 날이 좋다고 생각하는데 마침 친한 중학교 동창 김소정한테서 전화가 왔다.

"민정아, 오늘 광화문 송피자에서 볼래? 은진이가 밖에 나가고 싶은지 징징거려 못 살겠네. 우리 맛있는 피자나 먹고 기분 전환이나 하자."

샐러드가 무제한이었던 송피자는 박민정이 예전에 자주 가던 피자집이었다. 고구마 샐러드를 듬뿍 먹어야겠다고 생각하며 아이의 기저귀 가방을 챙기면서 콧노래를 흥얼거렸다. 아이를 안아 아기띠를 메고 뭐 빠진 것 없는지 거실을 둘러보고는 밖으로 나왔다. 정류장을 향해 가는데 마침 광화문으로 가는 좌석버스가 오고 있어 발걸음을 빨리해 버스를 탔다. 아이와 단둘이서 대중교통을 타고 움직이는 건 처음이라 적지 않게 긴장되었다. 다음 정류장에서 내릴 준비를 하며 기저귀 가방을 어깨에 걸치고 있을 때 전화벨이 울렸다.

"민정아, 송피자가 있던 2층 자리에 다른 이탈리안 음식점이 생겼어. 그새 없어졌나봐. 1층에 갯마을칼국수란 음식점이 생겼던데 보쌈도 팔고 괜찮아 보이네. 우리 거기서 보자. 아무래도 식탁보다는 상이 있는 바닥에서 애들 눕혀놓는 게 더 편할 것 같아."

"그래 알았어. 나 이제 곧 내려. 갯마을칼국수라고 했지? 거기로 갈게."

갯마을칼국수 식당에 들어서니 소정이가 자리를 잡고 앉아있었다. 이제 뒤집기를 시작한 소정이의 딸 은진이는 엎드려 소리 나는 애벌레 인형을 가지고 놀고 있었다.

"그새 은진이는 또 컸네. 얼굴도 더 또렷해진 거 같고. 배고프지? 우리 뭐

먹을까?"

"나 오늘 외식한다고 집에서 제대로 먹지도 않았더니 너무 배고파서 이미 주문했어. 모유 수유하려면 잘 먹어야지. 돌아서면 배고프니까. 히히."

소정이는 해물칼국수 2인분에 보쌈을 주문했다고 했다. 역시 발 빠른 소정이다. 소정이는 박민정의 기저귀 가방에 들어있던 작은 감싸개 요를 꺼내 펼치고는 잠든 은솔이를 조심히 받아 요 위에 눕혀주었다. 몇 개월 빨리 엄마가 되었다고 박민정보다 조금 더 능숙하게 아기를 다루는 모습에 든든한 마음이 들었다.

"피자집보다는 바닥에 아이를 누일 수 있는 이런 데가 훨씬 나은 선택이었어. 송피자가 없어진 게 다 우릴 위한 거였다니까."

모든 일을 긍정적으로 해석하는 그녀답게 소정이는 자신의 선택에 만족하며 맛있게 칼국수를 먹었다. 그동안 고맙게도 은솔이는 계속 잤고, 은진이도 얌전히 있어줘서 박민정과 김소정은 편안하게 수다를 떨며 간만에 여유롭게 식사를 즐겼다.

"민정아, 오늘 우리 집 가서 자자. 신랑은 시댁으로 퇴근하라면 돼. 외아들밖에 모르는 우리 어머니도 좋아하실 거고. 집 근처라 일주일에 두 번꼴로 가는 데도 매번 전화할 때마다 언제 오냐고 물으시니 아마 무척 반기실 거야."

박민정에게 소정이는 육아를 함께하는 든든한 친구였다. 서로의 고충을 토로하기도 하고 아이들의 발육 상태나 새로운 재롱을 자랑하기도 했다.

어느덧 은솔이를 낳은 지 10개월이 지났다. 박민정은 아이의 돌잔치를 위한 장소를 알아보다가 놀라움을 금치 못했다. 많은 육아 블로그를 접하면서 엄마들이 얼마나 열심히 아이를 키우는지 알게 된 것이다. 갓난아기 때부터 아이에게 책을 읽어주고 함께 놀아주는 엄마들의 모습에 그녀는 열등감을 느끼기도 했다. 은솔이가 돌이 되면서부터 그녀는 열심히 책을 사기 시작했다. 그때까지 책이라곤 아기 눈 초점 맞추기 책밖에 없었다. 인터넷 검색을 통해 단행본부터 유명 전집까지 열심히 샀다. 그리고 은솔이와 같이 읽고 노는 책 놀이가 시작되었다. 육아에 슬슬 재미가 붙기 시작했다. 색감 좋은 다양한 목재 블록도 사고, 언니가 물려준 플라스틱 아기 블록도 가지고 놀며, 하루하루가 아이와의 재미난 놀이로 가득 찼다. 힘들다는 생각보다 아이와의 놀이가 주는 즐거움이 더 커지는 것을 느꼈다. 이제 그녀 자신의 생활은 안중에도 없었다. 그저 아이를 키우는 데 몰두하면서 그게 삶의 전부고 기쁨이며 행복이었다.

하나만 낳아 잘 키우자는 남편의 생각이 바뀌면서 박민정은 네 살 터울의 둘째 아이를 낳았다. 병원에서 둘째 아이를 낳고 집으로 오는 날 친정어머니가 은솔이를 데리고 병원으로 왔다. 사흘을 못 봤다고 왠지 낯설게 엄마를 보는 은솔이의 눈빛이 괜스레 측은한 생각마저 들었다.

"엄마, 동생은 어디 있어? 나 어제 할머니랑 목욕탕에도 갔어."

박민정의 손을 잡고 한 바퀴 돌던 은솔이가 낯선 병실을 천천히 둘러보면서 말했다.

"조금 이따 신생아실에서 동생 데리고 같이 집으로 갈 거야. 엄마 많이 보고 싶었어? 엄마는 은솔이 많이 보고 싶었는데."

박민정은 이제 두 번째라 그런지 모유 수유도 한결 수월하고 갓난아기를 다루는 데 있어서도 전처럼 두려움이 없었다. 둘째는 젖을 먹다가도 잘 게워내서 놀라기도 했지만 그때마다 고작 다섯 살밖에 안 되는 첫째 딸이 늘 박민정 곁에 있어서 든든한 위로가 되었다. 둘째를 안고 첫째의 책을 읽어주며 박민정은 이런 게 행복이라고 생각했다.

이듬해 3월 은솔이가 처음으로 유치원에 가는 날이었다. 박민정은 잠든 둘째 지웅이를 잘 눕혀놓고 유치원 셔틀버스를 태우기 위해 은솔이를 데리고 아파트 입구로 나갔다. 1층에 사는 현지도 나와 있었다.

"지웅이는 그냥 두고 나오신 거예요? 셔틀버스 오면 현지랑 은솔이 같이 타는 걸 볼 테니 얼른 들어가세요."

함께 유치원을 알아보던 현지 엄마는 연년생인 현지 동생과 함께 나와 있었다. 은솔이한테 인사하고 집으로 돌아온 박민정은 왠지 모를 불안과 긴장감에 아무것도 손에 잡히지 않았다. 처음으로 엄마와 떨어져 나름의 사회생활을 시작하는 은솔이가 눈에 밟히고 모든 것이 걱정되었다. 아기가 엄마와 떨어지면 느끼는 분리 불안을 박민정이 심하게 느끼고 있었다.

박민정의 남편은 가끔씩 버럭 화를 내며 그녀와 죽을 듯이 싸우기도 하지만 보통은 다정다감하고 그녀의 말을 잘 들어준다. 사실 듣는 척하는 건지 그냥 대답만 건성으로 하는 건지는 잘 모를 일이다. 가장 큰 장점은 가사를 잘 도와준다는 것이다. 주말에는 요리하기 좋아하는 남편의 도움을 받아 늦잠도 늘어지게 자곤 했다. 아이들 어렸을 때는 육아를 거의 전담하고 두 아이의 공부를 손수 다 봐줬기에 박민정에 대한 고마움도 있었을 거다.

"요즘은 우리 때와 달리 공부할 양이 엄청나다고. 난이도는 또 어떤데. 이 동네에 영어 못 하는 애들이 어디 있어. 또 수학은 어떻고. 얼마나 문제가 어렵게 나오는지 정말로 해야 할 게 너무 많아."

박민정은 가끔씩 이런 말로 자신의 가치를 알리는 것도 잊지 않았다.

3년 전 겨울, 박민정은 여동생의 전화를 받았다. 전화벨이 한참 울리도록 심호흡을 한 뒤에야 받은 전화다.

"언니, 아빠 검사 결과가 나왔는데 암이래. 어떡해? 이런 게 어디 있어? 지금껏 열심히 살아온 덕분에 이제 우리 아빠 엄마 아무 걱정 없이 행복하게 살아갈 일만 남았는데…. 엉엉."

마음의 준비를 하며 전화 걸기를 미루고 있었는데 결국은 암이었다. 누구를 향한 것인지 모를 억울함과 슬픔, 속상함이 가슴을 쥐어뜯으며 솟구쳐 흐르는 눈물을 참을 수가 없었다. 수화기를 놓고 꺽꺽 숨넘어갈 듯 울었다. 억장이 무너지는 듯했다. 가슴이 갑갑하고 숨 쉬는 게 힘들었다. 숨이 막힐 것 같은 아픔도 시간이 지나며 무뎌졌다. 그 무뎌짐은 다시금 희망으로 바뀌었다. 틈만 나면 도서관에서 암 관련 서적들을 보며 자연 치유에 대한 희망을 꿈꾸었다. 아버지는 대학병원에서 수술을 거쳐 항암 치료를 받았고 박민정은 암 판정에서 완전 치유 판정을 받은 사례들을 찾으며 아버지가 낫기를 믿고 빌었다.

큰아이 은솔이가 고등학생이 되어 학원에 다니기 시작하자 박민정은 자신의 시간이 늘어갔다. 그전까지는 아이의 공부를 손수 봐주며 에너지를 소모했지만 아이가 맞닥뜨린 사춘기는 보통의 엄마에게서 기대되는 그 이상의 역할을 허락하지 않았다. 엄마가 하는 모든 말이 간섭으로 치부되며 공부에서 독립을 선언했다. 마침 여름방학이 되자 은솔이가 학원에 갈 시간이면 박민정은 지웅이도 데리고 나와 같이 도서관으로 향했다. 암 관련 서적을 잔뜩 골라서 읽었다. 눈이 아프고 머리가 무거워지면 서가를 거닐었다. 언젠가 북카페에서 읽다 만 책 《연금술사》가 눈에 띄었다. 서가에서 책을 집어 자리에 오면서 보니 지웅이는《식객》을 읽고 있었다.

"지웅아, 또 만화책이야? 그게 그렇게 재미있어?"

도서관에 가면 아이들 대부분이 만화책을 읽고 있었다. 지웅이만 글 많은 책을 읽기 바라는 건 욕심이겠지. 박민정은 한마디하고 싶은 잔소리를 꿀꺽 삼키고 책으로 눈을 돌렸다. 비금속으로 금을 만든다는 연금술. 좋은 공기와 좋은 식단이 암세포를 죽이고 원래의 상태로 되돌릴 수 있다는 자연 치유. 예전의 박민정이라면 연금술을 의아해했을 것이다. 그러나 자연 치유와 그런 사례들을 접하고는 연금술도 가능할 거란 생각을 하며 책에 더 몰입할 수 있었다. 어떤 기적이 일어났으면 좋겠다는 생각이 들었다.

지금 박민정은 뭔가 혼란을 겪고 있는 기분이 들었다. 아버지에 대한 걱정, 품 안에 있다고 생각했던 아이들이 엄마의 둘레를 벗어나고 있다는 느낌. 그 틈에서 그녀 자신에 대한 성찰이 시작되었다. 무언가 자신의 가치를 느낄 수 있는 삶을 살고 싶다는 생각이 들었다. 자신의 가치를 보이면서 가정에 경제적인 보탬이 되고 싶다는 생각도 했다. 아이들이 사춘기에 들어서며 가계 지출도 늘어갔다. 친구들과 오가며 규동이니 카페의 초콜릿 음료수를 사 먹는 일도 잦았고 옷도 브랜드를 찾기 시작했다. 지웅이는 초등학생 때까지 다니던 남성 전문 미용실에는 안 가겠다고 선언했다. 5천 원이나 비싼 미용실에서 투블록으로 머리를 자르고는 흡족해했다. 앞으로도 계속 엘르살롱의 김훈 디자이너한테 머리를 자르겠단다. 큰딸 은솔이는 학원을 오가며 짬짬이 사서 모은 화장품도 꽤 돼 박민정이 가지고 있는 것보다 많아진 지 오래다. 아이브로나 볼터치 브러시는 오히려 딸의 것을 빌려 쓰기도 했다. 때때로 박민정의 비비크림을 사 올 때도 있었다.

"아휴, 아빠가 해외 출장 다녀오며 비비크림이랑 립스틱 사 온 것도 다 쓰려면 한참인데 이런 건 뭐 하러 샀어?"

"1+1이라 엄마 거 하나 내 거 하나 샀지 뭐. 그리고 엄마 피부색은 나랑 달라서 엄마 거는 한 톤 진한 거야. 생각해줘서 고맙다고는 않고…."

딸이 크니 친구 같은 느낌도 들었다. 화장품도 같이 쓰고 오히려 박민정보다 아는 것도 많았다.

"엄마 코 위에 하얗게 나는 거 그게 화이트헤드야. 그래서 나는 그런 피지들 잘 제거하려고 화장 지울 때 오일이랑 클렌징폼을 같이 쓰잖아. 엄마도 내가 그때 주문했던 오일 써봐."

체크카드를 만들어달라고 해서 그걸로 온라인 주문도 알아서 했다. 주문한 것이 없는데 택배가 와서 보면 거의 딸 은솔이가 주문한 것들이었다.

"엄마, 선생님이 그러는데 사춘기 제대로 겪은 애들이 스스로 판단, 결정하는 능력도 생겨서 더 주체적인 삶을 살 수 있대."

언젠가 은솔이가 했던 말이다. 자기한테 이로운 말은 잘도 기억했다가 앵무새처럼 엄마한테 말하는 모습에 피식 웃음이 났다. 사춘기의 까칠한 모습에서도 예전의 순진하고 착한 모습이 간혹 보이면 내 딸이 맞긴 하다는 생각에 위로받기도 했다. 남들처럼 사춘기가 일찍 와서 빨리 끝났으면 하는 아쉬움도 있지만 그래도 건강하게 학교생활 열심히 잘하는 거에 감사하자고 박민정 스스로 되뇌며 욕심을 자르려 애썼다.

집에서 살림하며 아이들 간섭할 생각 말고 몰두할 수 있는 자기 일을 가지면 좋겠다는 생각과 그 결과물로 경제적인 보탬도 되고 싶다는 생각이 더 간절해졌다. 20년 가까이 전업주부로 살아왔던 그녀가 할 수 있는 일이 무엇인지 고민이 시작되었다.

아버지의 건강이 더 악화되어갔다. 뼈로 전이되었던 전립선암이 더 심해지면서 아버지의 통증은 더해가고 여름은 더욱 무르익었다. 중복이 되어 박민정의 친정 식구들은 곧잘 가던 식당으로 삼계탕을 먹으러 갔다. 아버지는 전보다 더 땀을 흘리고 자리에 앉았다가 일어서는 모습이 더 힘들어 보였다. 먹는 속도도 더 느려진 것 같았다. 그렇게 아픈 중에도 강의를 위해 원고 쓰는 일은 계속했다. 교사 연수를 위한 박물관에서의 강의를 앞두고 원고를 계속 재검토하며 아버지는 이것이 마지막 강의가 될 거라고 했다. 박민정의 가슴은 돌로 짓누르는 듯한 느낌이 들었다.

김소정은 박민정으로부터 퇴원했다는 반가운 연락을 받았다. 병원에 가려는데 굳이 오지 말라고 병실도 알려주지 않았던 그녀였다. 건강 검진에서 발견된 정체불명의 혹은 CT 촬영 결과 난소의 양성 혹으로 판명되었고, 한 달 뒤 혹 제거 수술을 받기까지 박민정이 그동안 얼마나 정신이 피폐되었는지 소정은 잘 알고 있었다.

두 달 전 그녀의 울먹이던 전화는 소정을 놀래켰다. 전립선암으로 2년째 투병 중이던 아버지를 걱정해왔던 그녀가 말했다.

"내가 그동안 아빠를 위해 알아보던 자연 치유 관련 책이나 음식, 위로의 말은 아무것도 아니었어. 난 아빠가 암을 이길 거라고 믿고 병원의 항암 치료와 병행하는 자연 치유법이 가능할 거라고 생각했어. 그리고는 내가 믿고 싶은 대로 믿었던 거야. 그런데 내가 암일지도 모르는 입장이 되고 보니 어떤 책, 어떤 말도 위로가 안 돼. 나 자궁 뒤에 혹이 있다는데 큰 병원 가서 CT를 찍어봐야 한대. 부모님껜 어떻게 말씀드리고 우리 애들은 어쩌지?"

"그게 무슨 소리야? 자궁엔 물혹이 많이 나고, 그냥 없어지기도 한대. 주변에서 그런 사람들 많이 봤어."

"물혹은 아니 거 같대. 대학병원 의뢰서 써줬는데 하필 암병동 부인과야. 나 너무 무서워."

여름이 되면서 더 악화되는 아버지의 투병 모습을 보며 마음이 많이 약해져 있던 박민정은 급기야 불면증으로 사투를 벌여야 했다. 그녀는 혹이 양성이기만 하면 앞으로의 삶을 선물인 양 소중히 여기며 더 열심히 살리라 생각했다. 핸드폰 갤러리에 저장된 예전의 사진을 보면서 지난 시간들이 너무 그립고 소중하게 느껴졌다. 일상의 감사함을 뼛속 깊이 느끼지 못하고 살았던 시간이었다. 남편 최석희의 아내로, 그리고 은솔이와 지웅이의 엄마로 계속 살 수 있다면 무엇이든 할 수 있을 것 같았다. 잠든 아이들의 이불을 덮어주며 살고 싶은 마음이 더욱 간절해졌다.

CT 촬영 결과가 나오는 날 박민정은 남편과 병원을 향했다. 운전대를 잡은 남편의 표정엔 비장함이 묻어있었다. 며칠 깎지 않은 수염 때문인지 얼굴이 더 수척해 보였다. 병원이 가까워오자 남편은 박민정의 초조하게 모은 두 손에다 한 손을 올리며 걱정 안 한다고, 다 괜찮다고, 다 감당할 거라고 말했다. 자신에게 되뇌는 말처럼 들렸다.

양성이라는 결과를 듣고 기쁨을 감추지 못하는 남편과 안도의 한숨을 쓸어내린 박민정은 혹 제거를 위한 수술 날짜를 잡고 오랜만에 마음 편히 맛있는 점심을 먹었다. 불면증이라 피해왔던 커피도 한 잔 마시며 박민정은 이제부턴 잘 잘 수 있으리라 생각했다. 그런데 혹이 양성이라는 결과를 듣고도 불면증이 낫기는커녕 더 심해져서 일주일을 뜬눈으로 보냈다. 동네 가정의학과에서 처방받은 수면제로는 어림도 없어 대학병원 정신과 수면 클리닉까지 가서 상담을 받았다.

"불안한 심리 상태 때문에 그런 거로 보여요. 박민정 씨는 수술을 앞둔 보통의 사람보다 더 심한 불안감을 느끼고 있네요. 처방약 먹고 수면 지침서 줄 테니 읽고 그대로 해보세요."

매서운 눈초리의 의사 선생님은 정신과라서 그런지 여태껏 보아온 다른 의사와는 달랐다. 뭔가 속을 꿰뚫어보려는 듯한 눈초리가 왠지 섬뜩하기조차 했다. 5분 남짓 얘기했는데 진찰료 외에 더 붙은 상담료가 아까운 생각이 들었다. 박민정은 걱정 많고 나약한 자신의 심신을 원망했다.

수술 일주일을 앞두고 박민정은 홍삼을 사놓았다고 챙겨가라는 친정어머니의 전화를 받았다. 추석 이후 2주일 만에 보는 아버지의 모습에 민정은 마음이 무거웠다. 이틀 전부터 목이 아파 음식을 못 삼킨다고 했다. 어머니가 자식들 걱정 안 시키려고 아무 말도 하지 않아서 몰랐다.

"아빠, 도서관에 갔을 때 책에서 보니 비타민 C 혈관 주사가 항암에도 효과가 있다고 했어요. 제가 이 근처에 비타민 C 혈관 주사를 놔주는 병원을 알아볼게요."

박민정은 뭐든 지푸라기라도 잡고 싶었다. 책에는 비타민 C 혈관 주사가 방사선 부작용도 반감시켜준다고 나왔다. 병원에서 근래 받았던 방사선이 부작용을 일으킨 건지 너무 속상하고 마음이 아팠다. 이젠 대학병원에서도 할 수 있는 일이 없는 것 같았다. 집으로 돌아온 박민정은 아버지 걱정에 가슴이 답답했다. 투병 중에도 원고나 강의 의뢰가 있으면 열심히 일하던 모습이 눈에 선했다. 언제 어디서나 국가와 민족을 위해 일할 것을 자녀들에게 가르치고 항상 열심히 살았던 아버지를 그녀는 그 누구보다 존경했다. 두메산골에서 태어나 스스로의 길을 개척한 아버지. 서울로 이사해 공무원으로 일하면서 공부를 계속해 대학원 박사 과정까지 마치고 70이 넘은 나이에도 사회 활동을 왕성하게 해온 터였다. 암이 너무 원망스러웠다. 암만 아니면, 차라리 다른 병이라면….

일주일 뒤 대학병원에서 입원 수속을 밟은 그녀는 다음 날 첫 수술을 받게 되었다. 새벽 다섯 시부터 간호사가 들락거리며 링거를 꽂고 수술 준비를 했다. 일곱 시쯤 그녀는 바퀴 달린 침대로 옮겨져 수술실로 들어갔다. 그녀의 남편은 수술실로 향하는 그녀의 손을 꼭 붙잡고 응원했다. 수술실에 들어가자 간호사의 환부 확인이 있었고, 곧이어 교회에서 나온 사람이 기도를 해주었다. 마음이 평온해지는 순간이었다. 이렇게 생각지 못한 곳에서 나눔을 실천하고 있는 사람을 보며 박민정은 다짐했다. 그녀도 꼭 누군가에게 도움을 줄 수 있는 사람이 되리라고. 수술실로 옮겨진 그녀는 수술 침대로 옮겨졌다. 산소마스크처럼 생긴 것을 입에 씌우고 간호사가 말했다.

"숨을 깊이 들이쉬세요."

한 모금의 호흡과 함께 그녀는 깊은 잠에 빠져들었다. 얼마나 지났는지 간호사의 소리에 눈이 떠진 박민정은 침대가 옮겨지는 것을 느꼈다. 이제 다 끝난 거다. 친정어머니가 온다는 전화가 왔다. 아버지도 많이 아픈데 어머니가 온다니 박민정은 너무 죄송한 마음이 들었다. 수술이 끝난 딸의 얼굴을 보며 어머니는 한숨을 돌리는 듯했다. 가실 때 두툼한 봉투를 두고 갔는데 거기엔 큰돈과 아버지 필체의 편지가 들어있었다.

'아무것도 두려워하지 마라. 즐거움은 마음의 양약이며 심령의 근심은 뼈를 마르게 한다. 마음 굳게 먹고 훌륭하게 병마를 이겨내기를 바란다. 최 서방과 함께 힘내라. 가족 모두 조속히 쾌차하기를 기도한다.'

세로로 쓴 아버지의 필체를 손으로 짚어가며 박민정은 몇 번이고 글을 되뇌었다. 통증을 참고 썼을 편지. 박민정은 감사함과 아픔이 뒤섞여 가슴이 메어졌다.

박민정이 퇴원한 3일 뒤 아버지는 병원에 입원했다. 전혀 음식을 못 먹어서 기력이 쇠한 데도 갖가지 병원 검사에 성실히 임했다. 그런데 이제 그런 검사를 받으러 다니기조차 버거워진 거다. 갑자기 심장 박동이 안 좋아졌다는 동생의 전화에 박민정은 수술 일주일도 안 된 상태였지만 울면서 병원으로 향했다. 그런 박민정을 본 아버지는 오히려 자식 걱정이 앞서 어서 집으로 돌아가라고 말했다.

"답답하다 답답해. 얼른 가라."

월차를 내고 아버지 곁을 지키는 남동생의 문밖을 향하는 손짓에 박민정은 병실 밖으로 나가 서성거리며 어찌할 바를 몰랐다. 어머니는 문병 온 다른 손님을 배웅하고 돌아왔다. 한 번 더 병실에 들어가 아버지에게 인사할까 망설이는데 동생이 나와서 아버지가 잠든 것 같으니 그냥 가라고 말했다. 정 떼려고 가라고 했다는 말도 덧붙였다. 박민정은 그때까지도 아버지의 임종은 상상도 할 수가 없었다. 그렇게 빨리 아버지가 세상을 등질 줄은 정말 몰랐다.

박민정의 남동생 그리고 남편과 제부가 저녁마다 번갈아가며 아버지를 병간호하고, 다음 날 각자의 일터로 향했다. 낮에는 언니와 어머니, 여동생이 번갈아 자리를 지켰다. 수술한 지 얼마 안 된 박민정은 집에 있는 것이 마치 바늘방석 같았다. 살은 점점 더 빠져갔고, 나날이 더한 불안감이 엄습했다. 일주일 뒤 토요일 박민정은 아버지를 보러 갔다. 그사이 팔다리가 더 붓고 쇠약해진 아버지는 링거 약 때문에 잠자고 있었다. 엄청난 진통을 견디고 있으리라. 집으로 돌아오며 그녀는 툭툭 떨어지는 눈물을 감추기에 바빴다.

다음 날 아침 남동생의 전화를 받은 남편은 박민정을 깨워 함께 병원으로 가야 한다고 말했다. 하염없이 흐르는 눈물을 닦으며 병원에 들어서니 남동생은 복음성가를 틀어놓고 울면서 퉁퉁 부어있는 아버지의 다리를 주무르고 있었다. 마흔의 아들은 아버지를 떠나보내야 함을 알면서도 한 가닥 희망을 놓지 못해 계속해서 아버지의 팔다리를 주무르고 있었을 거다. 얼마나 두려웠을까. 박민정은 엉엉 목 놓아 울며 아버지의 부은 손과 발을 어루만졌다.

"어제 아빠 안아드리지도 못했는데, 아빠랑 눈 맞추며 말도 하지 못했는데…. 흑흑."

아버지를 깨워서라도 말하고 안아드리지 못한 게 너무 후회스러웠다. 아버지는 겨우겨우 숨을 모으고 생명의 불씨를 지키는 모습이었다. 곧이어 어머니가 왔다. 아버지는 어머니를 기다렸는지 어머니를 보자 무언가 말을 하려 입을 벌리다가 벅찬 모습으로 다시 입을 다물었다. 박민정은 아버지의 가늘게 뜬 눈을 바라보며 손을 붙잡고 울먹이며 말했다.

"아빠, 지금껏 아빠는 우리에게 큰 힘이고 버팀목이셨어요. 아빠가 얼마나 자랑스러운지 몰라요. 아빠는 우리에게 해줄 수 있는 모든 것을 다해주신 거예요. 아빠, 엄마 걱정하지 마세요. 저희가 잘 모실게요."

박민정의 말이 끝나자 아버지는 간신히 잡고 있었던 생명의 끈을 놓고 눈을 감았다. 독실한 기독교 신앙을 가진 어머니는 아버지가 하나님 곁으로 갔으니 더한 고통은 없을 거라며 울었다. 곧이어 언니와 여동생이 왔고, 병실은 울음바다가 되었다. 울음은 통곡이 되었다. 홀로 남겨질 어머니를 걱정한 아버지의 마음을 박민정은 잘 안다. 어머니 곁에서 네 자녀, 손자손녀들이 자라는 것을 계속 보고 싶어 했을 아버지의 마음을 생각하니 또 억장이 무너져 내리는 것 같았다. 이제 70세를 넘긴 아버지의 삶이 너무 짧고 안타깝게 느껴졌다. 아버지의 장례식에 많은 사람이 찾아왔다. 아버지가 얼마나 열심히 살았고, 자랐던 두메산골에도 찾아가 얼마나 훌륭한 일을 했는지 아버지의 일화를 들려주는 사람도 있었다.

벌써 다섯 시가 다 되어가고 있었다. 띠띠띠띠띠 비밀번호 누르는 소리가 들리기가 무섭게 대문이 벌컥 열리며 큰딸이 들어왔다.

"아, 배고파. 오늘 점심 너무 맛없어서 닭다리 하나만 먹고 밥은 하나도 못 먹었어."

소파에 누워있던 박민정은 부스스 일어나 커튼을 열며 서쪽으로 넘어가는 햇살에 이맛살을 살짝 찌푸렸다. 동시에 아찔한 느낌이 들어 한숨을 내쉬었다.

"왜 맛이 없어? 입이 짧아서 그래. 김치도 먹고 골고루 먹어야지 그렇게 편식하면 되겠어?"

냉장고를 열며 채소를 뒤적이면서 박민정은 말했다.

"엄마, 자고 있었어? 엄마도 뭔가 좀 취미를 갖고 몰두할 일을 가져봐. 좀 즐겁게 살라고. 지웅이는?"

뒤통수를 한 대 맞는 느낌이 들었다. 지난해 박민정은 그녀의 수술과 아버지의 임종을 맞으며 한없는 나락으로 떨어졌다. 아버지의 임종은 그녀에게 미래에 대한 희망과 평온한 일상의 연속에 대한 믿음을 흔들리게 했다. 그 뒤로는 무기력감에 빠져 하루하루 겨우 시간을 채워나가고 있던 터였다. 아이들과 남편의 식사를 챙기고, 빨래하고, 대충 청소하며 그녀의 소임을 겨우 이어가고 있었다. 혼자 남겨지는 시간이 두렵기조차 했다. 자고 싶어도 잠이 오지 않았다. 눈을 감으면 가슴속 깊은 곳에서 뭔지 모를 공포감이 스멀스멀 기어나와 그녀의 생명을 갉아먹는 느낌이 들었다. 일상에서 이탈한 무기력함, 공포감, 두려움…. 그런 걸 그녀도 설명하기 힘들었다. 그저 남편이 그녀를 이해해주고 해결해주기를 바라며 기대고 있을 뿐이었다. 남편의 그늘에서 20년 가까이 살아온 그녀는 자신이 혼자서 할 수 있는 일이 하나도 없다는 것을 다시 직시하게 되었다. 이사할 때마다 이삿짐센터 부르는 일부터 잔금 치르는 일까지 남편이 다 알아서 했고, 가전제품을 바꾸거나 핸드폰기기 바꾸는 일조차도 남편의 손을 거치지 않는 일이 없었다. 마냥 남편 그늘에서 집에 들어앉아 아이들만 바라보며 살아온 세월이었다. 참으로 바보처럼 살았구나 싶었다. 수술 전의 결심은 어디로 간 건지 한없이 무기력한 그녀만이 남아있었다.

"지웅이는 음악 조별 수행 평가 준비하느라 친구 집에 갔어."

한참 뒤 딸의 질문이 생각난 듯 박민정은 중얼거렸다. 큰딸 은솔이는 이미 화장실에 들어가 씻고 있는 터라 그녀의 말은 그녀의 귓전에서 맴돌다 사라졌다.

감자와 양파, 당근을 꺼내고 냉장고 문을 닫으려다 생각난 듯 다시 채소 서랍을 뒤적여 일주일 전에 사둔 브로콜리를 꺼냈다. 채소를 썰어 큰 냄비에 넣고 볶으면서 냉동고를 뒤져 찌개용 돼지고기를 꺼내 냄비에 부었다. 다른 작은 냄비엔 물을 끓여 브로콜리를 데쳤다. 채소와 고기를 익힌 뒤 물을 붓고 끓기를 기다리며 브로콜리를 헹구어냈다. 손이 바빠지니 진흙탕이었던 그녀의 정신은 진흙앙금이 조금씩 가라앉듯 맑아지는 느낌이 들었다. 찬장에서 카레 가루를 꺼내 물에 풀어서 냄비에 들이부었다. 금세 퍼지는 카레

향은 온종일 아무것도 먹지 않고 있던 그녀에게 시장기를 느끼게 했다. 화장실에서 나온 은솔이가 실망한 듯 소리쳤다.

"뭐야, 카레야? 점심도 제대로 못 먹었는데 왜 카레야? 나 싫어하는 거 몰라?"

하이톤인 은솔이의 목소리가 더욱 고음으로 귓가에서 울렸다.

"짜장할 걸 그랬나봐. 짜장 가루도 있었네. 그래도 이왕 한 거 맛있게 먹어. 엄마는 카레가 더 맛있더라. 김치랑 먹으면 다른 반찬은 필요도 없고."

그러자 한창 사춘기 꼭대기에 서 있는 은솔이가 토라진 듯 말했다.

"카레 정말 싫다고. 지금은 더더욱 그래. 난 그냥 라면 먹을래."

브로콜리를 데쳐냈던 냄비에 정수기의 물을 받아 가스레인지에 올리는 은솔이를 보며 그녀는 허망한 생각이 들었다.

"난 결혼하면 정말 집 예쁘게 꾸미고 살 거야. 엄마도 그런 데 관심을 좀 가지면 좋을 텐데."

큰아이가 크면서 그녀는 자신이 평가받는 느낌이 들었다. 아이들이 무심코 내던지는 한마디 한마디가 그녀를 뒤돌아보게 했고, 그녀의 현재 모습을 고민하게 만들었다. 아이들의 눈에 비친 그녀의 모습은 가히 자랑스러운 모습이 아닐 터였다. 며칠 전 은솔이가 했던 말이 떠오른다.

"엄마, 지윤이 알지? 왜 합기도 한다는 애 있잖아. 미술 전공할 거라는 애. 걔네 엄마가 이번에 유럽 여행을 간다며 편지 한 장 놓고 갔대. 걘 어제 집에 가서야 편지를 보고 엄마가 유럽에 간 걸 알았대. 멋있지 않아?"

박민정은 상상하지 못할 일이었다. 아이들을 두고 해외여행을 계획하지도 않을 것이고, 설사 간다고 하더라도 가기 한 달 전부터 자신이 없는 동안 아이들이 입을 것, 먹을 것을 고민하고 준비하며 요란스럽게 지냈을 것이다. 정작 여행을 가서는 집 걱정에 제대로 즐기지도 못할 거라 생각하며 딸의 친구 엄마가 부럽기보다 대단하게 느껴졌다. 그녀와는 다른 그런 배짱이 부럽기는 했다.

시간이 약이란 말이 틀린 말은 아닌 것인지 차츰차츰 아득한 두려움과 비정상적인 긴장감이 수그러들었다. 반 알씩 사나흘에 한 번으로 줄여 먹던 불면증 약도 끊었다. 박민정은 나가던 집 근처 교회의 평일 새벽 예배에 다시 나가기 시작했다.

그녀는 지금 시속 80킬로미터를 밟으며 행주대교를 달린다. 조수석에 앉은 운전 강사는 올해 45세인 박민정보다 열 살 남짓 많아 보이는 여자 선생님이다. 그녀에게 운전에 대한 두려움을 없애준 덕에 박민정은 지금 행주대교를 지나 친정으로 가는 길을 연수하는 중이다. 장롱면허 25년 만에 동네 '마트 돌기'에서 벗어나 제대로 된 운전을 하기로 마음먹은 거다. 두 달 전 가담한 영어회화 모임의 한 동생에게 소개받은 여자 선생님이다.

"제가 운이 좋아서 선생님을 만나 이렇게 겁도 없이 행주대교를 달리네요. 어제도 남편을 태우고 운전했는데 저에게 운전하지 말래요."

"아유, 남편을 왜 태워요. 그냥 혼자 몰고 다니는 거예요. 내가 초보 시절엔 새벽 미사에 나가 집이 먼 지인들을 다 태워다주며 많이 늘었어요. 지금 생각하면 그분들에게 고맙죠. 목숨을 나한테 걸었던 거니까. 내가 초보란 건 잊고 명동까지 태워다준 적도 있어요. 또라이 같지만 다 그렇게 느는 거예요."

또라이라는 말이 어쩐지 정겹게 들리며 운전대를 잡은 어깨에 긴장감이 수그러들었다. 그동안 남편과 운전 연수를 하며 운전을 때려치우겠단 생각도 수십 번 했다. 차선 바꾸기에 신경 쓰다가 앞에 정지 신호를 놓칠 찰나 남편의 멈춰 소리와 함께 빗발치는 힐난들. 그 힐난은 그동안 그녀가 아이들의 공부를 봐주며 때로 아이들에게 쏟아부었던 망언들을 떠올리게 만들었다. 조금 더 아이들에게 다정하게 하지 못했음을 반성했다. 그러면서 약자에게 너그러우리라는 성스러운 결의가 가슴속에 꿈틀거렸다. 생각은 비약을 거쳐 그녀가 가진 것을 나누고 싶다는 의지에 이르렀다. 뭐든 작지만 그녀가 나눌 수 있는 것이 있을 거다. 대학 때 과외 경험으로 자신의 아이들도 가르쳤고, 봉사활동으로 다른 아이들도 가르칠 수 있을 거라 생각했다.

걱정 많고 소심했던 그녀가 조금씩 바뀌고 있다. 아이들만 바라보던 삶에서 조금씩 벗어나 자신에게 집중하는 삶으로 가는 길에 서 있다. 자신이 누군가에게 도움을 줄 수 있는 쓸 만한 인간임을 보이고 싶은 마음이 생겼다. 그러기 위해 그녀는 자신의 능력을 더욱 정비하리라 다짐한다. 운전 연수도 그중 하나다. 남편 그늘에서 벗어나 그녀의 활동 반경을 넓힐 수 있는 데 큰 역할을 할 것이다.

박민정은 운전 연수를 하고 처음으로 영어회화 모임을 하는 카페에 차를 끌고 나갔다. 주차장이 협소해 애를 먹긴 했지만 그런대로 흡족하게 차를 대고는 카페로 향했다. 매주 목요일 오전의 이 모임이 박민정에게는 소중하게 느껴졌다. 모두 연령도 다르고, 키우는 아이들의 나이도 다르지만 한 가지 공통점은 엄마라는 것이다. 그 한 가지 공통점만으로도 많은 이야기를 나눌 수 있었다. 카톡방에 올려지는 BBC 뉴스와 테드 강연의 주제에 대한 얘기를 나누었는데 전혀 관련이 없다고 생각했던 주제조차 육아와 연결되어 나오는 걸 보면 어쩔 수 없는 엄마라는 생각도 들었다.

해외 거주 경험이 있는 다른 멤버들에 비해 박민정의 영어 말하기는 형편없었지만 스스로 더 나아질 거란 생각을 했다. 아이들 공부 간섭으로 에너지를 소모하느니 자신의 발전에 에너지를 쏟겠다고 다짐하면서…. 아이들은 자기 나름대로 잘 성장해가기에 더한 간섭은 불필요하다고 일찌감치 생각했다.

이제부터 같이 성장해가는 거다.

지웅이는 머리가 얼마 자란 것 같지도 않은데 또 미용실에 가자고 했다. 혼자 가기는 싫은 모양이다. 김훈 디자이너가 지웅이의 머리를 자르는 동안 박민정은 잡지를 집었다. 눈에 띄는 제목이 있어 찬찬히 읽어갔다.

'올해 훼라민퀸으로 선정된 두 주인공과의 만남' 거기에는 전업주부로만 살았던 50세, 52세 두 명의 훼라민퀸에 대한 인터뷰와 사진이 실려있었다. 갱년기 약을 만드는 제약회사에서 주최한 거라 약 이름을 땄나 보다. 갱년기를 잘 이겨내고 있는 중년 여성을 대표하는 모델들이 멋져 보였다. 그녀들도 지금껏 아내로, 엄마로 살다가 자신의 꿈을 펼친 것이다.

어느 해보다 더운 여름 한 자락에서 박민정은 널따란 아파트 단지를 걸어 들어간다. 한 모퉁이를 돌아 놀이터 초입에 서 있는 감나무에 푸릇하게 열린 탱글탱글한 감을 본다. 해마다 열리는 저 감나무의 감을 아버지가 매해 보게 해달라고 빌었던 기억이 스친다. 그래서 감나무는 그녀에게 어떤 아픔으로도 다가온다.

'아빠, 하늘에서 편안하게 계시는 거죠? 엄마 잘 모실게요. 열심히 살게요. 사랑해요.'

박민정은 선글라스 밑으로 떨어지는 눈물을 훔치며 혼잣말을 되뇌었다. 그리고 남은 반평생은 덤으로 얻은 거라 생각하며 더 열심히 자신의 성장을 위해 살리라고, 다른 사람에게 도움을 줄 수 있는 사람이 되리라고 다짐한다. 아이들은 자기 일에 최선을 다해 살아가는 부모를 보며 자신들의 삶도 스스로 풍요롭게 채워갈 것이다. 박민정의 발걸음은 빨라지고 있다. 어제 망설였던 영어학원의 상담 선생님 자리에 지원할 것이다. 전공 상관없이 아이를 사랑하는 마음을 가진 40대 여성을 원한다고 했다. 용기를 내볼 거다. 다시금 사회의 일원으로 돌아가는 것이다. 20년 가까이 경력 단절로 살아왔던 그녀가 다시 사회로 나가는 것은 그리 호락호락한 일이 아니란 걸 안다. 거부와 비난, 어떤 상처도 받을 각오를 하며 강해질 거라고, 더는 온실 속의 화초처럼 살지는 않을 거라고 마음먹는다. 그녀가 할 수 있는 것이 무엇인지 생각해본다. 사서, 교사 자격증을 써먹을 일도 찾아볼 거다. 얼마 전 동네 소식지에서 본 팝업북 강사 양성 과정에도 관심이 간다. 도서관에서 운영하는 팝업북 만들기 강좌에 선 그녀의 모습을 그려본다. 영어 도서관에서 영유아와 책을 읽고 독후 활동을 하는 봉사활동도 설렘으로 다가온다.

엘리베이터 대신 아파트 계단을 올라가며 박민정은 가방 속의 수첩을 뒤적인다. 영어학원의 전화번호와 지원 자격, 근무 시간 등을 적어놓은 박민정의 손때 묻은 수첩이다. 항상 들고 다니며 꼭 해야 할 일이나 기억해야 할 일, 좋은 글귀 등을 적어두었다. 한 장 한 장 넘기며 계단을 올라가다가 그녀는《연금술사》를 읽을 때 베껴놓았던 문장에 시선이 멈췄다.

'자아의 신화를 이루어내는 것이야말로 이 세상 모든 사람에게 부과된 유일한 의무지. 자네가 무언가를 간절히 원할 때 온 우주는 자네의 소망이 실현되도록 도와준다네.'

취업을 하고 결혼을 했던 20대보다 지금 그녀의 꿈은 더 간절하다. 돌이켜보면 철없던 20대엔 그저 통과 의례인 양 직장을 구하고 결혼을 했다. 지금껏 그 안에 안주해서 그녀 자신을 잊은 채 20년 가까이의 세월이 흘렀다. 그 세월이 아깝지는 않다. 그녀에겐 가정이 있고 보물 같은 두 아이가 있으니까. 이제 박민정은 자아의 신화, 자신의 꿈을 찾아나서는 걸음마를 떼기 시작했다. 자신의 가치를 찾고 더 나은 삶을 만드는 그녀 자신이 바로 연금술사란 생각을 하면서.

엄마의 3시간

이진화

2003년 2월 노무현 정권이 시작되던 해에 나는 엔에이치엔주식회사(현 네이버)에 입사하여 직장 생활을 시작했다. 첫 직장에서 10년 동안 회사원으로 살았다. 이구백(20대의 90퍼센트가 백수)인 요즘 시대에는 20대 직장인이 드물고 빚이 많은 청춘이라지만 당시에는 어느 정도 노력하면 취직할 수 있었다. 월급날엔 즐겁게 쓰고, 저축도 하고, 자기 계발도 적당히 해가면서 지냈던 첫 번째 직업은 나에게 어떤 의미가 있던 것일까?

저자는 1979년생으로 서울 양천구 목동에서 초중고를 졸업하고, 목동에서 두 아이를 키우며 스타트업에 도전하는 열혈 엄마다. 네이버에서 10년간 광고 비즈니스 경력을 쌓다가 좋은 직장을 과감히 그만두고 '두 아이의 엄마'로 취직했다. 엄마도 직업이라는 소신을 간직한 채 스타트업이라는 세 번째 업을 개척 중이다. 현재 서울 여성 스타트업 기업으로 선정되어 어린이 도서 공유 플랫폼 사업을 진행 중이며, 겸업에 도전하는 엄마들의 자기계발서도 출판 대기 중이다. 5년 후에는 겸업에 도전하는 엄마들을 위한 컨설턴트가 되고 싶고, 10년 후에는 엄마가 중심이 되는 지역 사회를 위한 정치인이 되고 싶다. 꿈을 꾸는 엄마를 보며 자라는 서정이와 지한이가 무엇엔가 도전하는 삶을 꾸려가길 원한다.

2년 넘게 발레를 배우고 있다. 발레 레슨이 시작되면 약 30분간 스트레칭을 한다. 대근육을 사용하기 전에 앞뒤 다리 찢기, 허리, 어깨, 목 근육 등 부분적인 근육을 하나씩 풀어주고 골반을 여는 동작을 반복한다. 선천적으로 골반이 열려있는 사람과 그렇지 않은 사람이 있어서 각자 스트레칭의 한계치가 있다. 어떤 날은 덜 힘든 날도 있고, 어떤 날은 정말이지 죽을 것처럼 힘들다.

누구나 잘못된 자세로 인해 좌우 중에 한쪽은 말을 안 듣는 근육이 있다. 나는 왼쪽으로 다리를 꼬고 앉는 습관 때문에 등 근육이 휘어있다. 그래서 오른쪽 골반이 왼쪽보다 닫혀있다. 이렇게 스트레칭이 잘 안 된 근육은 발레 동작을 할 때 꼭 드러난다. 오른쪽 다리를 들어 올리는 동작은 왼쪽보다 만족스럽지 못하다.

나의 첫 번째 직업인 회사원은 발레의 스트레칭 과정과 많이 닮았다. 회사는 조직장의 지시에 따라서 주어진 일을 해내야 한다. 그 과정에서 내가 무엇을 잘할 수 있고 무엇을 못 하는지를 알게 된다. 예를 들어 영업에 자신 있는 친구들은 기획력이 약하고, 기획을 잘하면 영업이 그만큼 받쳐주지 못하는 경우가 있다. 마치 발레 스트레칭 과정에서 오른쪽과 왼쪽이 둘 다 만족스러운 동작을 하지 못하는 것과 비슷하다.

직장에서 균형 잡힌 스트레칭을 오래 받을수록 내공이 쌓이고 중요한 의사 결정에 참여하거나 주도적인 일을 맡게 된다. 보통 PT라고 부르는 업무는 회사원에게 본인의 실력을 드러낼 수 있는 꿈의 무대이며, 이는 마치 발레에서 센터라고 부르는 무대 동작에서 춤을 추는 것과 같은 일이다. 나는 네이버에서 10년 동안 발레 스트레칭과 무대 사이를 오가는 회사원 시절을 보냈다.

2011년 4월, 딸이 태어나면서 엄마라는 두 번째 직업을 가지게 되었다. 엄마가 직업이라고? 엄마는 엄연한 직업이다. 왜냐하면 아이를 돌보는 데 노동력이 투입되기 때문이다. 요즘 시대에는 아이를 일부러 안 낳거나 갖고 싶어도 못 갖는 사람이 많기 때문에 엄마가 되는 것은 자발적인 취업에 해당한다. 다만 그 노동력만큼의 급여 대신 아이가 잠들면 천사로 변하는 순간의 기쁨으로 보상받는 독특한 직업일 뿐이다.

다소 억지스러운 해석이라고 생각한다면 네이버 사전에서 '전업주부'라고 검색해보자.

전업주부 : [명사] 다른 직업에 종사하지 않고 집안일만 전문으로 하는 주부.

그중에 업(業) 한자는 직업에 쓰는 글자다. 그리고 여기서 '집안일'의 정의는 집에서 벌어지는 모든 일이므로 집에서 아이를 돌보는 일도 모두 포함하며, 대한민국에서는 통상 엄마가 그 역할을 담당한다.

엄마의 업무는 회사원의 업무와 전혀 달랐다. 직장인은 친절한 발레 선생님까지는 아니어도 언제든지 물어볼 수 있는 '사수'가 있고 누군가 참고하라고 만들어놓은 업무 매뉴얼이 있다. 그러나 엄마라는 직업은 처음부터 끝까지 책임자며 일을 나누어서 할 만한 동료도 없다.

한 번도 해본 경험이 없는 일을 닥치는 대로 해야 한다. 더구나 출산 후 100일 동안은 예측 불가능한 업무들로만 구성되어 있다. 오죽하면 '백일의 기적'이라는 표현을 썼을까? 실제로 백일의 기적 따위는 없다. 100일된 신생아가 101일째에 갑자기 울지 않는 것이 아니다. 이 말은 결국 비 오는 날 이사하면 복이 들어온다는 속담처럼 고생을 긍정적으로 극복하려는 위로일 뿐이다.

회사원과 엄마의 업무가 근본적으로 다른 이유는 엄마의 업무에 우선순위 1번인 것들이 동시에 발생한다는 점이다. 직장인들은 중요도, 시급성 등 우선순위에 따라 매일, 주간 단위로 업무를 관리할 수 있다. 반면 엄마의 업무는 모두 매일 중요하고 시급한 일이다. 월 단위로 관리 가능한 업무는 '예방 접종' 정도일 것이다.

엄마의 업무 강도는 매우 높다. 회사원과 엄마라는 두 가지 직업을 동시에 수행하는 워킹맘은 회사 업무가 끝나도 곧이어 엄마의 업무를 하게 되므로 365일 일하고 있는 것이다. 워킹맘은 정말 놀라운 능력을 갖춘 여자다. 초인적인 힘을 발휘할 수 있는 이유는 아마 엄마라는 직업이 모성애로 무장되었기 때문인 것 같다.

두 아이를 키우는 엄마들이 공통으로 하는 말이 있다.

"둘을 키우는 것은 두 배가 아니라 네 배로 힘들다."

"(딸)아이 하나만 낳으면 엄마도 우아하게 살 수 있다."

"둘을 낳고 일하러 나가긴 쉽지 않다."

네이버는 여직원을 위한 복지가 좋아서 두 아이의 엄마도 다닐 만한 조건이었다. 주변에서 그만두기 아깝다는 소리를 많이 듣고 나 또한 많은 고민을 했다. 그러나 백일도 되기 전에 이모님께 맡겨진 첫째가 응급실을 들락날락했던 시간이 많아서 둘째는 모유도 원 없이 먹이며 키우고 싶다는 생각이 컸다. 첫아이를 낳고 나도 1년 정도 두 개의 직업을 병행하다가 둘째가 태어나면서 첫 번째 직업을 접고 '전업' 엄마 직업에 올인하게 되었다.

엄마 직업을 선택한 사람은 30개월 이후에 어린이집에 보내는 경우가 많다. 4세 정도는 되어야 어린이집의 생활을 이해하고 자기가 했던 일을 엄마에게 전달해줄 수 있는 능력이 겨우 생기기 때문이다. 따라서 약 3년간은 엄마의 개인 시간은 거의 없다고 봐야 한다.

거의 집에서만 100개 단어 이내의 말로 인격 수행을 해야 하는 엄마의 3년 시간은 3년 차 직장인의 시간보다 결코 쉽지 않다. 특히 자기를 중시하는 요즘 젊은 세대일수록 온전히 엄마로만 사는 것이 어렵다.

직장을 그만두고 엄마가 된 여성은 '엄마도 직업이다'라는 직업의식을 가져야 한다고 생각한다. 엄마가 직업이라고 생각하면 현재 엄마는 전체 시간을 '엄마'로서 할애하고 있다고 생각할 수 있다. 따라서 시간이 생기면 엄마라는 직무 외에 얼마든지 다른 일을 할 수 있다.

첫째가 딸, 둘째가 아들이면 200점이라는데 그건 제3자가 봤을 때의 의견일 뿐이다. 물론 누나가 동생을 챙겨준다는 점은 일견 큰 장점일 듯 보이지만 그로 인한 부작용도 크다. 딸은 엄마에게 정신적인 스트레스를 주고 아들은 육체적인 스트레스를 안겨준다. 저녁 일곱 시가 넘어가면 나의 몸과 영혼은 분리되어 내 안에서 또 다른 내가 등장한다. 아이들은 그분을 도깨비라고 부른다.

특히 도저히 풀리지 않는 미스터리 같은 아들의 행동은 내 에너지의 8할을 빼앗아갔다. 대개 딸을 키우다가 아들을 키우면 멘붕이 온다는 주변의 위로를 듣고 두 아이의 다름을 마음으로 받아들이기 위해 애썼다. 고작 두 살 남짓밖에 차이가 나지 않는 남매인데 둘의 행동을 쳐다보노라면 네 살 차이가 나는 느낌은 6년이 지난 지금도 여전하다. 이따금 딸과 아들을 보고 있으면 《화성에서 온 남자와 금성에서 온 여자》란 책의 작가가 어린이 시리즈로

《화성에서 온 아들과 금성에서 온 딸》을 쓴다면 잘 팔리지 않을까 하는 생각이 들 정도다.

고난의 시간을 지나 아들이 네 살이 되어 어린이집에 다니면서 나에게도 '엄마 개인의 시간'이 생겼다. 둘째가 클수록 시간은 조금씩 늘어갔다. 엄마의 시간이 생기면서 일 잘하는 엄마가 되기 위한 스터디(독서, 모임)에 시간을 할애했다. 회사원처럼 수료증이나 자격증을 따는 것은 아니지만 아이와의 문제 상황을 해결하는 방법을 좀 더 빠르게 습득할 수 있었다. 공부를 한다고 아이의 문제 상황이 해결되는 것은 아니지만 그래도 해결 시간을 단축하는 데 도움이 되므로 엄마의 개인 시간을 늘여주는 효과를 가져온다.

대부분의 엄마들도 이와 같은 생활을 한다고 생각한다. 주로 오전 시간, 엄마들이 커피 한 잔 마시면서 수다 떠는 시간에 아이들 대부분이 문제를 논하는 경우가 많다. 나 또한 일주일에 한두 번 그런 모임에 참가한다.

그런데 엄마도 직업이라는 생각을 가진 이후 사소한 것들에서 변화가 생겼다. 엄마들과 즐거운 수다를 나누는 시간 동안에도 스터디가 가능했다. 예를 들어 우리 아이와 성향이 비슷한 아이 사례를 잘 듣고 우리 아이에게 시도해볼 적당한 방법을 생각한 후 스마트폰에 몇 단어 메모해두는 것이다. 적당한 교육 기관이 있으면 바로 전화번호를 공유받아 저장해놓고 상담 문의를 해본다. 교육 기관도 직접 상담을 많이 해봐야 감이 생긴다.

최근 젊은 부부들이 자발적으로 피임하는 원인으로 경제적인 부담 요인 다음으로 육아로 인한 개인 시간 부족이 꼽힌다. 엄마가 되면 개인 시간이 주는 만큼 업무량이 상당하다는 것을 여성들은 이미 알고 있다. 직업 관점에서 보면 엄마가 되지 않겠다고 선택하는 것도 존중받아야 마땅하다.

더구나 엄마는 퇴사 불가능한 직업이다. 이미 두 아이의 엄마가 된 이상 이 직업을 버릴 수 없다면 '겸업(Second Job)'에 도전하는 것은 어떨까? 이것을 '엄마의 3시간'이라고 정하고, 관심이 생기는 교육을 듣거나, 스터디 모임에 참여하거나, 동네 이외의 지인을 만나는 데 할애했다.

오전에 아이들을 기관에 보내고, 무조건 해야 하는 집안일을 최대한 짧게 끝내고, 규칙적으로 운동했다. 오후에 아이들과 보내는 시간은 무조건 아이들에게 초점을 맞추었다. 그러자 나만의 고민을 할 수 있는 시간이 세 시간 정도 생겼다.

아이가 아프거나 방학 때는 확보 불가능한 시간이다. 그렇지만 평소에 아이들이 어린이집과 학교에 가는 시기에 나는 최대한 엄마 개인의 시간을 만들려고 노력했다.

이러한 마인드가 없었다면 앞으로 얘기할 웹툰 교육, 글쓰기 작가 과정 등의 시간들을 통해 '스타트업'이라는 새로운 '업(業)'까지 나가지 못했을 것이다. 엄마도 직업이라는 소신을 가지고 있으면 내가 하고 있는 활동에 더 의미를 부여하게 되고, 그런 의미가 모여 더 큰 가치를 만들어낼 수 있다.

열성팬으로 활동하고 있는 넥센 히어로즈 주부야구단에서 친해진 네 명의 친구들과 점심 식사 모임을 가졌다. 한 친구는 아이를 키우면서 연구원 프리랜서로 일하는 엄마다. 그리고 또 한 명은 직장에서 일하며 '글쓰기'라는 꿈을 위해 퇴근 후 도서관에서 강의를 듣는다.

바쁜 와중에도 퇴근 후 아이들을 데리고 야구 경기를 즐기러 오는 엄마들은 모두 에너지가 넘치다 못해 넘쳐흐르는 경우가 많았다.

'이렇게 에너지가 있는 사람들과 만나는 나도 좀 더 힘을 내볼까? 3년의 경력 공백이 있지만 아직 취업할 수 있을지도 몰라' 하고 구직 앱을 다운받아 열심히 챙겨보기 시작했다.

매일 아침 구직 앱에서 알람이 온다. 모집 공고, 채용 등의 제목으로 시작하는 정보다. 예전에 네이버에서 일했던 경력을 등록해놓으니 관련 기업의 채용 공고를 자동으로 알려줬다. 그러다가 헤드헌팅 회사에서 네이버에서의 경력을 보고 연락이 왔다. 스타트업으로 시작했지만 NHN 게임스가 투자한 학교 알림장 서비스 앱을 개발하는 회사였다.

조직장이 네이버 출신이라 네이버에서 사업 기획 경험이 있는 경력을 가진 사람들 중 학교 서비스 고객층인 엄마를 구인 중이었다. 나한테 딱 맞는 취업 기회라는 생각이 들었다. 조건도 좋고 사회에 적응하기도 나쁘지 않았다. 그렇지만 선뜻 좋다고 말하기엔 걱정과 두려움이 앞섰다.

과연 내가 회사에서 원하는 역량을 발휘할 수 있을까? 인터넷 서비스 분야는 워낙 빠르게 변하는 곳이다 보니 현장에서도 자칫 트렌드에 뒤처지곤 한다. 하물며 3년 넘게 현업에서 떨어져 있었는데 과연 트렌드를 읽어낼 수 있을까?

판교로 출퇴근하려면 왕복 2시간 30분 걸린다. 여덟 시간 근무까지 합치면 10~11시간이 걸리고, 아이들이 10~11시간을 잠을 자니 함께 눈 마주칠 물리적인 시간은 2~4시간이다. 오후 5시면 학원 일정이 끝나는데 내가 돌아올 때까지 네 시간 동안 아이들을 어디에 맡겨야 할까? 아예 이사까지 해야 하는 것일까? 어려움을 극복하고 회사에 다닌다고 결심해놓고 워킹맘으로

1년 살고 난 후 다시 엄마 직업을 선택했던 것처럼 같은 고민을 되풀이하게 되지 않을까?

취업에 대한 두려움과 싸우던 중 마포구 중부여성발전센터에서 진행하는 'OSMU 콘텐츠 기획' 과정을 알게 되었고, 마포구청에서 열린 설명회에 참석했다. OSMU(One Source Multi Use)에 관련된 2개월짜리 고용노동부의 예산을 받는 국비 지원 교육이었고, 과정의 목표는 웹툰 PD를 양성하여 취업시키는 것이었다.

웹툰? 만화? 나에게는 너무 생소한 이야기였다. 가끔 잠이 오지 않을 때 웹소설을 본 적은 있지만 눈도 아프고 조금 유치하다는 생각이 들었다. 그러나 이 시장이 상당히 크고 요즘 우리가 보는 영화와 드라마가 웹툰 원작이 많다는 이야기가 흥미로웠다. 알고 보니 내가 즐겨 보던 드라마 중에 웹툰 원작이 상당히 많았다. 예능 프로그램의 포맷이나 편집 방식도 웹툰에서 아이디어를 얻는 경우가 점점 많아지고, 요즘 청소년들의 희망 직종 중 하나가 웹툰 작가라고 했다. 문득 그동안 내가 요즘 젊은이들의 생각과 콘텐츠 소비 방식과는 얼마나 단절이 있었던가 하는 생각이 들었다. 39세면 사실 마흔이나 다름없지만 그래도 그들과 가까이 소통하고 싶다는 생각이 들었다. 면접을 함께 본 지원자 중에는 아들이 웹툰을 좋아해서 이 수업을 통해 아들과 소통하고 싶다고 이야기하는 엄마도 있었다. 왠지 교육을 받으면 나한테 맞는 직업일지도 모른다는 핑크빛 신호가 느껴졌다.

오후 두 시부터 여섯 시까지 네 시간씩 진행되는 교육을 위해 첫째는 유치원 후 두세 개의 학원으로 돌리고, 둘째는 태권도 관장님이 오후 여섯 시 넘어 집으로 데려다주는 빡빡한 스케줄을 세웠다. 이런저런 계획을 짜 나름대로 친정엄마의 도움을 받아 180시간의 교육이 시작되었다.

책상에 앉아 강의를 듣는 것도 정말 오랜만이라 앉아있는 것 자체가 쉽지는 않았다. 만화나 웹툰을 즐겨 보지 않고서는 재미의 포인트를 찾기가 어려웠다. 마치 연애를 글로 배우는 것처럼 틈날 때마다 수업 시간에 나왔던 웹툰을 읽어보면서 이해하려고 노력했다. 교육을 시작할 무렵 스무 명의 열정 넘치는 수강생이 있었지만 차츰 한두 명 빈자리가 생겨났다.

"엄마, 나 오늘 또 태권도 가?"

다섯 살인 아들이 아침에 일어나서 물어본다.

"응. 엄마가 오후에 공부하러 가야 해. 그러니 지한이도 운동 열심히 하고 와야 해."

"에고. 어린애가 아침 아홉 시 반에 나가서 오후 여섯 시 반에 들어오면 공무원이지."

고작 다섯 살인 아이가 네 시부터 두 시간 동안 태권도장에서 배고픔을 참고 어두워져야 들어온다고 생각하면 마음이 불편했다. 대신 시간이 있는 오전에 한 시간 정도 많이 안아주고 놀아주는 것으로 불편한 마음을 달래며 결석하지 않고 교육에 참석했다.

OSMU 콘텐츠 교육은 나를 새로운 세상에 눈뜨게 했다. 요즘 젊은 친구들의 정보 습득과 소비 방식이 예전과 많이 달라졌다. 또한 요즘 청년들이 세상의 문을 얼마나 힘들게 두드리는지 알았다. 심지어 그 문으로 가는 열쇠를 기성세대인 우리가 움켜쥐고 있다는 것도 새삼스레 알게 되었다.

다행히 사회 경험 1~2년 정도인 20대 젊은 친구들이 이모에 가까운 나를 친구로 대해줘서 그 친구들과 스터디를 하게 되었다. 인기 웹툰 또는 신규 웹툰을 보면서 스토리와 그림체에 대한 평가와 작가 분석 등을 하는 스터디였는데, 대화 내용의 절반은 이해하지 못했다. 처음에는 BL(Boys Love), GL(Girls Love)이 무엇인지 몰라서 검색해볼 정도로 나는 웹툰과 친하지 않는 사람이었다.

웹툰 교육의 큰 수확은 여기서 알게 된 젊은 인맥이다. 웹툰 PD는 웹툰 작가를 담당하면서 웹툰 연재가 되기 위한 다양한 업무를 수행하는 일이다. 가장 중요한 업무는 작가와 의사소통하고 연재 일정에 맞추어 콘텐츠를 업로드하는 일이다. 웹툰 작가를 하다가 PD를 하는 경우가 많은 편이다. 웹툰 하나만 대박이 나서 드라마나 영화로 만들어지면 저작권 수입이 좋다. 요즘 청소년들의 희망 직업 중 하나가 웹툰 작가라고 한다. '기안84'처럼 웹툰 작가가 방송 활동도 하며 널리 인정받을 수도 있다.

나는 웹툰 PD가 되고자 하는 친구들을 한국 사회의 취업을 준비하는 청년의 모델이라고 가정하고 하나라도 그들을 더 이해하려고 애썼다. 친구들이 권하는 웹툰을 밤새 눈 빠지게 정주행(1화부터 완결까지 쭉 보는 것)하다 보니 드라마처럼 눈물이 나는 웹툰도 생겼다.

교육 수료 후 웹툰 PD로 취업한 민채라는 친구가 추천해준 웹툰이 있다.

"언니, 다음 웹툰에 연재하는 〈나빌레라〉 알아요? 저는 그걸 보고 엄청 울었어요. 지금 무료이니 언니도 꼭 봐요."

발레를 배우는 입장에서 발레 동작을 묘사한 그림 하나하나에 눈길이 갔다. 하룻밤 사이에 정주행으로 웹툰 최종화까지 보고 눈이 부을 정도로 울었다.

〈나빌레라〉라는 작품은 치매에 걸린 할아버지가 발레리노로 무대에 서기까지의 이야기를 담았다. 소재가 특이함에도 불구하고 분명히 내 가족에게도 있을 법한 이야기다. 그러니 당연히 공감이 가는 작품이었다. 그림을 소장하고 싶은 마음에 책도 구매했다. 발레에 도전하는 남자 배우가 있다면 영화로 만들면 좋을 작품이다.

그 일 이후 매일 뉴스처럼 웹툰을 보고 괜찮은 소재나 줄거리의 작품이 TV 드라마나 영화화된다는 소식을 듣는 것은 일상적인 일이 되었다. 콘텐츠와 스토리가 중요하다는 인식이 생기면서 작가를 지망하는 사람이 늘고 있다. 또한 드라마 작가가 웹소설 작가로 활동하기도 하고, 그 반대의 경우도 생긴다. 자연스럽게 서로의 콘텐츠를 융합하는 트렌드가 생기고 있고 웹툰은 여러 분야로 다양한 영향력을 끼치는 콘텐츠가 되었다. 이러한 시장에 대해 전문적인 교육을 받고 젊은 친구들과 소통하게 된 시간을 통해 세상으로 나갈 수 있는 자신감을 얻게 되었다.

웹툰을 통해 콘텐츠 비즈니스에 관심을 가지게 되었다. 그러나 내 스스로가 콘텐츠 자체를 즐기기에는 한계가 있었다. 왜냐하면 모든 콘텐츠는 그것만의 문화가 스며있는데 나는 그런 문화가 어색한 부류였기 때문이다. 웹툰은 기존의 만화라는 뿌리 깊은 장르에서 시대에 맞게 변형된 것이다. 따라서 그 맥락을 이해하고 공감할 수 있으려면 어렸을 때부터 만화의 다양한 장르를 즐기고 꾸준히 그런 콘텐츠를 소비한 사람이어야 그 일을 제대로 할 수 있었다. 그리고 웹툰 회사들이 수익을 창출하기 위해서 주력하는 장르가 BL이나 GL, 학원물이 많은데 아이를 키우고 있는 엄마의 정서상 공감하기가 불가능했다.

웹툰 교육생 면접을 볼 때도 면접관이 이 부분을 우려했는데 당시 나는 할 수 있다고 자신 있게 말했다. 그러나 2개월 동안 웹툰만 눈 빠지도록 보고 난 후에 명확히 알 수 있었다. 웹툰의 주류 콘텐츠는 내가 경쟁력을 가질 분야가 아니었다. 그러나 동시에 중요한 인사이트도 얻었다. 나와 취향이 비슷한 동시대 사람들의 소재와 주제가 나에게 제일 재미있고 공감할 수 있는 콘텐츠라는 사실 말이다.

인스타그램에서 웹툰 작가로 성공한 '며느라기'라는 작가가 있다. 그녀는 일상에서 벌어지는 고부간의 갈등을 주제로 일상 툰을 게시했다. 이것이 많은 며느리들의 호응을 얻고 독자들이 그들의 시어머니를 성토하는 계기가 되면서 인기 콘텐츠가 되었다. 웹툰에서 그림보다 중요한 것은 진정성 있는 스토리였던 셈이다.

웹툰 PD의 직업보다는 내가 잘 알고, 잘 만들 수 있는 콘텐츠를 만들어 보고 싶었다. 그러나 어떤 콘텐츠를 만들어야 할까? 내가 과연 경쟁력 있는 콘텐츠를 만들 능력은 있기나 한 걸까? 하는 질문에 답을 찾지 못했다. 취업에 대한 두려움을 교육으로 해소해보고자 여러 곳에 시간을 투자했지만 뭔가 풀리지 않는 매듭에 묶여있었다. 그러던 중 우연히 '그림책 하브루타'라는 독서 동아리에 참석하게 되었다.

선생님이 "자, 오늘은 첫 만남이니 자기소개와 인사를 나눠볼까요? 안녕하세요? 라는 인사 대신 오늘의 기분과 감정을 간단히 설명해주시면 됩니다. 우선 옆 사람과 손을 잡으세요. 눈을 마주치면서 반갑게 인사해볼까요?" 하고 말한 후 어린이 동요를 부르기 시작했다.

'처음 만나는 어른들의 모임에서 손을 잡고 인사를 하다니 이게 뭐지?' 다들 어색함으로 시선을 어디에 둘지 몰라 곤혹스러워하다가 결국 감정 인사를 시작했다.

"저는 아침부터 우울한 기분이었는데요…."

"오늘 모임이 있다는 걸 깜빡 잊었다가 부랴부랴 찾아와 정신이 없습니다."

희한하게 각자의 감정으로 시작해 소개를 하다 보니 몇 마디 문장을 통해 친해지는 느낌이 들었다. 저는 "이OO입니다"라고 이름 석 자 말하는 것보다 훨씬 효과적인 자기소개 방식이었다. 선생님은 작은 것들에서 큰 변화를 가져오는 습관이 몸에 배어있는 분이다. 항상 그림책을 가방에 넣고 다니며 누구를 만나든 책을 한 번 읽고 이야기를 나눈다고 한다. 일상적인 인사보다 콘텐츠를 함께 공유하고 그로부터 일상의 이야기를 나누는 방법은 대화 주제의 다양성과 깊이에 차이를 주었다.

선생님과 모임을 할 때마다 나의 60대를 떠올려보게 되었다. 누군가에게 그런 영향력을 줄 수 있다는 것 자체가 참으로 대단한 일이 아닌가. 선생님은 성인이 된 딸과 아들이 있다. 군대를 다녀온 장성한 아들과도 이따금 그림책을 보여주면서 '이 책 느낌이 어떤 것 같아?' 하고 질문하고 책에 대한 이야기를 나누신다고 했다. 상상만으로도 따뜻해지고 부러운 장면이다. 정말 부러웠다. 나도 10년 후 우리 아이들과 저렇게 이야기를 나눌 수 있을까?

어렸을 때부터 부모와 소통하고 자란 배경이 없다면 절대 불가능할 것 같았다. 선생님의 계속되는 에너지에 자극을 받아 소통하는 부모가 되고 싶다는 목표가 생겼다. 책 한 권을 읽어주더라도 아이들과 대화를 나누려는 습관을 갖게 되었다. 그러다가 아이들의 번뜩이는 질문 하나가 나오면 너무 즐거웠고 재미있었다. 보통 잠자기 전에 대화를 나누다 보니 아쉽게도 오가는 이야기는 허공으로 날아가고 말았다.

한 번은 그림책 독서 모임에서 읽었던 책 《사랑에 빠진 개구리》를 다시 읽어주었다. 이는 초록색 개구리가 하얀색 오리를 사랑하는 이야기인데 '서로 다름'이라는 주제를 다양한 이야기로 나눌 수 있는 철학적인 책이다.

아이 : 엄마, 개구리는 왜 오리를 사랑해? 색깔이 다르잖아.

엄마 : 그럼 피부색이 다른 사람들은 사랑하면 안 되는 걸까?

아이 : 응, 안 돼. 우리 가족은 모두 같은 피부색이잖아. 머리카락도 같은 색이고.

엄마 : 그래? 그럼 서정이는 얼굴이 하얗고 머리카락이 노란 미국 아이와는 친구가 될 수 없는 걸까?

아이 : 그건 아닌 것 같아. 옆 반에 머리가 갈색인 친구가 있는데 엄마는 한국인이고 아빠가 미국인이래.

엄마 : 그렇구나. 그럼 엄마랑 아빠가 피부색이 다르겠구나. 그렇다면 피부색이 달라도 사랑할 수 있는 거네?

아이 : 그렇네. 근데 우리나라 사람은 거의 피부색이 같잖아. 미국 사람들은 왜 얼굴이 까맣고 하얗고 그렇게 다른 거지?

엄마 : 그건 미국은 다양한 피부색을 가진 여러 인종으로 만들어진 나라라서 그런 거야. 우리나라는 대부분 한국 사람끼리 결혼해서 그렇지만 앞으로는 다양한 나라 사람들끼리 결혼하는 일이 많이 생길 거야.

아이와의 대화는 끊이지 않고 잠들 때까지 계속 이어진다. 그림책에는 그림과 스토리가 들어있다. 이렇게 그림책을 보며 던지는 자유로운 질문과 생각을 하며 아이의 창의성은 발달한다.

대화를 하다 보면 그냥 말로 흘려보내기 아까운 보석 같은 말들이 나오기도 한다.

문득 이런 이야기들이 그냥 잠들기 전 대화로 흘러가는 것이 아깝다는 생각이 들었다. 엄마들은 보석 같은 아이들의 질문을 며칠 동안 기억한다.

어느 엄마들은 개인 SNS에 올리기도 한다. 그러니 아예 이런 기록을 저장하는 모바일 앱이 있으면 어떨까? 이런 아이들의 질문에 주목하는 엄마들이 많아져서 각자 콘텐츠를 올리고 서로의 이야기를 공유하면 어떨까? 플랫폼으로도 발전할 수 있지 않을까? 생각이 꼬리에 꼬리를 물고 머릿속을 맴돌다 새벽녘에야 잠이 들었다.

독서 동아리에 참여하고 영감을 주는 선생님을 만나면서 새로운 아이디어까지 연결되는 것을 보면 세상 모든 일에는 반드시 의미가 있다고 생각한다. 살다 보면 만나게 되는 인연이나 맞닥트리는 일들이 점이라고 생각해보자. 이 점들 중에 특별히 반짝이는 점을 찾아내고, 이것을 연결하면 의미가 부여된 별자리가 생긴다. 이처럼 우리의 일상 속에서도 이러한 별과 연결점을 찾아내는 노력이 필요하다.

어릴 적부터 좋아했던 《빨강머리 앤》에 내가 좋아하는 구절이 있다.

"참으로 즐겁고 행복한 날이란 굉장히 멋지고 놀랍고 신나는 일이 일어나는 것이 아니라 진주알들이 하나하나 한 줄로 꿰어지듯이 소박하고 자잘한 기쁨들이 조용히 이어지는 그런 날들인 것 같아요."

– 루시 모드 몽고메리 《빨강머리 앤》 중에서

새롭게 샘솟는 생각들로 머리가 복잡하던 중에 친정아버지의 칠순을 맞아 2018년 여름 하와이로 가족 여행을 떠났다. 하와이 마오이섬에서 우리 가족을 기다리고 있던 택시 가이드는 뜻밖에도 출산을 한 달여 앞둔 만삭의 몸이었다. 그녀는 다음 달에 첫아들을 낳을 예정이란다. 서른 초반 되어 보이는 그녀를 처음 봤을 때 어린 동생을 보는 느낌이 들어서 '타지에서 고생이다'라는 생각에 마음이 짠했다.

중학교 때 하와이로 유학을 와서 한국 이민자 남편을 만나 일을 시작하게 되었다는 그녀는 하와이의 산뜻한 햇살처럼 밝고 에너지가 넘쳤다. 그녀와 대화를 나누다 보니 처음에 들었던 짠한 감정이 점점 사라져갔다. 한국에 계신 부모님의 도움을 받지 않고도 나름의 방식으로 아이를 잘 키울 것 같다는 생각이 들었기 때문이다.

그녀의 매력적인 첫인상 때문인지 한국에 와서도 생각이 나서 그녀와 감사의 톡을 주고받았다. 나는 네이버 여행 뉴스를 보던 중에 그녀가 아이를 낳고도 일하기 좋은 네이버 모바일 여행 서비스 '여플(여행플러스) CP(Contents Provider : 여행지를 보고 느낀 점을 소개하는 사진과 글을 올리는 일)' 모집 공고를 보고 그녀에게 얼른 추천해주었다. 콘텐츠를 만들어서 올리는 직업은 아기를 돌보면서도 짬을 내 할 수 있는 일이었다. 무엇보다도 하와이 현지에서 아이 엄마가 생생한 콘텐츠를 올리면 독자의 신뢰와 관심은 유학생이 올리는 글보다 훨씬 높아질 것이다. 더욱이 아이가 좀 더 자라서 다시 택시 가이드 일을 하게 될 때 손님들에게 더없이 좋은 홍보 채널이 될 수 있고, 소정의 원고료도 기분 좋은 일이 될 것이다.

자기가 찾고 싶던 일을 알려줘 감사하다며 훈훈한 톡을 주고받은 후 내가 제2의 직업이 생긴 것처럼 뿌듯한 기분이 들었다.

그래 맞아. 이런 것이 콘텐츠의 힘이고 매력이지. 아이가 너무 어릴 때는 힘들어도 애들이 자라면 세 시간 정도의 시간은 낼 수 있을 거야. 콘텐츠를 만드는 일은 사무실도 필요 없고 언제든지 아이들과의 일에 우선순위를 둘

수 있어. 콘텐츠를 만드는 일 외에도 '엄마의 3시간'으로 일할 수 있는 직업을 찾아보자. 또한 이런 직업을 나만 알지 말고 주변의 엄마들도 공유할 수 있도록 글을 써보는 건 어떨까? 혹시 엄마들끼리 협업할 수 있는 사업 아이템도 생기고, 그걸 지원하는 사업도 해볼 수 있지 않을까?

이번에도 생각은 꼬리에 꼬리를 물고 일어나 나만의 별자리 퍼즐을 맞추기 위해 애쓰다 보니 스타트업에 도전하면 어떨까 하는 생각에 이르렀다. 아이가 생기면 주변에 아이들만 눈에 들어오듯이 스타트업에 욕심이 생기고 나니 여기저기 스타트업 관련 정보들이 자꾸 눈에 밟히기 시작했다.

서울 여성인력개발원에서 주관하는 '서울 여성 스타트업 공고'가 눈에 들어왔다. 교육을 받은 100명 중 15명에게 500만 원씩 지원금을 제공한다는 내용이었다. 스타트업 관련 교육을 열여섯 시간 수료한 후 사업에 지원할 수 있는 자격이 주어졌다. 일단 자격 조건을 갖추기 위해 교육을 수료했으나 기획서를 작성하는 작업은 쉽지 않았다. 직장인 시절의 기획서는 도무지 어떻게 썼는지 아득했다. 또다시 이렇게 생각만으로 그치는 것은 아닐까? 호기심은 많고 일은 잘 벌리는데 실행이 잘 안 되던 과거의 기억들이 나를 압박했다. 그러던 중 매일 만나는 친한 동생이 교육 프로그램을 추천했다.

"언니, 그 경찰서 옆에 사회적경제지원센터 있잖아. 올해 새로운 과정이 개설된다고 현수막이 걸려있던데 한 번 신청해봐."

'나도 작가, 글쓰기' 교육 과정과의 운명적인 만남이 시작되었다.

글쓰기는 웹툰만큼 생소한 것은 아니었지만 나는 작가를 꿈꾸는 사람이 아니었다. 5년 전에 신랑과 함께 동화책을 출판해보자는 생각으로 일을 벌인 적은 있었다. 당시 동화 작가에게 원고료만 주고 출판까지는 진행이 되지 않아 아쉽긴 했다. 그렇다고 해도 나는 내 스스로를 사업가에 가까운 사람으로 생각하고 있었기에 글쓰기라는 창조적인 일은 다른 세계의 사람들 일로 느껴졌다. 그래도 한 번 해보고 그만두자는 생각으로 교육을 신청했다.

나도 작가 글쓰기 수업의 한호택 작가님이 내준 첫 번째 과제는 '인생 회고록'을 시간 순서로 쓰는 것이었다. 현재 마흔 살인 내가 태어나서 현재까지의 시기를 스무 가지로 나누고 기억이 남는 일들을 시간 순서로 적어보는 것이다. 어린 시절부터 현재까지 40년 동안을 스무 가지의 장면으로 나누어 각 장면별로 생각나는 대로 짤막하게 내 이야기를 썼다.

막상 글을 쓰고 보니 나는 마흔이 될 때까지 딱히 이렇다 할 커다란 인생의 굴곡이나 갈등이 없는 것처럼 보였다. 다시 말하면 유복한 인생이었고 여러모로 감사해야 할 환경인데 지나온 과정을 돌이켜보니 아쉬운 생각도 들었다. 뭔가 고난과 갈등이 있어야 그 굴곡에 대한 글이 재미가 있고 감성이 묻어나게 마련인데 그럴듯한 이야깃거리를 내 인생에서 찾기는 어려울 것 같았다.

두 번째 숙제는 일곱 가지 시기 중에서 각각 세 개의 추억을 기록하는 것이었다. 과거의 추억을 좀 더 깊게 떠올리는 과제였다. 세 번째 과제는 그중 하나를 정해 글을 써보라는 과제였다. 이 과제는 좀 더 깊이 생각해야 했다. 금요일까지 과제 제출인데 차일피일 미루다가 금요일 오전에 스타벅스로 나가서 노트북에 이야기를 써나가기 시작했다. 별로 쓸 말이 없을 것만 같았는데 약 세 시간 동안 내 머릿속과 마음에 숨겨진 말들이 글자로 나타났다. 이는 실로 새로운 경험이었다.

여행, 글쓰기의 기운을 발판으로 서울 여성 스타트업에서 1차 서류 심사를 통과하고 2차 면접에서 최종 합격해 500만 원의 지원금을 받게 되었다. 내가 제안한 사업의 콘셉트는 그림책 모임에서 생각난 아이디어를 정리한 '어린이 도서 질문 공유 플랫폼'이다. 뜻이 맞는 엄마들과 함께 그림책을 읽고, 아이들과 나눈 질문과 대화 자료를 모으고, 인터넷에 공유하는 작업을 진행 중이다.

물론 엄마의 직업은 본능적으로 희생정신이 발휘되므로 일상적이지 않은 일이 생길 때는 엄마의 3시간을 확보하기가 쉽지 않을 수도 있다. 그렇지만 포기만 하지 않는다면 다소 시간이 걸리더라도 해낼 수 있다고 믿는다.

글쓰기 수업을 통해 엄마라는 직업을 그대로 유지하면서 엄마의 3시간을 활용해 겸업할 수도 있겠다는 확신이 들었다. 글쓰기 모임에서 예비 작가로서 원고를 준비하는 분들 모두 엄마다. 글쓰기를 하면서 다들 놀라운 성장과 발전을 경험하고 있다. 다들 엄마로서 바쁘지만 원고 작업을 멈추지 않고 해나가고 있다.

겸업을 하면서 새로운 목표가 생겼다. '엄마의 3시간'을 활용해 겸업을 하는 엄마들을 만나면서 겸업의 효율성을 높일 수 있는 방법을 제안해주는 컨설팅을 하고 싶다.

엄마도 새로운 꿈이 필요하다. 엄마는 훌륭한 직업이다. 그러나 엄마가 해야 할 일에 몰입하다 보면 엄마 개인의 꿈을 위한 시간은 멈춰지게 마련이다. 엄마의 3시간은 꿈을 잃지 않기 위한 최소한의 시간이며, 아이들과 함께 엄마 개인이 성장하는 과정이다.

아이들이 성인이 되었을 때 엄마는 오랫동안 휴직을 하게 된다. 만약 그때가 두렵다면 지금 엄마의 하루를 돌아봐야 한다. 그리고 엄마의 3시간을 찾아 꾸준하게 도전해보자. 틀림없이 엄마 이외의 자신의 재능을 발견하고 숨겨진 꿈을 발견할 수 있을 것이다.

찬밥과 계란

이혜련

사람은 먹으려고 사는 걸까, 살기 위해 먹는 걸까? 아버지는 입버릇처럼 인간은 먹기 위해 산다고 말씀하셨다. 하지만 나는 살려고 먹는 거지 먹으려고 사는 게 아니라고 입씨름을 벌이곤 했다. 아버지의 철학 때문에 우리 집 밥상은 형편에 맞지 않게 늘 풍성했다. 이틀에 한 번은 삼겹살을 먹었고, 삼겹살을 먹지 않은 날에도 항상 고기반찬이 올라왔다. 어쩌다가 소고기를 먹는 날도 있었지만 돼지고기나 닭고기는 매일 먹었다. 김치찌개에는 항상 돼지목살이나 갈비, 등뼈 같은 것이 들어있었다. 아버지는 물고기를 고기가

저자는 인간 43년 차, 엄마 16년 차, 네 아이와 함께 홈스쿨링 10년 차를 살아가고 있다. 서가에서 나는 책 향기가 좋아 한때 사서를 꿈꾸었으나 독서 지도 교사로 현장에서 활동하게 되었다. 마음이 아픈 아이가 많다는 사실을 알게 되었고, 아이들이 얼마나 사회적 약자인지도 비로소 알고 말았다. 강자와 약자로 나뉘어 군림하고 지배받는 사회가 아니라 모두 함께 어우러져 살아가는 사회를 꿈꾸며 글을 쓴다.

아니라 생선이라고 말씀하셨다. 아버지에게 생선이란 콩자반처럼 있어도 그만, 없어도 그만인 밑반찬이었다. 나는 아버지처럼 음식에 애정이 있지는 않았다. 몸에 밥을 공급해주는 수준으로 살았지 딱히 먹고 싶은 음식도 없었다.

그래서 그런지 음식을 게걸스럽게 먹는 모습을 보면 저절로 얼굴이 찌푸려졌다. 사람들은 그런 모습을 보고 복스럽게 먹는다고 표현하지만 나는 그저 동물이 떠올랐다. 동물이 진화해 인간이 되었다는 가설 같은 건 믿지 않았고, 동물과 인간과는 엄연히 차이가 있다는 신념이 있었다. 그런데 게걸스럽게 먹는 모습은 동물과 인간의 경계를 무너뜨리는 것 같았다. 인간이면서도 동물처럼 음식을 먹는 게 혐오스러웠다. 그런 사람들과 달리 나는 언제나 음식 앞에서 초연하다고 여겼다.

이런 나의 모습은 결혼 후 처참하게 무너졌다. 내가 음식 때문에 흔들리게 될 줄은 몰랐기에 자존심이 상했다. '이건 쪼잔한 행동이야'라는 생각으로 나 자신을 설득하려 애썼다. 하지만 결국 화가 난 나를 보며 '인간은 먹기 위해 사는 것일까'라는 질문이 머릿속을 떠나지 않았다.

"후남아, 이후남! 네 생일에 엄마가 미역국을 끓여준대. 중복이니까 삼계탕도 먹자는데?"

"아이씨, 내가 그 이름 부르지 말랬지."

"그럼 뭐라고 불러? '하늘을 이긴 자여, 운명을 개척한 이여'라고 부를까? 이김하늘이 뭐냐 이김하늘이. 부를 때마다 하늘을 이겨 먹어버리겠다는 강렬한 의지가 느껴진다."

"자꾸 그럴래? 그때는 하늘이가 최고였다고. 내 로망이었단 말이야."

나는 일부러 개명 전의 이름을 부르는 남편에게 화를 냈다. 친정엄마는 내리 세 아이를 유산하고 나를 임신했다. 발길질이 너무 세서 축구 선수가 태어날 것 같다고, 틀림없는 아들이라며 '태웅'이라는 이름도 받아두었다고 한다. 그래서 내가 태어났을 때 엄마는 아무런 말도 못하고 3일 밤낮을 울기만 했다. 내 이름은 '후남'이가 되었고, 엄마의 간절한 바람 때문이었을까 정말로 남동생이 태어났다. 고등학생 때는 〈아들과 딸〉이라는 남녀 차별 드라마가 방영되었는데, 주인공인 딸 이름이 후남이었다. 친구들이 어찌나 놀렸는지 다시는 겪고 싶지 않을 정도다. 나는 자유 의지를 펼칠 수 있을 때가 되자 한 치의 망설임도 없이 개명을 했다. 하늘을 자유롭게 날고 싶었고, 하늘이라는 예쁜 배우를 동경하기도 했다. 당시에 유행하던 '평등하게 어머니의 성씨도 쓰기'라는 옵션도 추가했다.

"오빠, 차 세워봐. 여기서 삼계탕 사서 가야겠다."

"엄마가 재료 사서 오라고 했는데 왜 삼계탕을 사?"

"어차피 내가 요리할 거 아냐. 그러니 사서 가자고."

"와, 너 피해의식 쩐다. 우리 엄만 그럴 사람 아니야."

"아, 진짜 어쨌든 오빠가 요리할 건 아니잖아. 그러니까 그냥 사서 가자고."

남편은 늘 이런 식이다. 내가 무슨 말을 해도 우리 엄마는 그럴 사람이 아니라고 말한다. 이 얘기도 십 년을 들었는데, 아무리 들어도 그러려니 하는 마음이 생기지 않고 화만 치민다. 누군가가 우스갯소리로 "남편은 '남의 편'이라서 남편이야"라고 하던데, 그 말이 자꾸만 떠오른다. 이대로 살아가도 될지 마음 깊은 곳에서 자꾸만 의문이 드는 요즘이다.

"아들, 더운데 오느라 힘들었지? 운전하느라 고단할 텐데 좀 쉬어라."

어머니는 내 쪽으로 몸을 휙 돌리더니 말을 이었다.

"너는 좀 일찍 오라니까 왜 같이 왔어?"

"그러려고 했는데 아기가 잠이 깊이 들어서요."

"그래도 깨워서 데리고 왔어야지. 와서 쉬다가 같이 삼계탕 끓여서 먹으면 좀 좋아? 뭐 하러 좋지도 않은 삼계탕을 비싼 돈 주고 사 오니? 우리 아들 힘들게 돈 버는데 이렇게 펑펑 쓰는 거 아니다. 아껴야 잘살지."

어머니가 뭐라고 하는지 남편은 신경도 쓰지 않고 신발을 벗자마자 바로 거실로 간다. 지금까지 그래왔듯이 소파에 누워 텔레비전을 켠다. 막 초등학교에 입학한 딸아이도 쪼르르 아빠를 따라가 앞에 앉는다. 나는 아기를 내려놓고 계속되는 시어머니의 잔소리를 귓등으로 흘리려 노력하며 상을 차렸다.

"아범 밥은 나중에 퍼라. 뜨끈하게 먹게. 그리고 낮에 남은 밥 조금 있는데 그건 너랑 나랑 먹어치우자."

항상 이런 식이다. 자기 아들에게는 뜨끈한 밥 주라고 하고 나에게는 찬밥이다. 그냥 나에게만 먹으라고 하면 싫다고 할 텐데 나눠 먹자고 하니까 거절을 못 하겠다. 어쩌면 나에게만 찬밥을 주고 싶은 게 아닐까? 하지만 나만 먹으라고 하면 나쁜 시어머니가 되는 것 같으니까 같이 먹자고 하는 게 아닐까? '나는 이 정도로 배려심 있는 시어머니다'라고 생색을 내려고? 아니면 당신 아들에게 '내가 이렇게 네 아내를 위한다'라고 보여주기 위해서? 찬밥 한 그릇에 오만 가지 생각이 다 든다. 이런 내가 좀스럽게 느껴진다. 밥 한 그릇 가지고 이게 뭐 하는 건지. 아, 정말 자존심 상한다. 그런데 왜 나는 고작 밥 한 그릇에 이렇게 속이 상하는 걸까?

상이 다 차려지자 남편은 그새 졸았는지 눈곱을 떼며 비척비척 걸어 나왔다. 누구는 한여름에 뜨거운 부엌에서 쉬지도 못하고 일하는데 잠이 오나? 한숨이 나온다. 남편은 나를 쳐다보지도 않고 밥상으로 직진한다. 반쯤은 눈을 감고 미역국을 떠서 입으로 가져간다. 국그릇을 휘적휘적 저어보더니 하는 말이 어이가 없다.

"에이 엄마, 이게 뭐야? 또 이런다. 이렇게 고기 많이 주면 어떻게 해? 나 이런 거 싫다고 했잖아. 씹기 불편하단 말이야."

"날도 더운데 고기를 먹어야 힘이 나지. 다 먹고 더 먹어라. 닭다리도 좀 먹고."

'어머니, 저도 닭다리 먹을 줄 알아요'라는 말이 목구멍까지 올라왔다가 내려간다. 나는 슬쩍 남편의 따뜻한 밥과 내 찬밥을 바꾸었다. 시어머니는 그 찬밥에 미역을 잔뜩 올려서 다시 내 앞으로 내밀며 말을 이었다.

"너도 많이 먹어라. 아이 키우느라 힘들지? 미역 많이 먹어라. 미역이 여자한테 그렇게 좋단다. 피부도 좋아지고 혈액 순환도 도와준대. 노폐물 배출하는 데도 탁월하고, 그 뭐냐, 요오드? 그런 게 들어있어서 그렇다더구나. 너 생각해서 일부러 미역 많이 넣었으니까 다 먹어야 한다. 알았지?"

"이야, 우리 엄마 아는 것도 많네. 척척박사다. 척척박사."

어쩌면 저렇게 눈치가 없을까. 시댁에 오기 전에 찬밥 먹기 싫다고 그렇게 말을 했는데 소용없다. 내가 식은밥을 먹든, 따뜻한 밥을 먹든 남편은 아무 상관이 없는가 보다. 누가 쫓아오는 것처럼 밥을 후다닥 먹고는 다시 소파로 간다. 딸아이도 얼른 먹고 아빠 앞에 가서 앉는다. 내가 막 숟가락을 드는데 아기가 울기 시작했다. 밥 먹는 동안만이라도 아기를 봐주면 좋으련만 남편에게는 아기 우는 소리가 안 들리는 것 같다.

"애가 배고파서 우나 보다. 얼른 먹고 젖 먹여라. 대충 국에 말아서 훌훌 들이켜지 그러니. 우리 장손 기다리다가 숨넘어가겠네. 후딱후딱 먹어라."

시어머니는 숨 쉴 틈도 주지 않고 재촉했다.

'아우 진짜, 저도 밥 좀 먹자고요. 내가 먼저 숨이 넘어가겠네.'

이렇게 소리를 지르고 싶었지만 나는 밥이 입으로 들어가는지 코로 들어가는지 모르게 식사를 마쳤다. 아기에게 젖을 물리자 시어머니는 그제야 일어나서 자리를 옮겼다. 함께 TV를 보고 있는 남편과 시어머니의 모습이 무척 행복해 보였다. 아무도 내가 밥을 먹었는지 관심이 없다. 나는 이리도 힘든데 내 사정은 안중에도 없다. 나는 그저 밥을 차리고 장손에게 젖을 공급해주는 데만 가치가 있는 걸까? 갑자기 내가 커다란 젖병이 된 기분이 들었다. 말도 하고 일도 하는 젖병. 저들이 있는 거실과 내가 있는 주방 사이에 보이지 않는 두꺼운 벽이 있는 것 같다. 괜스레 눈물이 핑 돌았다. 내가 지금 여기서 뭘 하고 있는 거지? 젖을 다 먹이고 남편에게 다가가 어깨를 톡톡 치며 소곤거렸다.

"오빠, 같이 치우자."

시어머니가 그 소리를 들었는지 벌떡 일어나더니 막 일어나려는 아들의 어깨를 눌러 앉혔다.

"아들, 엄마가 할 테니 아들은 쉬어. 오랜만에 며느리랑 수다 좀 떨게."

나는 다시 앉는 남편을 째려보았지만 남편의 눈은 이미 텔레비전에 꽂혀 있었다.

"정리는 내가 할 테니까 너는 설거지만 해라. 알았지?"

시어머니는 냉장고를 열더니 묵혀놓았던 음식들을 꺼내 싱크대에 쏟으셨다. 며느리랑 수다를 떨고 싶다고 하더니 쌓인 잔소리를 늘어놓는다. 수챗구멍에는 묵은 음식과 함께 묵은 잔소리가 쌓여갔다. 집에서는 늘 남편이 음식쓰레기를 치우는데 시댁에만 오면 180도 변한다. 소파에 접착제라도 발랐는지 떨어질 줄을 모른다. 경주마들은 앞만 보고 달리라고 양옆이 안 보이게 눈가리개 같은 걸 한다던데 남편에게도 눈가리개가 있는 것 같다. 눈길이 줄곧 텔레비전만 향하고 있는 걸 보면 말이다. 내 생일인데 남편은 밥 먹은 후 TV나 보고, 나는 음식쓰레기와 마주하고 있다. 시어머니가 냉장고를 열더니 식혜를 꺼내 아들에게 가져갔다. 아, 나도 식혜 먹고 싶다.

"설거지 멀었니? 대충 하고 빨리 와. 같이 과일 먹자."

상냥하게 부르는 시어머니의 목소리에 닭살이 돋았다. '대충 하고 빨리 와. 같이 과일 먹자'라는 말이 '너는 왜 그렇게 동작이 굼뜨니? 설거지 아직도 안 끝났니? 과일은 언제 씻어서 가져올 거니?'라고 들렸다. 가슴에서 불이 난다.

'아니, 왜 제가 올 때마다 냉장고를 정리하시는 거예요? 제가 파출부예요? 그리고 생일이라 미역국 끓여준다는 거, 다 핑계인 것도 모르는 줄 아세요? 아들 삼계탕 먹이고 싶었던 거잖아요. 눈치도 없는 줄 아세요? 내가 이 집 노예라도 되나요? 왜 내가 내 생일에 밥 차리고, 설거지하고, 과일까지 갖다 바쳐야 돼요? 예?'

이렇게 말을 하고 싶은데 나는 왜 말을 하지 못할까? 어릴 때부터 하고 싶은 말 참고 살지 않았는데, 불의를 보면 아무리 어른이어도 따지고 들었던 사람인데, 대학생 때는 시위하다가 경찰서 신세도 여러 번 질 정도로 드세다는 말을 듣고 살아온 난데 왜 시어머니 앞에서는 아무 말도 할 수 없는 걸까? 나도 나를 모르겠다. 가슴속에서만 메아리치던 말들은 얼굴로 올라와 이마와 입가에 깊은 주름을 새겨놓았다.

밤새 비가 내리더니 아침이 되자 하늘이 말끔하다. 남편이 어제 소파에서 잠드는 바람에 결국 시댁에서 잤다. 남편은 퇴근하고 데리러 오겠다며 아침 일찍 출근을 했다. 나는 어머니의 잔소리를 종일 들어가며 집안일에 시달렸다. 딸아이는 내내 TV를 보다가 지쳤는지 놀이터에 나가자고 졸라댔다. 아이를 데리고 시어머니와 함께 현관문을 나섰다.

"벌교댁, 벌써 나왔네?"

"어이, 왔는가?"

고향이 벌교라 벌교댁이라고 불리는 아주머니가 평상에 앉아있었다. 말투가 세서 그런지 이분 앞에만 서면 왠지 주눅이 든다.

"아들은?"

"며느리 생일이라 어제 왔어. 아들은 출근하고."

"아따, 아들네가 요즘 사람들 같지 않고 이상하네. 얼굴 봤으면 됐지 뭐하러 자고 간당가?"

"벌교댁, 무슨 말을 그렇게 해. 아들이 엄마 집에서 하루 자고 가는 게 뭐 어때서?"

시어머니는 얼굴이 빨개지고 목소리가 커진다. 그러거나 말거나 상관없이 벌교댁은 하고 싶은 말을 한다.

"아니, 자네도 시방 아들 있다고 유세 떠는가? 요즘 세상이 어떤 세상인데 그러면 못써야. 아, 아들이 별건가? 저이 좀 보게."

거기에는 폐지를 주워 생활하시는 아주머니가 앉아있었다. 몇 마디 나누어본 적은 없었다. 연세는 시어머니와 비슷한 것으로 알고 있는데 어머니의 어머니뻘로 보였다. 옷차림도 남루하고 꾸미지 않아서 더 그렇게 보이는 것 같았다. 벌교댁이 말을 이어갔다.

"저년이 저거 고만 주우라고 해도 당최 말을 안 들어 처먹어. 서방 놈이라고는 달랑 불알 두 쪽만 가지고 장가든 놈이 뭐가 그리 잘났는지 수발을 받다 받다 똥 기저귀 수발까지 받고는 가불었잖아. 그놈은 손가락이 부러졌는가 물 한 컵도 지 손으로 떠먹은 적이 없어. 그 아들새끼는 또 어떻고? 보고 자란 게 뭐겠어. 지 아비랑 똑같이 어미를 부려먹었지. 그렇게 키워놓으면 뭐 하나? 장가들고는 땡인걸. 저년은 뭐가 좋다고 저렇게 돈 모아놨다가 준다네. 그렇다고 손자놈이 살갑기나 하나? 그것도 지 아비랑 할아비랑 붕어빵이여. 그런 것들이 어디가 이쁘다고 돈을 쥐쐈나 몰라. 밑 빠진 독에 돈 쏟아붓지 말고 지 주둥이에 고기 한 점 넣으라고 아무리 말해도 못 알아 처먹어. 미련하기가 복날 개 같다니께. 주인이 잡아먹는 줄도 모르고 꼬리를 치잖어. 쯧쯧쯧!"

벌교댁이 말을 좀 심하게 한다는 생각이 들었다. 하지만 아주머니는 전혀 화를 내지 않았다. 오히려 희미하게 웃으며 입을 열었다.

"아니여. 나도 묵고 잡은 거 사 묵어. 계란은 떨치지 않고 꼬박꼬박 사 묵는다니께."

벌교댁은 제대로 듣지도 않고 자기가 하고 싶은 말만 한다.

"거기 며느리도 남편 수발들고 애새끼들 뒤치다꺼리하다가 인생 쫑나지 말고 자기 인생 찾아서 살라고. 왜 그리 요즘 사람 같지 않게 집에 틀어박혀서 살아? 거 참 답답하네."

시어머니는 더 화를 참기 어려운 것 같았다. 하지만 말해봤자 손해라고 느꼈는지 얼른 저녁 준비를 해야겠다며 내 팔을 잡아끌었다.

남편도 없는 시댁에서 또 하룻밤을 보냈다. 처음에는 늦게 퇴근할 것 같다고 하더니만 나중에는 야근이 너무 길어져서 차라리 내일 데리러 가는 게 좋을 것 같다며 전화를 끊었다. 그러더니 점심시간이 지나도록 전화 한 통 없다. 예정에 없던 2박. 아무리 학교가 방학이라지만 문화센터뿐만 아니라 체육센터까지 빠졌는데…. 갑자기 짜증이 밀려온다.

[오늘은 꼭 데리러 와야 돼.]

카톡을 보냈지만 읽지도 않았다. 진짜로 회사에 있긴 있는 거야? 올 때마다 소파에서 잠들어버리는 것도 그렇고 뭔가 수상하다. 한 번 의심이 생기기 시작하니 계속 의심이 생긴다. 딸아이는 오늘도 놀이터에 나가자고 징징댄다. 벌교댁을 마주칠 것 같아서 망설여졌지만 나도 바깥공기를 좀 마셔야 될 것 같아 현관을 나섰다.

어젯밤에도 비가 오더니만 날씨가 꽤 쾌청해졌다. 햇살은 여전히 뜨거웠지만 살랑살랑 바람이 불어오니 내 기분도 풀어진다. 마주칠까 두려웠던 벌교댁도 안 보이고, 보면 괜스레 찜찜한 폐지 줍는 아주머니도 안 보인다. 딸아이는 밖에 나온 것이 좋은지 깡충깡충 뛰어다니며 놀이터 이곳저곳을 둘러보고 있다. 아들내미도 색색 소리를 내며 잘 자고 있다. 이제 몇 시간만 있으면 이 고생도 끝이구나 하고 생각할 때 안면이 있는 동네 할아버지가 다가오셨다.

"소식 못 들었는가?"

시어머니는 무슨 일인지 몰라 가만히 있었다.

"성구병원에다가 차렸디야."

폐지 줍던 아주머니가 돌아가셨다고 한다. 얼른 핸드폰을 확인했다. 남편은 아직도 카톡을 읽지 않았다. 몇 번이나 전화를 걸었지만 받지도 않았다.

어쩔 수 없이 시어머니를 모시고 부랴부랴 장례식장으로 향했다.

벌교댁은 먼저 와 앉아있었다. 우리를 보더니 이리 와 앉으라고 손짓을 한다. 언제 왔는지 소주병이 벌써 두 병이나 비어있는데 밥과 육개장은 손도 대지 않았다. 상 위에는 장례식장에 가면 나오는 음식들이 은박 접시에 조금씩 담겨서 놓여있었다. 빨갛게 무친 홍어회, 꽈리고추가 잔뜩 들어간 멸치볶음, 편육과 새우젓, 마른안주들…. 그런데 특이하게도 계란프라이가 눈에 보였다.

"세상에 이게 무슨 일이래? 어제도 얼굴 봤는데."

시어머니의 물음에 벌교댁은 갑자기 소주 한 잔을 단숨에 들이켜더니 탁 소리가 나도록 세게 잔을 내려놓았다. 그리고는 계란프라이를 가리키며 말을 이었다.

"이 미친년이 그거 먹으려다 뒈져부렀댜. 무슨 허천병(무조건 먹는 병)이 들렸다고 오밤중에 늙은이가 돌아다니고 지랄이여 지랄이."

벌교댁은 속이 타들어 가는지 또 잔을 들었지만 술병이 비어있었다. 새로 한 병을 따서는 연거푸 두 잔을 들이켰다. 눈가에 맺혀있던 것이 기어코 또르르 굴러떨어진다.

"모으기만 하고 쓸 줄도 모르는 년, 병신 같이 고작 계란이나 사 먹자고 뒈지냐? 에라 이 염병할 년아."

벌교댁의 고함에 울음이 묻어난다. 사정을 들어보니 기분이 착잡했다. 아주머니는 어젯밤에 계란을 사러 나왔다가 뺑소니를 당했다. CCTV도 없는 골목길이라서 차량 확인도 안 됐다고 한다. '계란은 떨치지 않고 꼬박꼬박 사 묵는다니께'라고 말씀하시며 옅게 웃던 아주머니의 얼굴이 떠올랐다. 나직한 말씨였지만 얼굴은 무척 행복해 보였다. 계란으로 얻은 행복을 죽음과 맞바꾸었다고 생각하니 내 눈가도 슬며시 촉촉해졌다.

"피는 못 속인다더니 어찌 그리 하는 짓이 똑같으냐. 쯧쯧쯧!"

시어머니의 혀 차는 소리에 짧은 상념이 깨졌다. 딸아이가 계란프라이 노른자를 젓가락으로 찔러서 흘러내리게 했다. 그리고는 흰자에 골고루 바르려고 애쓰고 있었다. 시어머니의 오빠들이 꼭 저렇게 계란프라이를 먹었다고 한다. 당신은 노른자에서 나는 비린내 때문에 흰자만 먹을 수 있었다고 한다.

"흰자 먹을 거니 노른자 바르지 말라고 그렇게 말을 해도 소용이 없어. 저그들 둘이서 눈을 찡긋거리고는 순식간에 노른자 범벅을 만들어버리는 거야. 지들끼리만 먹으려고 수작을 부리는 거지. 흰자 없어서 계란 못 먹었다고 울면 운다고 놀리고, 밥상머리에서 운다고 아버지한테 혼나고…. 가끔 올라오는 계란이 낙이었는데 그걸 지들만 먹겠다고 그 난리를 쳐."

"어머니께 하나만 익혀달라고 말씀드리지 그러셨어요."

"내가 말을 안 해봤을까? 말해봤자 소용이 없더라고. 만날 큰오라버니한테만 '아들, 어떻게 익혀줄까' 하고 물어보고. 오라버니가 반숙으로 해달라니까 그렇게 해준 거지. 익혀달라고 암만 말해도 대답도 안 하고 쳐다보지도 않더라고. 목마른 놈이 우물 판다고 내가 결단을 내렸지. 노른자를 못 바르게 없애버리면 되겠구나 하는 생각이 들었어. 그래서 한날은 밥상에 계란프라이가 올라오자마자 얼른 노른자를 다 떠서 꼴딱꼴딱 삼켜버렸지."

갑자기 떠오른 옛 생각이 괴로운지 시어머니는 고개를 절레절레 흔들었다. 이야기는 생각보다 처절했다. 가난한 집에서 한 달에 한두 번밖에 먹을 수 없는 계란 반찬, 큰아들의 취향에만 철저히 맞춘 익힘 정도, 계란프라이 흰자 부분을 먹기 위해 소녀가 내린 결단, 먹을 수 있는 것을 위해 먹을 수 없는 것을 먹어서 제거했던 그녀…. 그러나 계획은 실패했다. 구역질이 나는 바람에 흰자는커녕 아예 밥을 못 먹었다. 맛있는 부분을 혼자 다 먹었다는 이유로 식구들에게 온갖 질타를 받았다. 나중에 엄마에게 익혀달라고 강력하게 항의했지만 돌아온 것은 "너만 참으면 되는데 왜 너까지 지랄이냐. 주는 대로 먹어라"라는 대답이었다. 그날 이후 소녀는 계란프라이를 안 먹게 되었다. 아니, 못 먹게 된 것일까?

집으로 돌아오는 길에 남편에게 계란프라이 이야기를 들려주었다. 남편은 그런 사실을 몰랐고 처음 듣는 얘기라고 한다.

"오빠는 어떻게 나보다 더 자기 엄마를 몰라? 무슨 얘기만 하면 만날 처음 듣는다고 그래?"

"원래 아들은 그런 거야."

"그런 게 어디 있어. 관심이 없어서 그런 거지."

남편은 픽 하고 웃는다.

"그런데 말이야 이상하지 않아? 어머니도 그렇게 차별 대우를 받았으면서 왜 자꾸 음식 가지고 치사하게 구시는지 모르겠어. 만날 아들은 따뜻한 밥 주고 며느리는 찬밥 주고…. 이걸 말하자니 쪼잔해 보이고 안 하자니 너무 짜증 나는 거 있지. 나 이러다가 화병 생기겠어. 오빠가 어떻게 좀 해봐."

남편은 또다시 픽 웃는다. 이번에는 뭔가 비웃음이 섞여있는 것 같다.

"뭘 어떻게 해, 엄마는 안 변해. 그냥 네가 이해해."

그러면 그렇지. 이런 대답이 돌아올 걸 알고는 있었지만 그래도 속상하다.

"자기야, 지난주에는 어떻게 된 거야? 문센(문화센터)도 다 빠지고."

"시댁에 갔다가 얼떨결에 그렇게 됐어. 정신없어서 연락도 못 했네."

딸아이가 발레를 배우는 동안 엄마들의 수다가 시작되었다. 나는 시댁에서 있었던 일들을 이야기했다. 엄마들은 눈빛을 반짝이면서 가끔 '어머' 하는 추임새도 넣어주며 이야기를 경청했다.

"나한테는 만날 찬밥만 줘. 짜증 나서 죽겠어."

"아들한테도 찬밥 줬잖아."

내가 무슨 소리냐는 얼굴로 방금 말을 꺼낸 수영이 엄마의 얼굴을 쳐다보았다.

"식혜도 찬밥이잖아."

까르르르 웃는 엄마들의 웃음소리가 휴게실에 울려 퍼진다. 나는 남편에게 했던 질문을 엄마들에게도 던졌다.

"진짜 이상하지 않아? 당신도 차별받았으면서 왜 그렇게 나를 차별하실까? 같은 여자면서 말이야."

"어머나, 자기 너무 순진하다. 웬 같은 여자? 시어머니한테 자기는 그냥 아들을 뺏어간 여자일 뿐이야. 영화 〈올가미〉의 유명한 대사 몰라? '넌 내 아들에게 사준 장난감일 뿐이야!'"

'어우' 하는 엄마들의 목소리에 또 한바탕 시끄럽다. 수영이 엄마가 말을 이었다.

"게다가 며느리는 시어머니보다 계급이 아래인 거지. 우리나라는 그놈의 군대 문화 때문에 큰일이야. 시어머니는 영원히 괴롭히는 상병이고, 며느리는 영원히 고통당하는 일병이랄까? 내가 일병일 때 당했으니 나도 일병을 괴롭히겠다, 나만 당할 수는 없으니 너도 당해봐라. 그리고 자기네 시어머니는 이런 생각도 할 거야. '내가 당한 거에 비하면 너는 얼마나 편한지 아냐? 내가 얼마나 착한 시어머니인데' 하고 말이야."

"에이, 그건 너무 앞서가는 거 아니야?"

나는 손사래를 치면서도 마음속으로는 고개를 끄덕였다.

"아휴 됐고, 그게 다 남자들 때문이야."

엄마들은 모두 눈을 동그랗게 뜨고 수진이 엄마를 바라보았다. 수진이 엄마는 갑자기 자리에서 벌떡 일어나더니 속사포처럼 빠르게 열변을 토했다. 목소리가 점점 올라간다.

"아니 생각해봐. 남편들이 말이야, 자기 엄마가 아내를 그렇게 괴롭힐 때 왜 가만히 있냐고? 안 그래? 그래놓고 나중에 왜 안 막아줬냐고 하면 '네 일이니까 네가 해결해야지 네가 가만히 있는데 내가 어떻게 나서' 이러질 않나, 그렇다고 해서 시어머니한테 뭐라고 하면 '그래도 어른한테 말대꾸하는 건 아닌 것 같아. 그냥 네가 참으면 안 돼?' 이러질 않나. 어쩌라고, 막말로 시어머니가 되지도 않는 말로 상처주고, 찬밥이나 주는 차별 대우하고 그러는 거 다 폭력이야. 안 그래? 그런데 남편은 그걸 그냥 참으라고 하는 거지. 그게 남편이 부인한테 할 태도냐? 아니, 내 새끼가 밖에 나가서 맞고 들어오면 화딱지 나서 팔 걷어붙이고 따지러 나가는데, 지 와이프가 얻어터지는 건 괜찮은가 보지? 눈에 보이는 상처가 없으니까 폭력이 아닌 줄 아나봐? 솔직히 자기네 남편이 시어머니가 그럴 때마다 밥그릇 계속 바꿔봐. 몇 번만 그래도 시어머니가 다시는 안 그럴걸.

자기 아들이 가만히 있으니까 계속 그러는 거라고."

"워워, 수진맘 흥분했다. 진정해, 진정해."

수진이 엄마는 그동안 쌓인 게 많았는지 흥분해서 말을 했다. 휴게실이 쩌렁쩌렁 울리도록 커다란 목소리에 다른 엄마들이 수진이 엄마를 말렸다. 자리에 앉고서도 수진이 엄마는 진정되지 않는지 숨을 몰아쉬었다. 그때 지금까지 가만히 듣고만 있던 양선이 엄마가 눈을 동그랗게 뜨며 입을 떼었다.

"근데 왜 그렇게 찬밥이 속상해? 난 찬밥 좋던데."

양선이 엄마의 말에 일순 공기가 얼어붙는 듯했으나 이내 엄마들이 웃으며 한마디씩 던졌다.

"아휴 이 4차원, 못 말려."

"네가 이해해라."

"네가 이해해라."

"네가 이해해라."

엄마들은 자기 남편의 목소리를 모사하며 앵무새처럼 되뇌었다. 서로 얼굴을 쳐다보더니 또 한바탕 웃음 폭탄을 터뜨린다. 수업이 끝나서 딸들이 우르르 몰려나왔다. 엄마들은 각자 자기 아이를 붙들고 준비해온 간식을 먹인다. 나도 딸아이에게 삶은 계란을 까주었다.

"엄마, 오늘은 왜 삶은 계란이야? 맥반석 계란 먹고 싶었는데."

"엄마가 바빠서. 다음에 해줄게."

아이의 투정은 그걸로 끝이다. 옛날과 다르게 지금은 먹을 것들이 지천에 널려있다. 먹을 것이 없어서가 아니라 먹을 것이 너무 많아서 오늘은 무엇을 먹을까 고민한다. 그럼에도 불구하고 계란은 예나 지금이나 변함없이 사랑받는 음식이다. 옛날처럼 귀한 취급을 받는 것은 아니지만 밥 먹기 애매할 때 간식으로 딱 좋다. 적당한 포만감과 행복을 가져다준다. 변변한 반찬이 없을 때에는 계란프라이 하나면 해결된다. 계란말이나 계란찜으로 모양을 바꾸어도 좋다. 계란볶음밥처럼 일품요리로 변신하기도 한다. 아이 키우는 집에는 계란만 안 떨어뜨려도 반찬 걱정이 없다. 행복한 표정으로 오물오물 계란을 먹는 아이의 입을 바라보고 있자니 나도 같이 행복해진다. 찬밥이 왜 싫으냐는 양선이 엄마의 말이 귓가에 맴돈다.

행복하지가 않잖아. 따뜻한 밥이 맛있다. 따뜻한 밥을 먹고 행복해지고 싶다. 아, 나는 맛있는 걸 먹으며 행복해하는 사람이었구나. 예전에는 왜 그리 음식에 무심했을까?

사람이 살기 위해 먹는 거라면 찬밥을 먹든 따뜻한 밥을 먹든 아무렇지 않아야 한다. 하지만 나는 따뜻한 밥을 먹는 게 좋다. 따뜻한 밥이 더 맛있기 때문이다. 동물도 인간도 음식을 먹는다. 인간이 동물과 다른 점이 있다면 '맛있는 음식'을 추구하는 거 아닐까? 음식이 입속에서 머무는 시간은 아주 짧다. 인간은 그 짧은 순간에 최대한의 행복을 얻기 위해 여러 가지 조리법을 개발했다. 포도주는 입안에서 둥글려가며 최대한 맛을 음미해야 한다는 게 상식처럼 퍼져있는 시대다. 계란 한 가지로도 수십 가지 계란 요리를 만들 수 있다.

삶의 목표가 행복이라면 인간은 먹기 위해서 사는 게 맞다. 맛있는 걸 먹을 때 행복해지기 때문이다. 시어머니가 내게 찬밥을 주는 것은 따뜻한 밥이라는 행복을 빼앗는 거다. 시어머니가 나의 행복을 왜 빼앗는지 이해할 수가 없다. 아니 어렴풋이 이해할 것 같기도 하다. 하지만 그렇다고 해서 찰나이면서 또한 지속되는 이 기쁨을 빼앗기고 싶지 않다. 어떻게 해야 할까? 아직 잘 모르겠지만 스스로 개명하던 그때의 나를 불러와야겠다. 하고 싶은 말은 하고 시위하다가 경찰서까지 끌려갔던 그때의 나와 찬찬히 시간을 들여 대화해봐야겠다. 무엇을 어떻게 해야 할지.

그때는 모르고 지금은 아는 것들

전민정

드디어 내일이다. 몇 시간 후 애틀랜타 공항으로 양가 어머니를 마중 나갈 생각을 하니 불현듯 기막힌 신혼여행이 떠올랐다.

IMF가 시작되던 1997년 12월에 결혼을 했다. 결혼 전 해외여행을 한 번도 가보지 못한 남편과 달리 그녀는 몇 차례의 해외여행 경험과 호주 배낭여행, 뉴질랜드 어학연수 등 나름 화려한 해외 경험이 있었다. 그리고 여행 잡지사 경력과 새로 옮긴 잡지사에서도 여행 기사를 담당하고 있었으니 신혼

저자는 잡지사와 신문사 기자로 7년, 학원 원장으로 16년을 워킹맘과 전업맘의 경계를 넘나들며 살아왔다. 넘치는 호기심과 뜨거운 열정으로 스물다섯 살에 홀로 호주를 배낭여행하며 여행기를 쓰기도 했다. 하지만 출산 이후에는 영어학원 운영과 두 아이를 키우는 생활인으로만 충실히 걸어왔다. 2년 전에는 반복되는 일상에 지쳐 흩날리는 벚꽃의 자유를 갈망하며 안식년을 결심했다. 올해 다시 시작한 글쓰기로 예전의 나를 오롯이 마주하며 인생 후반전에 나아갈 길을 발견하게 되었다. 앞으로는 개인적인 사유를 넘어서 글쓰기를 통해 동시대 사람들과 소통하며 더불어 살아가기를 꿈꾼다. 또한 지금껏 살아온 삶을 동력으로 삼아 인생 2막에 펼쳐질 또 다른 꿈을 향해 한 걸음 한 걸음 행복한 도전을 계속하길 희망한다.

여행지 선정에서부터 예약은 당연히 그녀의 몫이었다.

"신혼여행은 남들이 안 가본 여행지로 꼭 갈 거야. 진짜 멋진 곳을 찾아야지."

자료를 찾고 주변에 물어물어 드디어 피지와 뉴질랜드를 돌아보는 6박 8일짜리 상품을 골랐다. 다양한 자료와 여행 책자까지 준비해 하루하루 설레는 마음으로 결혼을 준비했다. 그러나 결혼 날짜가 다가올수록 나라 분위기가 이상해졌다. 멋모르고 지나갔던 11월과는 달리 12월에 접어들자 뉴스에서는 하루가 멀다 하고 회사들의 부도 소식과 환율 상승을 보도했다. 750원 내외였던 환율이 어느새 1,000원을 넘어 1,300원대에 접어들고 있었다. 급기야 9시 뉴스에서 결혼식을 미루거나 해외 신혼여행을 취소하고 제주도로 가는 신혼부부가 늘었다고 보도했다. 분위기가 이렇게 돌아가자 시댁이나 친정에서도 우려 섞인 이야기를 조심스럽게 꺼냈지만 그녀는 말도 안 되는 이야기라며 해외 신혼여행을 고집했다.

그즈음 국내 1위 여행사의 부도 소식이 들려왔다. 걱정이 되어 여행사에 예약금만 걸어둔 채 잔금은 계속 미루어둔 상태였다. 하지만 결혼 3일 전 여행사에서 독촉 전화가 걸려왔다.

"잔금을 아직까지 입금 안 하셨네요. 입금하지 않으면 취소되니 꼭 부탁드립니다."

"네. 여행은 예정대로 가는 거죠? 오늘 입금할게요."

결국 결혼식이 토요일이라 전날인 금요일 담당자와 최종 통화를 하고 오후 5시쯤 잔금을 송금했다. 이렇게 마지막까지 안전장치를 해놓으니 한결 안심이 되었다. 당시 환율은 무섭게 올라 1,800원을 향하고 있었다.

드디어 결혼식. 정신없는 하루가 지나갔다. 경황이 없어 식사도 거의 못

했지만 공항에 가 바로 신혼여행지로 갈 생각에 부푼 마음으로 웨딩카에 몸을 실었다. 알록달록한 풍선 장식과 덜컹거리는 깡통 소리가 신혼여행을 향한 마음을 더욱 들뜨게 했다. 공항에 데려다준 친구들과 작별 인사를 하고 여행사와 미팅하기로 한 곳으로 달려갔다. 그런데 예약한 여행사의 간판이 보이질 않았다. 아래층과 위층을 여러 번 오가며 여행사에 전화를 걸었다. 그러나 업무 시간이 끝난 건지 전화를 받지 않았다.

약속한 장소로 돌아와 다시 여행사를 찾던 중 구석에서 울고 있는 신부를 발견했다. 결혼 당일 부풀어낸 헤어스타일이 지금 결혼을 끝내고 온 신부임을 말해주고 있었다. 그제야 뭔가 불길한 생각이 들기 시작했다.

설마 아니겠지. 불안한 눈초리와 떨리는 목소리로 다른 여행사 직원에게 예약한 여행사에 대해 물었다.

"그 여행사 어제 저녁에 부도났어요."

그 뒤로 무슨 말인가가 더 들려왔지만 다른 건 아무것도 들리지 않았다.

"부도라니? 내가 어제 5시에도 통화했는데! 그럴 리가 없어. 내가 얼마나 오랫동안 고민하고 준비한 건데." 도대체 믿기지가 않았다.

"그러면 이제 우린 어떡해? 신혼여행을 정말 못 가는 거야? 그래서 내가 잘 알아보고 예약하랬잖아."

아까 울던 신부는 신랑이 신혼여행을 준비했는지 남편에게 안타까움과 화 섞인 푸념을 쏟아내고 있었다. 하지만 그녀는 화를 낼 곳도, 투정할 곳도 없었다. 오로지 그녀의 책임일 뿐이었다. 울 수도 없고 그렇다고 가만히 기다릴 수도 없었다.

한겨울에 여름 나라로 떠나는 신혼여행이라서 반팔 커플티를 구매하느라고 강남까지 여러 번 오가며 엄청나게 준비했는데 신혼여행을 못 가다니.

황당하게 그 상황에서도 온종일 굶은 배가 신호를 보내왔고, 슬픈 배고픔이 속절없이 밀려왔다. 뜨거운 설렁탕 국물을 한술 뜨는데 그제야 현실이 파악되었다. 눈물이 하염없이 흐르기 시작했다. 이윽고 엉엉 소리까지 내며 울어버렸다.

남편은 우선 어떻게든 수습해보자며 우리가 살아갈 신혼집으로 가자고 했다. 돌아오는 웨딩카의 깡통 소리가 무척이나 처량했다. 신혼집에 와서도 울기만 하고 분위기가 더욱 침울해지자 남편은 신혼 첫날을 망칠 수 없다며 남산의 하얏트호텔로 차를 몰았다. 그리고 아직 아무도 우리가 신혼여행 못 간 것을 알지 못하니 차라리 스키장으로 신혼여행을 가자고 했다. 겨우 합의를 보았는데 이제는 옷이 문제였다. 여행 가방에는 온갖 여름옷들만 가득했다. 스키장으로 가기 위해선 각자의 집으로 가 겨울옷을 다시 챙겨야 하는데 그건 죽기보다 싫었다. 이대로 신혼여행을 포기해야 한다는 생각에 다시 울기를 반복하다 지쳐 잠이 들었다.

다음 날 남편이 그녀를 급히 깨우며 지금 공항으로 가자고 했다. 그즈음 너무 나라 상황이 좋지 않자 신혼여행을 취소하는 사례가 많아 당일 예약이 가능했던 모양이었다. 부스스한 머리와 한껏 울어 부은 얼굴을 대충 추스르고 소위 결혼 둘째 날 신혼여행을 떠났다. 여행사 부도로 날린 첫 번째 신혼여행 비용과 급하게 예약한 두 번째 신혼여행 비용은 가히 대한민국 최고 수준이었지만 당시에는 그조차도 별반 중요하지 않았다.

그렇게 우여곡절 끝에 가게 된 신혼 여행지가 태국이었다. 일단 떠나고 보자며 선택한 태국에서도 어처구니없게 또 다른 IMF를 경험했다. 우리나라보다 먼저 IMF를 맞은 태국에서는 기름이 없어 파타야 해변의 바나나보트를 비롯해 각종 수상 레저 활동이 전면 멈춰져 있었다. 또한 가는 곳마다 상점의 반이 휴업 상태였다. 여기에 환율은 드디어 2,000원을 돌파했다. 한국에서도, 신혼여행지인 태국에서도 IMF라는 거대한 구름이 신혼여행을 무섭게 집어삼키고 있었지만 아이러니하게도 그때 찍은 사진은 모두 그녀 생애 최고의 행복에 겨운 표정들이었다.

"무슨 생각을 그렇게 해? 어머니들 오시면 내일부터 바빠질 텐데 빨리 자."

"그래 알았어. 공항에 가려니 우리의 신혼여행이 또 생각나서 그래."

너무나 기대했던 신혼여행의 크나큰 충격 때문인지 그녀는 공항만 떠올리면 아무도 안 나타날 것 같은 두려운 트라우마가 밀려왔다. 곧 어머니를 만난다는 기쁨과 말로 표현할 수 없는 복잡한 마음이 교차하며 그녀를 압박했다.

'그래 내일은 내일의 태양이 뜨겠지.' 〈바람과 함께 사라지다〉의 스칼렛 오하라의 대사를 되뇌며 며칠 동안 뒤척이느라 부족한 잠을 억지로 청했다.

18시간의 긴 비행으로 피곤해 보였지만 1년 만에 딸과 아들을 만난다는 기쁨에 상기된 표정의 두 어머니가 공항에 모습을 드러냈다. 그녀 또한 지금 이 순간만큼은 걱정보다 반가움에 눈물만 글썽였다.

집에 들어오자 두 어머니는 큰 가방에서 김, 오이지무침, 김치, 멸치볶음 등 각종 밑반찬을 계속 식탁 위에 올려놓았다. 여기에다 그녀가 부탁한 한국의 책, 음악 CD 등 다양한 생필품들도 하나둘 거실을 채워갔다. 1년 넘게 못 만나 늘 국제전화로 아쉬움을 달랬던 밀린 얘기들이 한참 계속되다 조금씩 마무리될 무렵 앞으로 펼쳐질 현실감이 비로소 몰려왔다.

대기업에 다니던 남편은 결혼 4개월 만에 갑자기 미국 유학을 제안했다. 중견 잡지사에 다니던 그녀 또한 회사가 어려워져 돌파구를 찾던 중 미국 유학을 흔쾌히 받아들였다. 이민 가방 두 개만 달랑 들고 떠난 미국 생활이었다, 코카콜라와 CNN, 영화 〈바람과 함께 사라지다〉의 배경지라는 미국 동남부 지역 조지아주 애틀랜타의 유학 생활은 그렇게 시작되었다. 신혼인 데다가 의지할 곳 하나 없는 이국 생활로 그녀 부부는 동지애가 싹틀 만큼 친밀한 관계를 유지하면서 고군분투했다.

그렇게 미국에 온 지 365일하고도 한 달이 지날 무렵 딸과 아들을 그리워한 두 어머니가 미국으로 오겠다는 소식을 전해왔다. 사실 처음부터 두 사람이 같이 미국행을 계획한 것은 아니었는데 우연히 시기가 맞아떨어져 아예 같이 오도록 제안한 것이었다. 주위에서는 하나같이 걱정을 넘어 상상 이상의 반응들을 보였다.

"사돈지간이 얼마나 어려운 사이인데 어쩌려고 그래?"

"몰라도 너무 모른다. 정말 겁이 없네. 하여간 앞일이 정말 걱정된다."

"지난번 에이미네는 양쪽 부모님이 일주일 차이로 왔는데 싸워서 바로 갔어. 호텔도 다른 곳이었는데 그랬대. 그 집은 지금 이혼 직전이야."

두 안사돈이 함께 나들이를 한다는 자체가 뉴스거리로 회자되고, 주변 사람들의 우려와 엄포성 반응이 계속되자 무심코 두 사람이 함께 오도록 분위기를 조성한 그녀도 은근히 걱정되기 시작했다. 엄마를 만난다는 기쁨에 겨워 깊이 생각하지 않고 추진한 건데 괜히 그랬구나 하며 후회하기 시작할 때는 이미 엎질러진 물이었다. 두 어머니는 결국 같은 비행기에 오르게 되어 오늘 마침내 미국에 도착했다.

이렇게 친정엄마와 시어머니의 한 달간 미국 여행은 그녀와 남편을 포함해 주변 사람들의 걱정과 염려 속에 시작되었다.

친정엄마와 시어머니는 살아온 환경이나 성격, 심지어 종교까지 정반대였다. 친정엄마가 외향적인 반면 시어머니는 조용한 성품이었고, 불교에 가까운 무교의 친정엄마와 달리 기독교 집안의 독실한 신앙인인 시어머니가 오늘부터 한 집안에 살게 된 것이다. 그래서 그녀는 웬만하면 두 사람 곁을 떠나지 않고 자리를 지키며 중요한 순간에는 나설 만반의 채비를 했다. 그러나 바쁜 미국 생활이라 늘 집에만 있을 수만은 없는 일이었다.

난생처음 겪는 시차 극복으로 조금 힘들어하던 두 사람이 온 지 사흘째 되던 날 그녀 부부가 집을 비워야 하는 사태가 발생했다. 그래도 그동안에는 아들과 딸이 함께 있어 별 어색함이나 서먹함 없이 지냈는데 둘이서만 집에 남게 된 것이다. 차가 없으면 한 발자국도 나갈 수 없는 독특한 환경 탓에 꼼짝없이 두 사람이 기나긴 하루를 함께 보내야 하는 것도 나름대로 신경이 쓰였다.

"혹시 급한 일 생기면 이 번호로 전화하세요. 미국 사람이 받는 거 아니니까 영어를 쓰지 않으셔도 돼요. 집에서 너무 답답하시면 아파트 뒤 공원에 산책 가셔도 되고요."

그녀는 집을 나서면서 급할 때 회사로 전화를 거는 방법과 아파트 주변에 이런저런 시설이 있다고 알려주었다. 두 사람만 집에 남기고 가는 심정이 꼭 어린아이를 두고 일터로 나가는 불안한 엄마의 마음 같았다.

그렇게 조마조마한 마음으로 일과를 마치고 집으로 돌아왔는데 이게 웬일인가. 아침까지만 해도 꼬박꼬박 존대를 하며 어려운 사돈지간의 모양새를 갖추던 두 사람이 아들과 딸이 없는 하루 사이 자매지간처럼 변해있었다.

이역만리 남의 땅인 미국에서 두 사람만이 고립되어있다 보니 동병상련의 기분이라도 느꼈는지 지나온 수십 년의 세월을 온종일 대화로 풀어낸 모양이다. 그러다 보니 세 살 차이가 나는 것도 사돈지간이라는 것을 넘어 그저 같은 시대를 살아온 여자요, 아내요, 어머니로서 서로를 이해하며 누구보다 편한 사이로 여겨지기 시작했다는 것이다. 더욱 놀라운 것은 세 살 위인 시어머니가 친정엄마에게 동생이라 생각할 테니 편하게 지내자고 제안했다는 것이다. 그렇게 되자 집안 분위기가 사뭇 달라졌다. 사돈과 시어머니와 며느리, 장모와 사위라는 전통적 관계의 틀을 벗어버리자 하나로 어우러진 새로운 가족이 탄생한 느낌이었다.

그 후 한결 편안해진 마음으로 주말이면 두 어머니와 함께 슈퍼마켓에 가서 장을 보았다. 두 사람은 다양한 나라의 상품이 끝도 없이 진열된 엄청난 규모에 놀라 과연 미국이 대단하다고 감탄사를 연발했다. 당시 한국은 대형 마트가 시작되는 초창기여서 더욱 신기하고 새로워 보였는지 모르겠다. 식료품 가격이 오히려 한국보다 저렴한 것을 부러워했고, 100달러가 넘으면 사은품으로 쌀을 한 포대씩 증정하는 이 나라의 엄청난 스케일에 놀라움을 감추지 못했다.

마트에서 김칫거리와 생선 등을 사와서는 수십 년간 손맛을 서로 자랑하듯 김치는 물론 각종 한국의 맛있는 음식을 뚝딱뚝딱 만들어주었다. 퇴근 후 돌아오면 좋아하는 열무김치며 해물파전, 김밥, 떡볶이까지 준비되어 있어서 그녀 또한 하루하루가 즐거움의 연속이었다.

"괜히 걱정했잖아. 이렇게 맛있는 것만 매일 먹으니 좋기만 하네."

1년 넘게 그리워하던 한국 음식도 매일 먹고, 집안일까지 알아서 해주는 두 어머니 덕에 가사 노동에서 해방된 그녀는 오히려 이 생활을 즐기기에 이르렀다.

"이렇게 좋은데 왜들 그렇게 걱정을 한 거야? 정말 편하고 좋다니까. 두 분이 아예 6개월쯤 계셨으면 좋겠다."

그녀는 걱정하는 동료들을 붙들고 연신 진심 어린 자랑을 해댔다.

독실한 기독교 신자인 시어머니를 위해 첫 주부터 교회에 갔다. 물론 생전 교회라고는 가보지 않은 그녀의 친정엄마도 함께 동행했다. 친정엄마는 딸과 사돈의 응원 덕분에 어색함도 없이 편안하고 화기애애한 분위기로 주일 예배에 참석했다. 특히 그녀 부부가 미국에 온 초창기에 목사님 댁에서 신세를 진 것을 아는지라 두 사람은 더욱 열심히 교회에 나가고 목사님께도 극진한 정성을 표했다.

교회에 간 어느 날, 교회 뒤편 큰 나무들 아래서 무엇인가를 발견하고 환호성을 지르는 두 어머니가 보였다.

"이거 도토리 아냐? 미국에서는 이렇게 크고 좋은 걸 그냥 다 버리나 봐.

많기도 하네. 이것 주워가도 되나?"

"그 도토리 가져가셔도 된대요."

두 사람은 마치 큰 보물을 발견한 것처럼 기뻐하며 가방 가득 도토리를 채웠다. 집에 가져와 말리고 빻은 후 미국에서 진짜 도토리묵을 만들었다. 미국에서 먹는 수제 도토리묵이라니! 정말로 신기하고 신기했다.

얼마 후 두 어머니의 요청으로 목사님 부부를 그녀 집으로 초대했다. 손수 만든 도토리묵에 목사님이 좋아하는 생선찜과 잡채, 불고기, 한국의 다양한 나물과 반찬들이 식탁에 풍성하게 차려졌다. 미국에 온 지 5년이 넘은 목사님 가족은 정성이 넘치는 식탁에 너무 감동해 식사도 제대로 하지 못할 정도였다. 이후에도 두 사람의 손맛 가득한 반찬들이 목사님 집으로 여러 번 공수되곤 했다.

그녀가 사는 아파트에는 수영장과 테니스장, 빨래방, 바비큐 시설까지 구비되어 있었다. 영화에서처럼 수영을 하다가 수영장 옆에서 고기를 구워 먹는 시설이 완비된 것도 두 사람의 눈에는 신세계였다. 그녀와 남편은 두 어머니를 위해 시간이 되는 대로 고기를 사서 바비큐 시설에서 구워 먹으며 캠핑 분위기를 만끽했다.

그녀 부부 같은 유학생들에게 미국의 아파트는 정말 편리한 시스템이다. 드레스 룸은 물론 냉장고나 가스레인지, 식기건조기, 에어컨까지 모두 구비되어 생활하는 데 전혀 지장이 없다. 하지만 특이하게도 세탁기만은 개인적으로 구입해야 했다. 그런 이유로 일주일에 한 번씩 코인 빨래방에 가서 빨래를 하는데 그곳에서 건조까지 한 번에 다 처리하는 것도 신기해했다. 다양한 인종의 사람들이 빨래가 다 되기를 기다리며 게임을 하고 얘기도 하는 모습은 흡사 한국의 그 옛날 빨래터에서 아낙들이 서로 안부를 물으며 즐거워하는 모습 같기도 했다.

또한 두 사람은 외국인들이 말을 걸어와 서툰 영어로 그들과 몇 마디 소통이라도 하면 어린애들처럼 좋아했다.

"여기가 천국이구나. 빨래를 따로 말릴 필요도 없고 세탁기가 다 말려주니 너무 편하고 좋네. 우리나라에도 이런 거 있으면 좋겠다."며 부러워했다.

거실 바닥이 카펫이라 음식을 흘릴까 불편하게 생각했고 진공청소기로 청소하는 것을 처음에는 이상하게 받아들였다. 하지만 시간이 지나자 힘들게 걸레질하지 않는 것이 오히려 편하다고 곧 동화되기도 했다. 이렇게 두 사람은 소소한 일상을 보내며 하루하루 미국 생활을 즐기고 있었다.

한인신문 기자로 미국에서 다양한 경험을 하고 있는 그녀는 시간이 날 때마다 두 사람에게 처음 미국에 와서 겪은 황당한 초보 시절과 미국 생활에 대해 얘기해주었다.

#1 | 처음 목사님의 도움을 받아 집을 얻기까지 이야기

미국에서 아파트나 집을 빌리려면 크레딧이 필요하다. 크레딧이란 모든 생활에 걸친 개인의 신용 정도를 나타내는 것인데 미국에서는 크레딧이 있고 없고에 따라 삶이 달라진다고 할 정도로 중요하다. 그녀와 남편은 크레딧이 없다는 이유 하나만으로 아파트에 입주하지 못했다. 집은 이미 비어있는데도 돈을 미리 주고 들어가겠다는 말에 돌아오는 대답은 언제나 No였다. 결국 보증인의 크레딧 조사가 끝날 때까지 10여 일을 목사님 집에서 신세를 져야 했다. 어렵사리 집을 얻어 입주하며 기뻐했던 것도 잠시, 본격적인 미국 생활은 그때부터 시작이었다.

필요한 옷가지와 책 정도만 이민 가방에 들고 온 그녀 부부는 가구를 사는 것도 주요 고민거리였다. 물어물어 싸다는 곳을 다녀 몇 군데서 우선 필요한 침대와 물건을 사기로 결정했는데 미국은 물건 하나하나마다 배달료를 받는다는 것이다. 40~50달러의 돈을 고스란히 배달료로 물어야 한다니 아깝기도 해서 트럭을 빌려 직접 운반하기로 했다.

그런데 이튿날 오히려 배달료의 몇 배에 해당하는 돈을 지불해야 했다. 트럭을 빌릴 때 처음 돈을 낸 후에는 마일리지로 계산한다는 것을 모르고, 그 차를 빌린 하루 동안 신나게 이곳저곳을 돌아다니고 심지어 야간 드라이브까지 즐겼으니 그사이에 마일리지가 사정없이 올라간 것이다. 무식하면 용감하다더니 덕분에 배달료 아끼려다 몇 배의 돈을 날리고 물건까지 직접 나른 잊지 못할 실수담이다.

2 | 한국과는 다른 발신 표시 전화에 얽힌 이야기

미국에서는 전화를 신청하면 번호를 먼저 준 후 나중에 디파짓(보증금)을 해야 비로소 통화가 가능하다. 그런데 보증금을 내지 않은 상태에서도 911 같은 응급전화는 통화를 할 수 있다. 이런 시스템을 모르던 그녀 부부는 전화기를 산 후 전화번호까지 나오자 이곳저곳에 시험 삼아 전화를 걸었다. 그런데 이상하게 한 곳도 연결이 되지 않아 시험 삼아 911을 눌렀다가 신호음이 한 번 울리자 그냥 끊어버렸다.

그리고 잠이 들었는데 갑자기 밖이 소란스럽고 문 두드리는 소리가 나 놀라 나가보니 경찰이 출동한 것이다. 관공서나 사무실, 심지어는 개인집까지 전화 기록이 나오는 미국 시스템을 모르고 무심코 전화를 걸었다가 혼쭐이 난 경험이었다.

3 | 문화의 차이에 얽힌 이야기

상품에 붙여진 가격 외에 꼭 텍스(세금)가 붙는 미국의 제도를 모르고 미국에 도착한 지 얼마 안 된 하루는 주유소(기름은 유일하게 세금이 붙지 않는다)에서 스낵을 사 먹으려고 하니 99센트 가격표가 붙어있어 1달러를 내고 거스름돈을 받으려고 한참을 서 있었다. 그랬더니 점원이 오히려 이상한 듯 쳐다보며 몇 센트의 돈을 더 달라는 것이 아닌가. 그래서 가격표를 보여주며 분명히 99센트라고 우기니 모든 물건에 6퍼센트의 텍스가 붙는다고 말해주었다.

팁 문화가 보편화되어 있는 미국에서는 식당이나 서비스 기관을 이용할 때면 평균 10~15퍼센트의 팁을 놓아야 한다. 처음 미국에 와서는 괜히 나가는 팁을 놓는 것이 익숙하지 않아 아까운 생각만 절로 들었다. 한 번은 식당에 가서 밥을 먹고 나오는데 잔돈이 없어 팁을 두지 않고 나왔다. 그랬더니 식당 종업원이 따라오면서 팁을 요구하지 않는가. 깜빡 잊었다며 잔돈이 없다고 하자 친절하게도 거스름돈까지 바꿔줘 팁을 준 적이 있어 놀랐다.

이런저런 이야기들을 듣고 두 어머니는 그렇게 많은 고생을 했냐며 때로는 눈물을 글썽이기도 하고, 한국과 너무 다른 문화에 충격을 받기도 했다. 하지만 그녀가 지금 이렇게 잘살고 있는 것에 대견해했다.

두 사람을 위해 그녀와 남편은 틈틈이 본격적인 시내 관광과 주변 지역을 돌아보는 데 많은 시간을 함께했다. 애틀랜타에서 유명한 코카콜라 기념관도 둘러보고, 마틴 루터 킹 생가도 방문하고, 단풍이 한창인 스모키 마운틴도 다녀왔다. 또한 애틀랜타 시내 한가운데 있는 돌 하나가 산을 이룬 '스톤 마운틴'은 무척 신기해서 두 번이나 다녀왔다. 그렇게 여러 곳을 다니는 동안 두 사람은 마치 자매지간처럼 팔짱을 낀 채 난생처음인 미국 나들이에 흠뻑 빠져 어디서나 얼굴에 미소가 떠나지 않았다.

가족이라는 틀 속에서 평생을 살다가 미국이라는 나라의 새로움과 자유를 만끽한 시간이었던 셈이다. 집에서 먹는 똑같은 한국 음식도 여기서는 이상하게 더 맛있다며 좋아했다. 가끔 방문한 뷔페 레스토랑의 다양하고 풍성한 메뉴, 그중에서도 즉석에서 쪄주는 대게의 신선함과 감칠맛에 매료되어 한국에 가서도 많이 그리워했다. 특히 한국에는 흔하지 않은 망고가 너무 맛있다면서 한국에 계신 아버지들에게 미안함을 드러냈다.

미국은 한국보다 생활수준이 훨씬 나은 데도 불구하고 관광할 때면 미국 사람들이 집 주변에 물건을 내놓고 창고 세일하는 것을 자주 만날 수 있었다.

두 어머니는 이 사람들이 잘사는 데도 이렇게 알뜰하다며 놀라워했다. 입던 속옷까지 파는 것도 신기한데 그걸 사는 사람들은 더 신기하다고 말했다. 그뿐만 아니라 보면 볼수록 배울 점이 많다며 그래서 이렇게 부자 나라가 된 것 같다고 감탄했다.

세계 제일의 경제 호황을 누리고 있는 미국이지만 실제로 대다수의 미국 사람들은 절약이 생활화되어 있다. 할머니가 입던 옷을 유행에 맞게 고쳐 어머니가 다시 입고 그 옷을 줄여서 딸아이에게 물려준다. 그러면 그 딸아이는 다 입고 난 뒤 집 앞에 일일시장이나 야드 세일을 열어 헐값에 넘기고 그래도 팔리지 않으면 구세군이나 단체에 기부한다. 신문이나 잡지에 나오는 쿠폰을 정성껏 모아두었다가 사야 할 물건이 있으면 먼저 쿠폰용 지갑을 뒤져본다. 맥도널드 햄버거가 먹고 싶어도 50센트짜리 버거킹 쿠폰이 있으면 그곳으로 간다. 슈퍼마켓도 이 쿠폰을 두 배로 인정해주는 곳을 찾아가고, 꼭 필요한데 쿠폰이 없으면 세일 시점을 기다렸다가 한꺼번에 사놓는다.

"미국 사람들은 슈퍼마켓이나 상점에 갈 때 꼭 쿠폰을 가지고 다녀요. 덕분에 여기 와서 쿠폰을 챙겨놓는 버릇이 생겼어요."

두 어머니는 마트에 갈 때마다 쿠폰을 챙기는 그녀를 대견스럽게 바라보았다. 늘 신상품을 좋아하던 그녀가 집안 물건 이것저것을 중고로 구매한 것에도 많이 놀랐다. 특히 남이 쓰던 접시까지 사온 것을 보고는 기겁할 정도였다.

식당에서 당당히 남은 음식을 싸가지고 가는 미국인들을 보고는 대단하다고 생각했다. 심지어 한국 식당에서 김치 같은 밑반찬까지 싸가는 것을 목격하고 정말 본받아야 한다고 칭찬했다. 다른 문화를 받아들이는 문화 충격을 넘어 점점 미국 생활에 적응하고 재미를 붙여서인지 그즈음 두 사람 모두 미국 체류를 2주 정도 연장하고 싶다고 조심스레 의사를 내비쳤다.

이렇게 분위기가 좋아지며 3주가 되어갈 무렵 그녀 부부는 미국 남부 지역을 두루 돌아보는 3박 4일 여행을 계획했다. 플로리다 올랜도의 디즈니월드, 《칭찬은 고래도 춤추게 한다》로 유명한 씨월드, 마이애미 해변과 헤밍웨이의 생가가 있으며 미국의 땅 끝 마을로 일컬어지는 최남단 키웨스트까지 포함된 일정이다.

키웨스트는 미국인들도 죽기 전에 꼭 한 번 가보고 싶은 버킷리스트 1위 관광지라 그녀가 더 설레었다. 지난해부터 이곳으로 여행을 가려 했지만 어머니들이 오신다고 해서 일부러 남겨두고 더욱 많은 자료를 모아 철저히 준비를 한 터였다.

미국의 동남부 지역을 두루 돌아보는 긴 여행이라 전기밥솥과 밑반찬 등 만반의 채비를 갖추고 길을 나섰다. 작심하고 플로리다로 가는 길에 비가 억수같이 쏟아졌다. 그래도 모처럼 나선 길이라 고속도로를 계속 달려가는데 어느새 고속도로에 그녀 일행의 차 말고는 다른 차들이 거의 보이지 않았다. 결국 차를 세워 인근 숙소로 갔는데 나중에 알고 보니 큰 토네이도가 몰려오고 있었다. 여행 일정에 들떠 제대로 라디오 방송도 듣지 않아 생긴 일이었다.

"그냥 비가 아니고 토네이도였네. 타국에서 정말 큰일을 당할 뻔했구나."

놀란 가슴을 쓸어내리며 다음 날부터는 좀 더 주의를 기울여서 여행하기로 했다.

이곳저곳 여행이 계속되자 평소 미국 음식이 안 맞던 시어머니가 조금씩 힘들어했다. 점심시간이 되었건만 근처에는 전형적인 미국 주택가만 있을 뿐 식당은 보이지 않았다. 밥을 먹을 만한 마땅한 곳이 보이지 않아 차를 계속 달리자 시어머니는 결국 미국인이 사는 집 근처에서 밥을 해 먹자고 제안했다.

한인신문 기자로 이런저런 사건을 취재하며 1년을 보낸 그녀는 이곳 사정을 알기에 그 제안을 받아들일 수 없었다. 얼마 전 언어와 문화 차이로 한인 교포가 어처구니없이 사망한 사건을 취재한 기억이 떠올랐기 때문이다. 친구의 집에 초대를 받은 한인 교포가 주소를 착각해 다른 미국인 집으로 간 것이다. 그런데 미국인이 그를 강도로 오인해 총을 쏘았고 결국 사망한 사건이었다. 나중에 알고 보니 미국인이 한인에게 몇 번이나 누구냐고 묻기도 하고 주의를 주었다고 했다. 문화 차이와 언어 소통이 제대로 되지 않아 발생한 황당하고 불행한 사건이었다. 6개월 전 남편이 아르바이트를 하는 근처 한인 상가에서도 비슷한 일이 있었다. 언어 소통이 되지 않아 흑인 손님과 사소한 오해가 생겨 총기 사건이 발생했고 결국 한국인 주인이 사망한 안타까운 경우였다.

미국은 평소 겉으로는 친절하고 예의 바르지만 언어 차이와 문화적 오해로 인해 각종 총기 사건이 많이 발생한다. 그런 면에서는 아주 위험한 곳이다. 미국 생활에 전반적으로는 만족하지만 총기 사건은 늘 그녀가 미국에 100퍼센트 정을 줄 수 없는 미묘한 부분이었다. 이런 것들을 익히 아는지라 그녀는 시어머니의 제안을 받아들일 수가 없었다. 이런 사실들을 낱낱이 말씀드리면 걱정할 것 같기도 하고, 그 상황에서 설명하자니 변명 같기도 해 난감했다.

“미국 사유지에서 밥을 하면 너무 위험해요. 일단 배고프시면 먼저 빵이라도 드실래요? 조금만 더 가면 식당이나 밥 먹을 곳이 있을 거예요."

그녀는 나름 간곡하게 말씀드리며 그건 너무 위험한 일이라고 조심스럽게 반대를 했다. 하지만 자초지종을 알지 못하는 시어머니는 계속 괜찮다고 주장했다. 언쟁이 길어지자 결국 남편은 시어머니 편을 들며 그녀에게 화를 냈다. 3주 동안 화기애애한 분위기는 이 사건 하나로 남편과 시어머니, 그녀와 친정엄마가 공동 전선을 형성하며 험악해졌고 급기야 밥을 따로 먹는 사태까지 벌어졌다.

마이애미부터 키웨스트까지 300킬로미터에 달하는 미국에서 가장 아름답다는 1번 도로를 달리는 내내 남편이 밉고 시어머니가 미워 차 안에서 하염없이 눈물만 흘렸다. 울다가 얼핏 스쳐 바라본 차창 밖 경치는 푸른 바다가 맑은 하늘과 조화를 이루며 눈이 부시도록 아름다움을 뽐내는 중이었다. 끝없이 펼쳐지는 그 절경이 지금 이 순간은 오히려 얄미울 정도였다. 그렇게 몇 시간이나 한참을 달려 키웨스트에 도착했다. 하지만 그녀는 그토록 가고 싶었던 곳이었건만 결국 차에서 내리지도 않고 앉아있었다.

남편과 두 어머니가 키웨스트를 대강 돌아보고 온 1시간여쯤 그녀는 헤밍웨이의 생가 근처를 하릴없이 어슬렁거리는 고양이만을 응시하며 앉아있었다. 그 남쪽의 외딴섬에서 이름 모를 고양이만 그녀에게 불쌍하다고 위로해주는 것 같았다.

그리고 다시 돌아오는 길은 왜 그리 멀었는지 모르겠다. 여행을 시작하면서부터 체류를 2주 연장한다던 두 어머니는 결국 그 사건으로 한 달 만에 한국으로 돌아갔다. 키웨스트의 여행은 모두의 가슴에 아픈 상처만을 남긴 셈이다.

두 어머니가 한국으로 돌아가고도 그녀는 1년 6개월을 더 미국에서 생활하다가 한국에 돌아와 아이를 낳았다.

큰아이가 유치원에 갈 무렵 무슨 일인지 한사코 고집을 부렸다. 계속 아이를 달래던 시어머니는 "아이고, 그놈 고집 엄마를 똑 닮았네."라고 가시 달린 한마디를 던졌다. 그녀는 여전히 자신이 옳다고 여겨 귓전을 울린 그 소리가 싫은 며느리일 뿐이었다.

바쁘게 사느라 키웨스트 여행은 그녀 기억 속에 희미하게 남았지만 문득 문득 아이가 고집을 부리거나 남편과 부부싸움이 길어져 대치 상황이 될 때면 어김없이 수면 위로 올라오곤 했다. 그 흔한 사진 한 장 남아있지 않았지만 그 사건은 억울해도 어쩔 수 없는 그녀에게 달라붙은 고집의 표상 주홍글씨였다.

어느덧 고집을 피우던 큰아이가 고등학생, 작은아이도 중학생이 될 정도로 세월이 흘렀다.

몇 년 전부터 허리 통증으로 고생하던 시어머니가 미루고 미루다 결국 올해 초 허리를 수술하게 되었다. 팔순이라는 나이에 힘든 수술을 결정한 시어머니의 병간호를 위해 며느리인 그녀가 병실에서 하룻밤을 보내게 되었다. 수술을 앞두고 누워있는 시어머니의 수척해 보이는 얼굴과 가냘픈 팔이 그녀의 눈에 문득 들어왔다. 어느새 이렇게 나이가 드셨구나. 그녀는 새삼 세월의 깊이를 실감했다.

시어머니와 병실에서 하룻밤을 함께하며 이런저런 이야기를 나누던 중 우연히 미국 여행이 화제에 올랐다. 처음에 미국 생활의 좋은 추억들을 한참이나 반추하던 시어머니가 문득 "그때 내가 왜 그랬는지 모르겠다. 아무거나 먹어도 되었는데 말이다. 밥이 왜 그렇게까지 중요했는지 지금 와서 생각하니 미안하다."고 말했다.

어머니도 아직 그 사건을 기억하고 계시구나 싶어 갑자기 눈물이 핑 돌면서 그녀 또한 말문이 막혔다. 그녀 역시 그때 그 상황이 왜 그렇게 중요했는지, 그리고 남편과 시어머니가 왜 그렇게 미웠는지, 지금은 도저히 알 수 없기 때문이었다.

그날 밤에야 그녀는 20년 전 시어머니가 담석 제거를 위한 위 수술을 끝내고 미국에 왔었다는 걸 처음 알았다. 그래서 빵을 먹을 수 없었고 식사 시간을 제때 꼭 맞춰야 한다는 것도, 약보다 밥이 더 중요했다는 것도 그제야 알게 되었다. 시어머니는 미국에 왔을 때 떨어져 사는 그녀 부부가 걱정할까 봐 일부러 수술 얘기는 하지 않았다고 했다. 또 미국이 생각했던 것보다 너무 좋아 사실은 3개월쯤 머물고 싶었다고도 했다. 그때 먹던 망고는 지금도 그 맛이 또렷이 기억날 정도로 정말 맛있었다고 했다.

한국인과 미국인만 언어 소통이 되지 않아 오해가 있는 게 아니구나. 그녀와 시어머니야말로 의사소통이 되지 않아 긴 세월 동안 오해가 쌓이고 쌓였던 것이다. 시어머니와 며느리가 아니었으면 이토록 오래 오해를 품고 있지 않았을 텐데 왜 그동안 허심탄회하게 서로 이야기를 하지 못했는지 모르겠다. 얘기를 다 듣고 나서 도저히 시어머니를 바라볼 수 없어 그녀는 그저 시어머니의 야윈 한쪽 손만 조용히 잡고 있었다.

다음 날 수술실로 들어가는 시어머니를 보며 그녀는 간절히 기도했다. 수술이 정말 잘되게 해달라고, 그래서 건강해진 시어머니와 함께 미국 여행을 꼭 갈 수 있게 해달라고. 그리고 수술 끝나고 나올 시어머니를 위해 망고를 사러 병실을 나섰다.

아마 시어머니는 그곳이 키웨스트인지도 모를 것이다. 하지만 그녀에게 키웨스트란 20년 전 너무 미숙하고 고집이 셌던 젊고 철없던 며느리가 또렷이 서 있는 곳이다. 무성한 오해의 나무로 한 치 앞을 보지 못했던 그곳 키웨스트에서 그녀가 홀로 울고 있었다.

만약에 시어머니와 다시 미국의 키웨스트를 갈 수 있다면 세상에서 가장 아름답다는 낙조를 하염없이 바라보고 싶다. 헤밍웨이가 걸작《노인과 바다》를 쓰고 평화로운 풍경을 즐겼다는 그 바다를 이제는 환하게 웃으며 바라볼 것이다. 그녀를 불쌍하게 쳐다보던 이름 모를 고양이에게 행복한 미소를 지으면서 말이다. 그때는 모르고 지금은 아는 것들을 가슴에 품은 채.

내가 너에게 말하려 했던 것

채 현

아침에 눈을 떠 카톡을 열어보니 새벽 두 시에 지수가 톡을 보냈다.

[이 죽음에 대해 어떻게 생각해?]

'이사도라 덩컨의 빨간 스카프'에 대한 글이었다.

아침밥을 준비하고 작은애를 학교에 데려다준 후 출근해야 하는 나는 아침마다 전쟁이다. 전쟁을 치르고 있는 나에게 지수의 톡은 관심 밖의 이야기였다. 칼럼 내용도 제대로 보지 않았지만, 새벽 두 시에 이런 글을 읽으며 깨어있었다는 사실이 싫었다. 지수와 나는 초등학교와 중학교를 같이 다녔고,

---

저자가 결혼 전에는 인생의 소중한 가치가 성공, 희망, 열정이었다. 그러나 결혼 후에는 그 가치가 가족, 사랑, 신뢰로 바뀌었다. 가족에 대한 사랑과 든든한 신뢰를 통해 모든 게 더욱 깊어진다는 사실을 믿으며 '지금 여기'를 진지하게 살아가고 에네르게이아의 삶을 지향하는 영원한 엄마다. 작가가 되고 싶었던 꿈을 가슴에 간직한 채 엄마로서, 아내로서, 일하는 여성으로서 20년 세월을 보냈다. 10년 넘도록 직장에서 보냈으며, 대학에서 학생들 가르치며 6년을 보냈고, 지금은 프리랜서로 일하며 작가의 꿈에 도전하고 있다.

고등학교 때 지수가 자퇴하기 전까지 같은 반이었다. 대학 캠퍼스에서 우연히 만나 지수가 검정고시를 거쳐 같은 학교에 다니고 있다는 걸 알게 되었다. 그녀는 나에게 자주 연락했고 우리는 자연스럽게 다시 가까워졌다. 졸업 후 나는 대학병원 기획과에 입사했고 1년 후 지수는 항공사에 들어갔다. 서로 다른 회사 이야기를 나누며 함께 푸른 20대를 보냈다. 내가 20대 중반에 결혼하고 10년이나 더 지나 지수는 외삼촌의 소개로 만난 PD와 한 달 만에 결혼했다. 100번쯤 선을 보고 101번째인가 지금의 남편을 만났다.

"넌 나 이해하지? 내가 눈이 높은 게 아니라 나랑 이상이 같은 남자를 만나기 위해서였다는 걸."

"응 이해해. 근데 그게 눈이 높은 거야."

그렇게 말하며 둘이 웃던 날이 엊그제 같은데 벌써 십 년이 넘는 세월이 흘렀다. 지수가 결혼식장에서 후배들에게 한 말은 두고두고 명언으로 남았다.

"나이가 많아도 눈높이를 낮추지 마라."

그렇게 위풍당당하게 지수는 결혼했고 다니던 항공사를 결혼과 동시에 그만두었다.

1년인가 지나 지수의 남편은 소도시 민영 방송사로 발령이 났다. 남편을 따라간 지수는 어린 딸을 키우느라, 나는 일을 하며 늦게 시작한 대학원 공부를 하느라 연락이 끊겼다. 지수에게서 다시 연락이 오기 시작한 것은 서울로 이사를 하고 카카오톡이 시작된 2010년 3월쯤이었다. 어떻게 지내는지, 사는 건 어떤지 궁금해했다. 그렇게 서로 연락을 하며 지내다가 1년쯤 지난 어느 날, 갑자기 서울이라며 얼굴이나 보자고 전화가 왔다.

"영은아, 내가 그쪽으로 갈게. 너 목동 산다고 했지?"

"응 그래. 불편하지 않겠어?"

"괜찮아. 네 시까지 갈게."

목동역 2번 출구 앞 커피숍을 알려줬다.

세상이 자신을 중심으로 돌아가는 줄 아는 지수의 태도는 세월이 지나도 변함이 없었다. 집에 가서 저녁하고, 아이들 챙겨 학원 보내고, 일곱 시에 큰애 입시 설명회에 참석하기로 했지만 서울까지 온 지수를 외면할 수 없었다. 조금 일찍 도착해 커피숍에서 기다리는데 입구 쪽에 지수 얼굴이 보였다. 나를 향해 걸어오는 지수를 보며 손을 흔들었다.

"지수야, 여기!"

"응 영은아. 야, 아직도 넌 아가씨 같아 보인다. 옷차림도 그렇고."

지수는 여전히 승무원 같은 미소와 동작으로 나를 안았다. 웃고 있었지만 어쩐지 쓸쓸해 보였다.

"무슨 그런 말을! 너야말로 아직도 결혼 전 미모 그대로네. 주름살도 하나 없고."

지수는 자그마했던 얼굴이 살이 쪄 둥그런 얼굴형이 되어있었고 좋았던 피부도 푸석해 보였다. 우리 나이가 몇인데 당연하다고 나는 생각했다. 웃을 때 양쪽 눈가에 세 개씩이나 잡히는 주름은 그대로였다.

우리는 커피를 시키고 마주 앉아 이야기를 나누었다.

"영은아, 나도 아이 데리고 서울로 이사 오려고."

"갑자기 왜? 무슨 일 있어?"

"아니. 갑자기는 아니고 네가 서울로 이사 갔다는 이야기 듣고 나도 그런 생각 좀 하고 있었어."

"남편은 뭐라고 하는데?"

"남편은 가정보다는 형님들하고 사는 사람이고."

늦은 나이에 결혼했지만 학벌과 직업, 외모까지 갖춘 이상형과 결혼해 그녀를 아는 모든 이들의 부러움을 샀던 지수였다.

"형님들?"

누나 세 명에 형님 한 명인 거로 알고 있던 내가 되물었다.

"나가면 다 형님들이지 뭐."

처음엔 그녀의 말을 이해하지 못했다. 그러자 사람을 좋아하고 친구들밖에 모른다고 덧붙였다.

지수는 눈을 마주치지 않고 커피잔만 바라보며 계속 이야기했다.

"우린 그냥 각자 산다. 난 아이만 보고 살아. 이런 얘기 너한테 처음 한다. 결혼식 끝나고 식당에 가니까 밥이 없더라. 신랑 친구들만 97명이 다녀갔다고 하더라. 그게 시작이었어. 나도 사실 간섭해가면서 스트레스받기 싫고…. 제일 짜증 나는 게 뭔지 아니? 늦게 들어와 지저분하게 먹고 치우지 않는 거야. 아침에 일어나 식탁을 보면 짜증만 나. 해외로 촬영 가면 한 달씩 집을 비우기도 하는데 그때가 난 제일 좋아. 귤 같은 걸 까먹고 껍질은 그대로 식탁에 둔다. 한 번은 남편에게 이거 나보고 치우라고 이렇게 뒀냐고 물으니까 아니라고 말하면서도 치우지는 않더라. 그러면서 한다는 말이 '남편이 아니라고 하면 아닌 거다' 그러는 거야. 내가 얼마나 황당했겠니? 몇 번 말해도 치우지 않기에 더는 말 안 하고 그냥 내가 치우면서 속으로 '에이 더러운 새끼' 그렇게 욕한 적도 있다."

지수가 욕하는 것을 한 번도 들어본 적이 없었다. 오히려 욕을 하는 친구들에게 "네 입만 더러워지니까 욕하지 말라"던 지수였다. 그런 지수가 하는 욕을 들으니 이상하게도 신선하게 들렸다.

지수는 아이가 먹을 반찬을 해서 항상 주방 뒤에 있는 냉장고에 따로 넣어둔다고 했다. 냉장고 두 대를 사서 아예 한 대는 아이 것이니까 손도 대지 말라고 했단다. 아이를 사랑해서 그런 것도 있지만 더 큰 이유는 남편이 음식을 지저분하게 먹기 때문이란다.

"반찬을 꺼내서 먹으면 접시 하나에다 이것저것 담아 깨끗하게 먹으면 되잖아. 반찬통 다 꺼내서 그냥 먹고, 이 반찬 저기 들어가 있고, 저 반찬 여기 들어가 있고, 나도 못 먹겠는데 애를 줄 수는 없잖아."

집에 있는 네가 예쁘게 차려주면 되지 않느냐고 했더니 "아이 돌보는 거 하나만도 힘에 부쳐"라는 답이 돌아왔다. 넌 대한민국 주부 중 제일 편하게 산다고 말하고 싶었지만 꿀꺽 삼켰다.

지수의 남편 이야기는 끝이 없었다. 오랜만에 만나 커피를 앞에 두고 지수의 남편 얘기만 들었다. 차 시간이 급하다며 저녁 먹고 가라는 말도 듣지 않고 급하게 헤어졌다. 여전히 자기 이야기만 하고, 자기 입장에서만 생각하고, 작은 일에도 서운해하던 지수는 변함이 없었다.

그렇게 헤어진 것이 벌써 몇 해 전 일이다. 이후로도 나와 지수는 전화를 통해 서로의 안부를 전하곤 했다. 그렇지만 오늘처럼 이상한 내용의 카톡을 보내올 때면 한편으로는 연민의 정이, 한편으로는 짜증스러운 감정이 훅 밀려왔다. 점심을 먹고 그때서야 답을 했다. 시간이 한참 지났으니 지수도 기분이 나아졌으리라 생각했다.

[미안, 급한 일들 처리하느라 이제야 연락을 하네. 또 무슨 일 있어?]

내가 '무슨 일 있어?'라는 말 앞에 '또'라는 말을 붙인 건 '지수야 넌 진짜 편하게 사는 거야. 사소한 일로 자꾸 그러지 마'라는 뜻이었지만 지수는 아랑곳하지 않았다.

[아니 특별한 일은 없어. 그 죽음 멋있지 않아? 영화의 한 장면처럼 스카프 자락이 차바퀴에 걸려 아무 생각 없이 한순간에 갈 수 있잖아.]

[그게 뭐가 멋있어 허무하지.]

[너 지금 통화 괜찮아?]

[회의가 있어서 지금은 좀 곤란해.]

나는 거짓말을 했다. 회의는 없었다. 지수의 일방적인 얘기를 들어주는 것이 싫었다.

7년 전 나는 고등학교 1학년인 아들과 초등학생이었던 딸을 데리고 서울로 이사를 왔다. 이사의 발단은 서울에서 공부하고 싶다는 아들의 말이었으나 내 마음속에는 아이들을 서울에서 키우고, 나도 서울에서 성공하고 싶은 욕심이 있었다. 대기업에 근무하고 있었던 남편은 서울로 발령을 받을 수 없다며 어머님과 함께 지방에 남게 되었고, 나만 아이들과 서울에서 생활하게 되었다. 사실 남편은 발령을 받을 수 없는 것이 아니었다. 서울에서 살고 싶지 않은 것이 진짜 속마음이라는 것을 알았지만 모른 체했다.

이사를 온 지 한 달이 되지 않은 어느 날 한의원 원장과 미팅이 있었다. 우회전만 하면 방문하기로 한 한의원이 있는데 차선을 변경할 수가 없었다. 어떻게든 끼어들기를 해보려고 했지만 차들은 앞차와 간격을 더욱 좁히며 한 치의 양보도 없었다. '서울 인간들은 진짜 너무한다 너무해.' 나는 속으로 욕하며 약속 시간을 지켜야 한다는 생각에 무리하게 속도를 내 우회전 차선을 따라 안전지대로 진입했다. 순간 호루라기 소리가 들렸다. 반대편에 경찰차가 보였다.

"3685 차 옆으로 붙이세요."

심장이 두근거렸다. 어젯밤 남편과 통화를 하며 아들 교육 문제로 싸우고 마음이 심란하던 차에 이런 일까지 겹치니 알 수 없는 서러움 같은 게 밀려왔다. 차를 옆으로 붙이고 비상 깜빡이를 켜고 기다리니 경찰이 왔다. 면허증을 달라고 했다. 아침에 급하게 나오느라 카드 지갑만 가지고 나와 면허증이 없다는 것이 생각났다. 두고 왔다고 하자 경찰이 이상한 눈으로 쳐다보는 것 같았다.

"주민등록번호 말해보세요."

주민등록번호를 불렀다.

"지방에서 살다가 목동에 온 지 얼마 되지 않아 지리를 잘 몰라 그랬어요. 서울 사람들은 어떻게 이렇게 양보도…."

여기까지 말하다 나도 모르게 눈물이 흘러 손으로 얼굴을 가렸다.

"주차 단속 걸렸다고 우는 사람 처음 봅니다."

그런 게 아니라고 말하고 싶었지만 아무 말도 하기 싫었다.

"안전존 진입 시 과태료 8만 원입니다. 안전띠 미착용으로 딱지 끊겠습니다. 서울 생활 잘하세요."

나는 경찰의 웃는 얼굴을 쳐다봤다. 하얀 얼굴에 벌어진 앞니가 보였다. 웃는 모습이 곰돌이 푸 같다는 생각이 들었다. 고맙다는 말을 해야 하나 주저하다 말없이 차를 몰았다.

겨우 한의원 미팅을 끝내고 아이들 저녁을 해주기 위해 부랴부랴 집으로 향했다. 그렇게 보냈던 시간이 엊그제 같은데 벌써 서울에서 일곱 번째 여름을 맞이하고 있었다. 혼자 아이들을 돌보며 일을 하는 나는 좋은 엄마가 되겠다는 생각만으로 정신없이 하루하루를 보내고 있었다.

그런 내가 지수의 우울한 이야기들을 들으면 마치 그녀의 감정 쓰레기통이 되는 것 같았다. 한 번은 늦은 밤에 몇 시간이나 이야기를 들어준 적도 있었다.

"지난 주말에 남편이랑 싸웠어. 너도 알지? 난 웬만한 일에는 화를 안 낸다는 거. 그냥 남편은 원래 그런 인간이라 생각하며 별 반응을 안 보여. 왜 싸웠냐고? 목욕탕 신발 때문에. 발 씻고 욕실화를 세워놓으라고 했는데 자기 말 안 들었다고. 양말 신고 신발 신었다가 다 젖었다고 욕을 하고 난리인 거야. 어제는 나도 참을 수가 없더라. 그래서 욕실화를 거실로 가져와 보는 앞에서 가위로 잘라버렸어. 이딴 게 뭐라고 이렇게 화를 내고, 욕을 하고 지랄이냐고 내가 소리를 막질렀어. 뭐라고 하더냐고? 말은 무슨! 내가 참고 있어서 그렇지 화를 내면 진짜 무섭다는 거 그 사람도 알아. 내가 가위로 신발을 자르며 욕을 했다는 게 그렇게 놀라워? 그렇지. 나 원래 그런 애 아니었어. 근데 나 많이 변했지. 그럼 진짜 놀라운 이야기해줄까? 우리 엄마 돌아가셨을 때…. 응, 우리 엄마 돌아가셨어. 아냐 괜찮아. 미안해하지 않아도 돼. 나 일부러 친구들한테 연락하지 않았으니까 너도 당연히 몰랐지. 아버지 그 인간이 왔더라. 그 여자를 데리고."

순간 지수가 고등학교 때 들려줬던 아버지 이야기가 생각났다. 어렸을 적 아버지 이야기만 나오면 "우리 아버지는 서울에 돈 벌러 갔어"라고 했다는 이야기. 사실은 돈 벌러 간 게 아니라 엄마와 오빠, 그리고 자신을 버리고 서울에서 다른 여자와 사는 아버지를 증오한다고 했던 말이.

"데리고 와서 그 여자를 우리한테 소개하는 거야. 인사하라며 당당하게. 큰오빠는 아무 말도 안 하고 앉아있고 작은오빠는 대문 밖에서 돌만 차고 있더라. 우리 오빠들은 선비야. 그래서 내가 당신이 여기를 어떻게 왔냐고 소리를 막질렀어. 그랬더니 딸년이 오빠들도 가만히 있는데 아버지한테 버르장머리 없이 그런다고 화를 내더라. 누가 아버지냐고, 당신이 언제 우리 아버지였냐고, 빨리 저 여자 데리고 눈앞에서 사라지라고 울면서 소리 질렀어. 그랬더니 아버지라는 인간이 집에 불을 질러버리겠다는 거야. 그래서 내가 가스통을 가져와서 불 지르라고, 불 질러서 엄마도 없는데 다 같이 죽자고 했어. 그때 아이 데리고 나간 줄 알았던 신랑이 문밖에서 나를 다 보고 있었던 거야. 내가 화를 잘 안 내지만 그때 아마 깜짝 놀랐을 거야."

그렇게 말하고 지수는 깔깔 웃었다. 지금까지 남 얘기한 듯 담담했다.

결혼식 때 아버지 손을 잡고 식장에 들어서며 내내 눈물 흘리던 모습은 지수만이 가진 남다른 슬픔이란 걸 처음 알았다.

나는 지수에게 부채 의식 같은 게 있다. 80년대 후반 우리가 여고 3학년이었을 때 대학에 다니는 오빠가 보고 있던 광주민주화운동 관련 비디오를 우연히 본 지수는 정신과 치료를 받다 자퇴했다. 지수는 내가 아무리 노력해도 따라갈 수 없는 친구였다. 초등학교, 중학교 때부터 공부는 항상 전교 1등, 전교생 대표로 매년 〈스승의 은혜〉를 불렀고, 미술대회가 있을 때면 어김없이 앞에 나가 상을 받았다. 글쓰기는 더 잘할 자신 있다고 생각했지만, 국어 시간에 지수가 쓴 독후감을 보고 선생님의 칭찬이 이어졌을 때 '질투'가 내 마음속에서 불처럼 일었다.

"지수야, 넌 정말 못 하는 게 없어. 대단하다."

이렇게 말을 하면서도 열등감이 느껴졌다. 질투에 눈이 멀어 그녀와의 우정을 망가뜨리는 실수를 하지 않으려고 사력을 다했다. 질투에 관한 책을 읽기도 했고 하나님께 도움도 구했다. 그래도 마음이 힘들 때는 지수가 눈치 채지 못할 거리만큼 떨어져 있었다. 질투하는 나를 들키지 않기 위해, 마음의 불을 끄기 위해 혼자 아파했다.

그랬기에 지수가 학교를 자퇴했을 때는 지수의 자리를 내가 차지했으면 하는 불씨 같은 희망이 나를 짜릿하게 했다. 하지만 곧 잠깐이나마 그런 생각을 했던 자신을 경멸했다. 그 생각이 떠오를 때마다 지우개로 박박 지워버리고 싶을 정도로 부끄러웠다. 결혼할 때도 늦은 나이에 남들이 다 부러워하는 남자를 만난 지수를 향해 나는 또 얼마나 복잡한 감정을 느꼈던가. 그런 마음들이 일종의 부채 의식 같은 것으로 남아있었다.

하지만 거기까지였다. 지수와의 통화나 만남이 점점 나를 힘들게 했다. 서로 힘이 되어주는 것이 아니라 학교 때처럼 질투를 숨기고 경쟁하는 것 같은 기분이 들었다. 에너지가 충전되는 것이 아니라 기운이 빠지는 것을 느끼며 지수와 우정을 이어가야 한다는 생각에서 자유로워지기로 했다. 모든 우정이 영원한 건 아니니까.

어느 주말 오후 우린 서로에게 속마음을 들키고 말았다.

"너도 남편만 바라보며 불평하지 말고 아이 학교에도 가고 시간 많을 때 무슨 일이라도 하지 그래"라고 말했더니 지수가 발끈하는 목소리로 "노동? 그건 안 할수록 좋은 거야. 난 그냥 남편이 벌어다 주는 돈으로 편하게 살 거야. 나 비행할 때 진짜 힘들었잖아. 우리 대학 때 읽었던 《게으름에 대한 찬양》 기억 안 나? 그 책 읽으며 우린 결혼하고 최소의 노동을 하며 게으르게 살기로 했잖아. 아 맞다. 신데렐라처럼 백마 탄 왕자 만나 신분 상승하는 얘기도 했지. 너 그렇게 일하고 애들 키우며 공부하고 열심히 사는 건 좋은데 내가 보기엔 너무 아등바등 사는 것 같아. 너 옛날부터도 좀 가식적이었어. 넌 잊었는지 모르지만 나 정신과 치료받다가 자퇴한다고 너한테 처음 말했을 때 그 표정 잊을 수가 없어."

"가식적이었다고? 내 표정이 어땠는데?"

그 순간 고등학교 때 다른 친구들 앞에서 "영은이는 좀 가식적인 데가 있어 그치"라고 말했던 지수의 목소리가 들려오는 듯했다.

"아휴, 야 너 얘기 들어주는 것도 이젠 짜증 난다. 넌 세상 모든 사람이 널 위해 존재한다고 생각하지?"

내 말에 지수는 대답하지 않고 전화를 끊어버렸다. 그러나 가식적이란 단어가 귓전을 맴돌았다. 노력해도 따라갈 수 없는 지수를 질투했지만, 상을 받을 때 항상 웃으며 축하해줬고, 친구들이 지수의 이기심을 욕할 때 속마음은 따듯한 친구라고 편을 들어줬고, 아버지 얘기할 때도 같은 편이 되어 맞장구를 쳐주었고, 100번씩이나 선을 볼 때 다른 친구들이 욕해도 지수의 편이 되어줬다. 그런 기억을 하나하나 떠올리며 말할 수 없는 분노를 느꼈다. 병문안을 가려고 했을 때 엄마가 아파 가지 못했던 미안함을 두고두고 가지고 있었다.

그랬구나. 지수가 그런 마음이었구나. 논문 통과 후 대학에서 강의까지 하게 되었을 때 "내 친구가 잘나가는 컨설턴트에 교수님까지 되었네"라고 말하던 지수의 진짜 속마음을 알아버린 듯했다.

그녀는 나를 진정한 친구로 생각한 적이 없었다. 우리의 우정은 내가 그녀를 앞지르지 않는 선에서만 발휘된다는 것을 몰랐다. 의심하는 마음이 생기자 점점 확신으로 변했다. 나는 일말의 미련도 없이 연락을 끊고 살겠노라 생각했다.

서울 생활에 서서히 지쳐가고 있었다. 남편과 아이들 공부 얘기만 나오면 서로에게 불만만 얘기하다 누가 먼저랄 것도 없이 전화를 끊었다. 나는 아이들 교육이라면 돈의 액수를 따지지 않고 해주려는 편이었고, 남편은 공부는 스스로 하는 것이라며 돈 많으면 보내주라는 식이었다.

남편은 고등학교 때 돌아가신 아버지 대신, 서울에서 하숙하며 대학을 다니던 형님 대신, 사과 농사를 짓는 어머니를 도와 일을 하며 학교에 다녔다. 같은 병원에 근무했던 남편의 형님 소개로 만나 결혼까지 하게 되었다. 직원과 의사 관계가 동생 아내와 남편 형님이라는 관계로 만났을 때 불편함이 가족 모임 때마다 나를 주눅 들게 했다. 남편의 형님은 병원에서 여직원들 사이에 결혼하고 싶은 남자로 인정받던 사람이었다. 그런 사람의 동생이니 얼마나 괜찮은 남자일까 기대하며 남편을 만났다. 만난 지 두 달쯤 되었을 때 나는 진짜 내 이야기를 들려줘야겠다고 생각했다. 일찍 돌아가신 아버지, 고생하는 엄마, 내세울 것 없는 집안 이야기를 했다. 남편은 아버지 같은 사랑을 주겠다는 말로 프러포즈했다. 나는 아버지의 사랑이 어떤 건지 한 번도 아버지의 사랑을 받아본 적이 없다. 교과서에 나오는 좋은 아버지의 조건이 내가 생각하는 아버지의 사랑이었다. 조건 없이 사랑을 주며 힘들 땐 위로가 되고 따듯한 말로 친구가 되어주는 아버지를 상상했다. 가족을 위해 봉사하고, 주말이면 소중한 추억을 위해 가족 여행을 떠나고, 언제나 내 편이 되어주는 사람이 아버지라고 생각했다. 그런 사랑을 꿈꾸며 1년 만에 결혼했다.

하지만 결혼 후 아버지 같은 사랑을 받지 못한다는 결핍이 나를 힘들게 했다. 가장 힘들었던 것은 소녀 같은 감성을 가진 내가 이성적이고 표현이 서툰 남편을 이해하려고 애쓰는 것이었다. 큰애를 가졌을 때 딸기가 먹고 싶어 퇴근길에 딸기를 사서 오라 했더니 어떻게 먹고 싶은 걸 다 먹고 사느냐며 끝내 사 오지 않았다. 그다음 날부터 질릴 때까지 사무실에서 혼자 딸기를 사서 먹은 후 몇십 년이 지난 지금까지도 딸기를 먹지 않는다. 남편에게 쌓인 소소한 서운함이 어느 날 태풍처럼 몰려와 마음을 휘감을 때면 감당하기가 힘들었다. 하지만 누구에게도 외로움과 마음속 깊은 슬픔을 말하고 싶지 않았다. 내가 선택한 방법은 도서관 구석진 자리에서 슬픈 책을 읽으며 눈물 흘리는 것이었다.

남편에 대한 감정이 극에 달했을 무렵 서울에서 공부하고 싶다고 말한 아들이 나는 고마웠다.

수민이를 만난 건 서울로 이사 오기 몇 해 전 리더십 강의를 들으러 가서였다. 그녀는 강남에서 직원 여러 명을 데리고 컨설팅 회사를 운영하는 경영자였다. 그녀와 나는 동갑이고, 하는 일도 비슷한 부분이 있고, 무엇보다 지방에서 올라와 마흔이 다 되어가는 나이에 대학원을 다니며 논문을 준비하고 있다는 공통점이 있어 금방 친해졌다.

수민이도 자신에 대해 아무것도 모르는 새로운 친구가 필요했던 걸까. 교육 과정이 끝나 헤어질 때 "이 과정에서 제일 큰 성과는 너를 만난 거야"라고 했던 말이 우리를 끈끈하게 이어줬다.

결혼하고 아이 둘이 있는 나와 달리 수민이는 골드미스였다. 그녀를 처음 봤을 때 강의실에서 다리를 꼬고 앉아 강사에게 당당히 자기 생각을 조목조목 이야기하는 모습에서 나는 묘한 끌림을 느꼈다. 언뜻 보면 웃는 모습이 개그우먼을 닮은 듯했다. 수민이는 성공한 여성 기업가로 주변에서 인정을 받고 있었지만 맥주에 취해 "영은아, 난 그렇게 똑똑하지도 않지만 그렇게 바보도 아니잖아. 그래도 다시 태어난다면 '멍청한 미인'이 되고 싶다. 네가 보고 있는 이 얼굴은 쌍꺼풀 수술, 안면 윤곽술, 치아 교정에 몇천만 원이 들어간 성형 얼굴이다. 옛날 내 사진을 보고 '너도 참 이 얼굴로 사느라 힘들었지. 기특하기도 하고 대견하기도 하다.' 그런 말을 하는데 왜 그렇게 처량하니? 갑자기 서글픈 생각이 들더라. 나이 마흔 넘어 친구들은 모두 아이 낳고 행복해 보이는데 나에게 있는 건 뭘까. 그래, 돈은 좀 있어. 그거 빼면 난 아무것도 없다. 그러니까 돈을 잘 지켜야지. 참 성형은 비밀 아니니까 괜찮아"라며 나를 향해 눈을 찡긋했다.

그런 이야기를 들은 후 자신의 진짜 속마음을 털어놓고 의지할 수 있는 친구는 수민이뿐이라고 생각했다. 일로 만난 많은 사람이 있지만 나는 내 마음을 보여주지 않는 편이어서 사람들은 나를 볼 때마다 "선생님은 항상 행복해 보이세요"라는 말을 했다. 그 말에 책임이라도 져야 하는 듯 항상 웃는 얼굴로 사람들을 대했다. 그런 사람들 틈에서 나는 군중 속 외로움을 느끼곤 했다.

지수와 다툰 후 며칠이 지난 어느 날 강남에 일이 있어 갔다가 수민이에게 전화를 했다.

"사무실로 와라."

"너 바쁜 거 아냐?"

"안 바빠. 괜찮으니까 사무실에 와서 조금만 기다려."

사무실에 들어가니 입구 쪽 회의실에서 그녀가 직원들과 이야기 중이었고, 다른 직원들은 각자의 자리에서 모니터를 보며 일을 하고 있었다. 여러 번 방문해 나를 알아보는 직원들과 눈인사를 하고 그녀의 방에서 기다렸다.

책상 위 펼쳐놓은 수첩에 잡다하게 날려 쓴 전화번호, 이름들, 돈의 액수를 표현한 듯 숫자들이 가득 쓰여 있었다. 잠시 후 수민이가 들어왔다.

"영은아, 무슨 일 있었냐?"

"아니."

"너 표정이 별로 안 좋은데?"

"그냥."

"야, 그냥이 어디 있냐. 가자, 우리 오랜만에 맛난 거 먹자. 너 스테이크, 파스타 좋아하지?"

"응 그러자. 근데 지금 별로 먹고 싶은 건 없으니까 그냥 너 좋은 거로 먹자."

그녀가 자주 간다는 사무실 근처 레스토랑에 갔다. 자리에 앉자 나는 수민이에게 물었다.

"넌 어떻게 지냈어?"

"뭐 난 항상 정신없이 지내지. 새로 시작한 사업 아이템 하나 진행하는데 돈만 들어가고 인간들이 말을 안 들어 처먹어 짜증만 나지."

"뭔데? 지금 하는 거랑 다른 거야?"

"아니. 아주 다른 건 아니고 전문성 공유 플랫폼 사업이야. 론칭 기념 겸 사업 설명회 한 달 후에 할 거니까 너 꼭 와야 해."

"응 알겠어. 일정 정해지면 연락 줘."

"나 거기 벌써 돈 2억이나 넣었다. 가진 건 돈밖에 없는데 있는 돈 나갈 때마다 스트레스 엄청 받는다. 그런 골치 아픈 얘기는 그만하고 네 이야기 좀 해봐라. 넌 아들딸 잘 크고, 우아하고 지적이지. 돈도 잘 벌고, 남편도 있고, 넌 아무 걱정 없지? 너 컨설팅 가면 만나자는 의사들 많은 거 아냐?"

수민이는 짓궂은 미소를 지으며 솔직하게 고백해보라는 식으로 말했다.

"수민아, 난 너처럼 골드미스가 아니라 아줌마야. 엄마야."

기운 없이 웃으며 아이들 교육 관련해 남편과 싸운 이야기, 마음처럼 따라주지 않는 아이들, 일도 확장되지 않아 줄어드는 수입, 그리고 친구 지수 이야기를 꺼냈다. 이야기를 가만히 듣고 있던 수민이가 화제를 다른 곳으로 돌렸다.

"참 영은아, 나 얼마 전에 우연히 네 블로그 들어갔다가 네가 서른 살 때인가 적었다는 버킷리스트 봤어. 너 같은 친구를 사회에서 만난 게 진짜 행운 같다는 생각이 들더라. 내가 부러웠던 게 한두 개가 아니었어. 대학에서 강의하기, 학생들이 멘토로 인정해주는 선생 되기, 칼럼 쓰기, 또 뭐였더라. 그래 1년에 한 번 가족들과 해외여행 가기 등 아무튼 참 대단하다 대단해."

수민이의 이야기를 듣고 있는데 나도 모르게 가슴 한쪽이 뻐근했다.

"서른 살에 적어놓았던 버킷리스트 중 많은 것을 10년이 되기 전에 이뤘어. 대학에서 강의하기, 칼럼 연재하기, 서울로 이사하기, 시간당 강사료 50만 원 받기, 내가 이룬 것을 붉은색으로 표시해놓은 것을 보면 온몸에 전율이 일더라. 비행기 타고 미국 출장 가기, 뉴욕 월스트리트에서 차 마시기, 가족들과 파리 센 강변 산책하기, 이런 것들도 마음만 먹으면 이룰 수 있을 것 같은 희망이 가슴을 짜릿하게 하더라. 그런데 있잖아."

여기까지 말하고 나는 터지려는 울음을 참았다. 딱 거기까지야. 서울 오면 다 이룰 수 있을 것 같았던 꿈들이 그냥 바람으로 끝날 것 같아 나는 감정을 추스르기가 힘들었다. 지금까지 살면서 하고 싶은 일보다는 해야 하는 일에만 청춘을 다 보내버린 것 같았다. 어디서든 무슨 일에서나 인정받는 사람이 되고 싶은 욕심으로 남들 눈에 그럴듯해 보이는 것에 매달려 정작 내가 좋아하는 것이 무엇인지도 모르고 달려왔다는 생각에 엉엉 소리 내어 울고 싶었다. 서울로 이사하기는 내가 원한 것이었지 남편이 원한 것은 아니었다. 그래서 나는 경제적으로 독립하려 애를 썼다. 그것만이 나의 자존감을 지키고 남편과 평화 공존하는 길이라고 생각하면서…. 하지만 모든 것은 내 마음처럼 쉽지 않았다.

술도 마시지 못하는 나는 그날 수민이가 권한 와인 한 잔에 아무에게도 보이지 않았던 속살을 다 보이고 말았다. 백조처럼 우아한 삶을 사는 것 같다는 말에 백조처럼 보이기를 원했지만 수면 아래서 발버둥 치는 백조의 헐벗은 다리를 그녀에게 다 보이고 말았다. 그런데 이상하게도 마음이 후련해지는 것을 느꼈다.

그날 그녀는 내 이야기를 다 들어주고 가장 성공했던 순간들만 기억하라고 했다. 그러면서 자신이 살아온 이야기를 들려줬다.

집을 돌보지 않는 무능한 아버지 대신 여섯 살 때부터 시장에서 채소 장사를 하는 엄마를 따라 새벽 다섯 시에 일어나 시장을 다녔다는 이야기, 엄마를 세상에서 제일 존경한다는 이야기, 그녀의 카톡 프로필 사진에 볼을 맞대고 어깨에 손을 얹은 채 엄마와 환하게 웃고 있는 행복한 모습이 떠올랐다. 자신은 어떻게 하면 돈을 많이 벌 수 있을까가 인생에서 늘 최대 도전이라고 했다. 전문대를 졸업하고 중소기업 전산실에 근무했던 그녀가 결혼을 약속했던 남자친구가 준 결혼 예물까지 팔아 미국 유학을 갔다 왔다는 이야기는 나를 경악하게 만들기도 했다. 그래서 자신은 그 오빠에게 속죄하는 마음도 있어 자기 인생에서 한 번도 남자가 없었던 적은 없지만 결혼은 하지 않을 거라고 했다. 고등학교 때 도시락 반찬을 늘 싸서 가져다준 친구가 지금도 반찬을 만들어 가져온다며 그 친구는 평생 자신이 챙겨줄 거라고도 말했다.

"영은아, 난 너를 처음 봤을 때 나와 다른 너의 착하고 순수해 보이는 마음을 느꼈어. 웬지 너를 만나면 내 영혼이 맑아지는 느낌이랄까? 이런 말 하면 네가 어떻게 생각할지 모르지만 너와 나는 살아온 방식이 너무 달라. 어릴 적부터 새벽에 일어나는 엄마를 보며 항상 엄마하고 같은 시각에 일어난다는 생각으로 지금까지 나는 다섯 시면 일어나서 일한다. 직원들이 워커홀릭이라고 하지만 난 오히려 이렇게 살아가는 게 편해. 사업 처음 시작했을 때 하루 네 시간 이상을 자본 적이 없어. 눈만 뜨면 일했지. 네가 지금까지 얼마나 열심히 살아왔는지 알 것 같아. 지금부터는 너 자신을 먼저 생각하고, 하고 싶은 거 하면서 살아. 그리고 지수라는 친구와 연락 끊고 살고 싶으면 그렇게 해. 살고 싶은 대로, 마음 가는 대로 너도 살아봐."

수민이와 많은 이야기를 나눈 후 나의 일상이 특별하게 변한 건 없지만 마음 한 공간에 여유가 생겼다.

지금 성공한 여성 기업가 이수민이 있기까지 여섯 살 때부터 엄마를 따라 시장에서 채소 파는 일을 돕고, 채소 담은 손수레를 엄마가 끌고 가면 학교 가는 길에 뒤에서 밀고 가야 했던 어린 소녀, 친구들이 자신을 볼까 그게 싫었다는 그녀.

나는 생각했다. 그녀의 성공 뒤에 보이지 않는 땀과 눈물을. 자신의 유년기를 생각하면 '어렵고 슬펐고 혼자였지만 그래도 엄마가 있어서 견딜 수 있었다'라는 말과 더불어.

나는 내 고통의 크기가 가장 크다고 생각했다. 하고 싶은 것은 하나도 해보지 못하고, 해야 할 것만 하며 살아왔다고 누군가를 원망했다. 정말 그런 걸까? 나는 이 질문을 냉정하게 던졌다. 나 자신에게.

일찍 퇴근한 수요일 오후, 우편함에 든 각종 청구서와 발신인이 없는 편지 한 통을 발견했다. 기러기가 날아가듯 가느다란 흘림체. 지수의 편지였다. 세월이 지나도 글씨체는 그대로였다. 이상하게 가슴이 두근거렸다. 엘리베이터 안에서 봉투에 쓰인 글씨체만 계속 바라봤다. 문을 열고 식탁에 앉아 천천히 편지를 열었다.

영은아, 잘 지내고 있지? 너와 마지막으로 통화를 한 게 벌써 5개월 전이네.

무슨 말을 어떻게 꺼내야 할까 많이 생각했어. 이 편지를 쓰다가 버리고, 다 쓴 후 부치지 말까 고민하다 시간이 한참 지났네. 너를 많이 생각했고 옛날 생각도 많이 나더라.

이사도라 덩컨의 죽음이 늘 내 마음에서 떠나지 않았어. 사실은 어떻게 하면 나도 그렇게 스카프 자락이 차바퀴에 걸려 목이 부러진 채 한순간에 이 세상을 떠날 수 있을까 끊임없이 생각했어. 넌 그 죽음이 허무하다고 했지만 난 찬란한 아름다움을 느꼈고 끊임없는 유혹을 받았어.

고등학교 때 나 정신병원에 입원하고 친구들이 병원까지 왔었다고 했는데 제일 친하다고 생각했던 너는 안 왔어. 엄마가 그러셨는데 친구들을 못 알아봤다고 하더라. 그런데 영은이는 왜 안 왔냐고 물어봤대. 너 그때 왜 날 보러 안 왔었니? 우리 둘이 참 친하다고 생각했는데 가끔은 네 표정을 보면서 나를 싫어한다는 생각을 했었어. 난 너밖에 없었는데….

이사도라 덩컨은 내가 제일 좋아한 무용가였다는 거 기억하니? 생각과 느낌을 몸으로 표현하기 좋아했고 자유를 사랑한 현대 무용의 선구자, 운명을 극복하고 꿈을 이룬 맨발의 무용수라는 것을 알고, 나도 운명을 극복하고 자유롭게 살고 싶었어. 기억할지 모르지만, 그 이야기를 너에게 자주 했었어.
영은아, 난 그녀의 죽음이 우연이 아니라고 생각해. 그녀는 자살한 거야. 그래서 나도 자살을 위장한 우연처럼 죽음을 맞이하고 싶었어.

사실은 남편에게 사랑하는 여자가 있었어. 나와 결혼하기 전에 10년 동안 만난 여자라고 하더라. 결혼하기 전날 그 여자가 이혼하고 아이랑 같이 살고 있다고 연락을 해왔다더라. 남편은 그걸 알고 고민하며 나하고 결혼했던 거였어. 널 만나려고 서울 갔던 날도 남편이 그 여자에게 보낼 문자를 나한테 잘못 보냈어. 나한테 한 번도 보낸 적이 없는 [오늘 하루 잘 보냈느냐. 기분은 어떠냐. 밝은 목소리 들으니까 내가 살 것 같더라.] 이런 문자를 나한테 보냈어. 너하고 만났던 그 날 사실은 나 그런 말하고 싶었고, 내 삶의 모순과 슬픔, 결핍에 관해 이야기하고 싶었어. 하지만 할 수가 없더라. 늦은 밤 너에게 전화를 걸었을 때도 울면서 그런 이야기를 하고 싶었지.

하지만 영은아, 너에게 난 너무 미안한 짓을 했거든.
우리 정수 오빠, 널 많이 좋아했었어. 난 네가 언니가 되는 게 싫더라. 고생만 한 우리 오빠가 좀 더 잘사는 집 여자랑 결혼해서 행복하게 살았으면 했거든. 오빠가 너한테 전해주라고 한 편지 내가 다 읽어보고 버렸어. 그리고 오빠한테는 영은이가 오빠 안 좋아한다고 이런 편지 보내지 말라고 했었어.
영은아, 너도 알았을 거야. 너도나도 아빠 없이 가난하게 살았는데 항상 행복한 척 웃고 있는 네가 가식적으로 느껴질 때마다 나와 다른 네가 싫었어.
이사도라 덩컨의 삶은 치열하게 그녀를 요구한 사랑과 예술에 바쳐진 영광과 고통의 이중주였지. 사랑했던 두 아이는 교통사고로 세상을 떠나고 아들을 닮은 열다섯

연하인 시인을 만나 결혼했지만, 그도 자살로 덩컨의 곁을 떠났어. 이런 비극적인 삶 앞에서 자유로운 영혼을 가진 그녀가 선택할 수 있었던 건 극적인 죽음이 아니었을까. 차에 오를 때 친구들에게 남긴 마지막 말이 '안녕, 나는 영광을 향해 떠나'였다고 해. 자신의 사랑과 예술이 가장 찬란히 빛났던 그때를 생각하며 영원 속으로 떠나버리고 싶었던 건 아닐까.

남편의 그 여자에게 전화했었어. 미안하다고 하더라. 그 여자가. 정말 미안하다고.
영은아, 결혼 후 남편이 첫사랑 그 여자와 만나고 있다는 것을 알았을 때 분노로 미쳐가는 줄 알았어. 남편의 핸드폰부터 눈에 보이는 모든 것을 산산이 깨트려버렸지. 널 만나러 서울에 갔던 날 지하철역에서 한참 서 있었다. 기차역에서 몸을 던진 안나 카레니나처럼 나도 그렇게 뛰어들까 생각하면서. 하지만 재연이를 생각하니까 그럴 수가 없었어. 엄마 없으면 너 어떻게 살 거야 물으니까 웃으면서 엄마 가는 곳은 다 따라갈 거라 하는데 나 없이 어떻게 살아갈까 생각하니 도저히 죽을 수가 없었어. 살아야 할 이유를 아는 사람은 어떤 상황도 견딜 수 있다지.
남편이 무릎 꿇고 용서를 빌더라. 이혼한 첫사랑이 아이만 데리고 사는 것이 불쌍해서 그랬다며. 아이 데리고 뉴질랜드로 갈 거라서 다시는 만나는 일도 없을 거라고. 난 남편이 그렇게 펑펑 우는 것을 본 적이 없었어.

영은아, 내가 너에게 말하려 했던 것은
언제나 당당해 보이는 너를 질투해서 정말 미안했어. 주어진 환경의 제한된 조건 안에서 긍정적인 생각으로 열심히 살아가는 너에게 가식적이란 말을 하며 상처 줘서 미안했어. 친구들 사이에서 성공한 커리어우먼이 되었다는 이야기를 듣고 나 자신이 더욱 초라하게 생각되었지. 그런데 옛날 사진첩에서 너와 내가 수학여행 때 함께 찍은 사진을 봤어. 둘이 손잡고 활짝 웃고 있는 사진을 보면서 너무 마음이 아팠어. 너에게 미안해서.

영은아, 나 요즘 아이 학교 보내고 항공사에서 같이 일했던 동기가 운영하는 승무원 양성 학원에서 아르바이트하고 있어. 그때 힘들었지만 즐거웠고 내가 나로서 존재한다는 생각을 했었다는 걸 깨달았어. 너에게 이 소식을 꼭 전해주고 싶었다.

남편이 아직도 용서가 안 되지만 시간이 지나면 내 마음도 괜찮아질 거라 믿으며 나 잘 지내고 있어. 살면서 남편이 또 미워지고 속으로 욕하게 되는 일이 있겠지만 그래도 과거 일이라 생각하며 살기로 했어.

고마워 영은아, 난 네가 정말 좋아. 나 이제 마음을 다 열고 너와 함께 멋있게 나이 들어갈 거야. 좋은 엄마로, 아내로, 내 이름으로.

지수의 긴 편지를 읽는 내내 눈물이 쉴 새 없이 흘러내렸다. 나야말로 이기적이고, 내 생각만 하고, 듣고 싶은 말만 듣고, 보고 싶은 것만 보는 어리석은 사람이었다는 사실이 가슴 아프도록 부끄러웠다.

세월이 지나면 많은 것이 변하고 또 변하지 않는다. 나는 결혼하고 엄마가 되어 어른이 된 듯하지만 보이지 않는 핀셋이 허공에서 쿡 찌르는 것 같은 아픔을 여전히 느낀다.

아버지의 사랑을 그리워하며 남편에게 아버지의 사랑을 기대했다. 하지만 그는 내 아버지가 아니므로 아버지 같은 사랑을 줄 수가 없다.

"당신이 알아서 해"라는 말을 들으면 무관심한 것 같아 서운했고, "내가 알아서 할게"라는 말을 들으면 소외당하는 느낌으로 남편을 원망했다. 가끔 술에 취해 고생시켜 미안하다며 자신이 하는 말은 아무 생각 없이 할 때가 많으니까 상처받지 말라는 말을 한다. 하고 싶은 것을 하며 살지 못했다고 불행을 얘기했지만 내가 이룬 모든 여정에 남편과 아이들이 있었다는 감사를 잊고 살았다.

지수에게 답장을 쓴다. 행복한 마음으로. 우리 이제 지난 시절의 아픔은 다 잊고 새로운 오늘을 맞이하자고. 앞으로도 어쩌면 위기란 있게 마련이고, 위기 때마다 마음 졸이며 또 흔들리겠지만 세월이 지난 어느 날 그 순간 순간을 생의 짜릿했던 한순간으로 기억할 수 있게 오늘을 열심히 살자고. 지수야, 내가 너에게 말하려 했던 것은 누구와도 비교하지 않는 온전한 자신의 삶을 살아가자는 것이었어. 엄마로, 아내로, 너와 나의 이름으로.

긍정꽃 희망나무

하 정 화

이웃에 사는 은별이 이야기를 들려주고 싶다. 은별이는 평범한 중학교 2학년 학생이고 반듯한 집안의 외동딸이다. 품행이 바르고 공부도 잘하지만 마음이 여리다. 학기 초만 되면 신경이 쓰인다. 왜냐하면 학기 초에 친구 그룹을 만들지 않으면 1년 내내 왕따가 될 확률이 높기 때문이다. 중2가 된 3월 2일 설레는 마음 반 걱정 반으로 한 학년 진급을 했으나 아무리 둘러봐도 아는 친구가 없다. 누구한테 말을 걸어야 하나 두리번거렸다. 달랑 여자애들

저자는 충절의 고장 경남 진주에서 1남 3녀 중 맏이로 태어났다. 결혼 전까지 유치원 교사로 일하며 따뜻한 원장을 꿈꾸었고, 96세인 친정 할아버지를 54년째 모시고 사는 부모님을 존경한다. 또한 26년 된 주부로서 든든한 남편, 의젓한 딸, 멋진 아들과 함께 지낸다. 어느 날 공모전에서 당선된 후부터 줄곧 글쓰기를 해가며 하루하루 가슴 뛰는 나날을 보내고 있다. 지난해 양천구 백일장대회 대상은 그중에서도 가장 대표적. 시니어플래너지도사, 웃음 건강 지도자, 실버 레크리에이션 강사, 장애인 활동 지원사, 장애 이해 교육 강사 등의 자격도 취득했다. 앞으로 새겨갈 인생 3막에는 누군가에게 기쁨을 주며 세상에 작은 빛이 되는 글을 쓰고 싶다.

15명인데 일주일 만에 그룹이 형성되었다. 4명, 4명, 6명 세 그룹으로 이미 팀이 조성되었다. 은별이는 4명인 팀에 가서 자기도 끼워달라고 사정을 했다. 그러나 까칠한 사춘기 중학생들은 "야, 네가 들어오면 짝이 안 맞아" 하며 단칼에 거절했다. 그렇게 불편한 학교생활이 시작되었다. 수업할 때는 어떻게든 버틸 수 있는데 점심시간에 식사할 때는 친한 애들끼리 식당으로 내려가 같이 먹기 때문에 그게 가장 불편했다.

조별 과제를 할 때는 친한 애들끼리만 모여서 하므로 은별이는 같이 할 사람이 없었다. 혼자 고민하다 선생님께 얘기해 보았으나 돌아오는 대답은 "선생님이 끼면 네가 더 불편해질 수 있으니 일단 지켜보자" 하며 애들한테 부탁하거나 네가 알아서 하라는 식이었다. 억지로 따가운 눈총을 받으며 다른 애들 틈에 껴서 과제를 했다. 숙제 자료 조사부터 시작해 모든 일을 은별이 혼자 다 하지만 생색은 다른 조원들이 내게 마련이다. 이렇게 따돌림을 받다 보니 아는 것을 발표하고 싶어도 눈치가 보여 망설이게 되었다. 시험을 잘 봐도 은근히 샘을 내고 사물함의 노트를 몰래 훔쳐가 복사한 후 없애버렸다. 심지어 신발 한 짝을 몰래 버려 실내화를 신고 집에 간 적도 있다.

이런 신경 쓰지 않아도 될 일이 수없이 누적되는 상황이지만 상대가 여럿이라 대항하기가 어렵다. 2학기로 갈수록 성적도 조금씩 떨어지고 자존감도 바닥을 쳐 떠도는 낙엽처럼 이리저리 나뒹굴었다. 중2 내내 이런 서글픈 경험 속에서 혼자 속앓이하며 지내다 보니 없던 속병이 생겨 자꾸만 토하고 두통을 호소했다. 그제야 엄마는 "은별아, 무슨 걱정 있니? 왜 이렇게 못 먹고 끅끅거리니?" 한다. 착한 딸은 엄마에게 걱정 끼치지 않으려고 "아니야 괜찮아. 엄마 바쁘잖아. 신경 쓰지 마" 그런다. 일하느라 바쁜 엄마는 은별이의 학교생활을 알 길이 없다. 그런 가운데 2학기 후반쯤에 담임선생님으로부터 한 통의 전화를 받았다.

"은별이 어머니, 안녕하세요? 저는 은별이 담임이에요."

"네 선생님, 잘 지내시죠?"

"네, 잘 지냅니다. 혹시 시간 되시면 은별이 상담 좀 했으면 싶어서요."

"네? 무슨 일 있나요?"

"만나서 말씀드릴게요."

은별이 엄마는 상사의 눈치를 봐가며 어렵게 시간을 내 선생님을 만났다. 선생님께서는 조심스럽게 그간의 상황을 수첩을 보며 설명했다. 덧붙여 당신도 도와주고 싶었으나 나서서 도우면 선생님께 고자질했다고 제2의 낙인이 찍힐 수 있으므로 마땅한 조치를 취할 수 없었다고 했다. 뜻밖의 얘기를 듣고 엄마는 심장이 멎을 것만 같다. 딸의 얼굴이 점점 어두워지고, 성적도 조금씩 떨어지고, 최근 원인 모를 위장병이 생긴 것도 비로소 이해가 되었다. 당황한 나머지 담임선생님께 어떻게 하면 좋겠냐고 여쭤보니 왕따를 시키는 애들이 반에서 공부도 잘하는 그룹이고, 눈에 띄지 않도록 몰래몰래 교묘하게 괴롭히는 상황이라 당장은 어떻게 조치하기가 어렵단다. '아니 이런 억울할 데가! 난 엄마로서 그동안 뭘 했단 말인가.' 자책과 딸에 대한 미안함으로 회사에 반차를 내고 집으로 왔다.

학원에 다녀온 은별이에게 "은별아, 너 요즘 어때? 괜찮니?"라고 물어본다. 그랬더니 은별이는 아무 말 없이 물끄러미 쳐다보다가 엄마 품에 안겨 한참을 울었다.

"엄마, 나 너무 힘들어. 하루하루 학교 가기 무섭고 겁이 나. 지난번 체험학습 가는 날에도 반 애들을 지하철에서 만났는데 갑자기 식은땀이 나고 어지러워서 가지 말까 고민했었어. 나 생리 기간이라는 건 핑계고 지난번에 같이 놀 친구가 없어 수학여행도 못 갔어.”

봇물 쏟아지듯 터져 나오는 은별이 얘기에 너무나 기막히고 가슴이 아팠으나 나오는 눈물을 꾹 참고 은별이를 안아 재웠다. 은별이의 등을 토닥이며 “괜찮다 괜찮아. 그동안 얼마나 힘들었니? 눈치 없는 엄마가 네 마음도 몰라주어 미안하다.”고 속삭였다. 퇴근해 온 남편과도 얘기를 나누었으나 돌아오는 건 “그동안 애가 이 지경이 되도록 당신은 뭐 했어?”라는 질책뿐이었다. 궁여지책으로 은별이의 심리 상담 치료와 미술 치료를 시작했다. 몇 달 동안 선생님과 신뢰를 쌓으며 상담을 해도 마음에 얽힌 매듭은 좀처럼 풀리지 않았다. 이렇게 심연의 상처에 딱지가 채 앉기도 전에 중3으로 진급되었고, 또 새로운 친구들과 한 반이 되었다. 중2 때 왕따라는 소문이 났는지 애들은 첫날부터 쑥덕거리며 조용히 은별이를 따돌렸다.

그렇게 은별이는 채 피어보지도 못하고 꺾여서 시들시들 말라간다. 교우관계가 전혀 형성되지 않고 왕따의 생활을 하다 보니 본래의 밝고 긍정적인 성격은 점점 퇴색되고 만사가 귀찮아 의욕이 떨어지는 아이가 되어버렸다. 그렇게 마음 치유도 못 한 채 떠밀리다시피 고교에 입학했다. 고교에 와서는 운 좋게도 선한 담임선생님도 만나고 몇몇 친구들을 사귀어 그럭저럭 행복하게 지냈다. 그러나 고2로 올라가서는 무뚝뚝한 성격에 애들한테 무관심하기로 소문난 담임을 만났다. 무슨 운명의 장난이란 말인가! 중요한 고2 때, 입시 방향도 제대로 잡지 못했는데 하필이면 중2 때 은별이를 괴롭혔던 두 명이 같은 반으로 배정되었다. 그 바람에 스스로도 의기소침해 살짝 피려던 마음 꽃이 다시 이리저리 찢기고 꺾이는 나날을 살게 된다.

친구들은 이미 초등학생 때부터 다져온 실력으로 기초가 탄탄히 잡혀 대학 갈 준비를 하는데 왕따 스트레스로 기초도 부족한 은별이에게 중2 때 트라우마가 덧나 또다시 불행한 고2 시절을 보내야 했다. 아무리 열심히 하려고 해도 집중이 되지 않았다. 그 애들도 은근히 시비를 걸며 아예 나서지도 못하게 만들었다. 그런 나날을 보내며 포기 상태로 지내다 보니 어느새 고3이 되었다. 중2 때부터 생성된 불안과 두려움은 고3이 되자 결국 극에 달했다. 애들도 예민해져 성난 사자처럼 서로 생채기를 내기 일쑤였고 이마저도 제대로 사는 게 아니었다. 어렵사리 수능을 보고 대학에 들어갔으나 원하는 대학과 전공이 아니었기에 취미를 붙이기 어려웠다. 자존감이 낮고 무기력하다 보니 대학에서도 여전히 기를 펴지 못했다. 은별이의 부모는 외동딸을 어떻게든 잘 키워보고 싶은데 다 큰 딸에게 간섭하기도 어렵고 그저 속만 태울 뿐이다. 그나마 천신만고 끝에 은별이는 졸업 후 취업 준비를 꼼꼼히 해 원하는 직장에 취직했다.

이렇듯 은별이처럼 심각하게 왕따를 당하지 않아도 여러 애들의 불장난이 영리하고 선한 천사의 마음을 산산조각 나게 만든다. 심지어 그 가족을 불행의 늪으로 빠뜨리기도 한다. 지금도 곳곳에서 제2, 제3의 은별이가 말없이 속으로 울고 있다. 한시라도 빨리 애들에게 다가가 바쁜 부모 대신 그들의 애타는 속마음을 들어주어야 한다. 은별이 같은 애들이 더 심해지면 청소년 정신건강의학과에서 상담을 받고 약도 복용해야 한다. 지속적인 불안이 우울증으로 확대되지 않게 주변에서 적극적으로 도와야 한다. 혹여 한순간의 극단적인 선택을 하지 않게 '너는 정말 귀한 존재야' '너는 너 자체만으로 충분히 예뻐' 하며 꾸준히 그들의 작아진 마음을 따뜻하게 보듬어줘야 한다.

사실 무한 경쟁의 시대이고 핵가족화로 자녀가 한 명뿐인 경우가 많다. 그러니 대체로 공감 능력이나 친구에 대한 배려를 따로 배울 기회가 적다. 왕따를 시킨 애들도 살다 보면 언젠가 그런 입장이 될 수 있을 텐데 안타깝다. 부모도 애들 교육비를 마련하려고 시급 알바라도 하는 실정이라 자녀의 심연까지 늘 살피고 헤아린다는 게 여의치 않다. 부모가 생활고에 바쁘면 상담가나 가까운 선생님 지인을 통해서라도 은별이와 그 가족의 자존감을 올릴 수 있는 계기가 마련되어야 한다. 그래서 그녀는 청소년 심리 상담에 관심이 많다. 그녀는 봉사를 하며 못다 핀 꽃송이를 따뜻이 안아주고 싶다. 미술 심리 치료와 문학 심리 치료에도 관심이 많아 언젠가는 도전해보려고 버킷리스트에 잘 보관해두고 있다.

하지만 그녀 역시 마음 편한 상황은 아니다. 몇 년 전 기막힌 사건이 터졌다. 자녀 셋을 모두 스카이 대학에 보낸 훌륭한 시어머님이 횡단보도 초록 신호에 보행하다 시내버스에 치는 바람에, 피투성이가 되어 쓰러지는 끔찍한 사고가 발생했다. 그날도 건강을 지키려고 빈손으로 산책 나갔다가 갑작스럽게 교통사고를 당했다. 연고 확인이 빨리 되지 않아 결국 병원에선 지문 조회를 해 보호자를 찾았고 그러는 사이 골든타임을 놓친 것이다.

엄연히 초록 신호에 건너는 데도 버스가 내달려 치이는 세상이다. 좋은 마음으로 산책 나섰다가 뇌병변 장애인이 된 분을 실제로 보니 큰 충격을 받았다. 일주일이 지나도 깨어나지 않아 사람부터 살리려고 서울의 대학병원으로 옮겼다. 서울에 올라와서도 여러 대학병원과 요양병원을 다녔지만 몇 년째 누워있다. 처음에 별다른 말씀도 하지 못하는 혁이 할머니를 어떻게든 살려보려고 언어 표현이 늦은 아기에게 하듯이 카드로 언어 치료도 해보았다. 코 썩션, 가래 뽑기, 기저귀 갈기, 코 튜브로 식사 넣기, 거즈로 치아 닦아드리기, 소독하기, 욕창 안 생기게 좌우 번갈아누이기, 시트 갈기, 옷 갈아입히기 등 간호사에게 배워서 할 수 있는 모든 일을 했다.

"어머니, 저 왔어요. 저 누구예요?" 하고 물어보니 "큰며에너으리(며느리)" 하며 겨우 대답했다. "어머니, 그럼 오늘 며칠인 줄 아세요?" 하고 물어보면 고개를 가로저으며 "모야(몰라)"라고 답했다. 아울러 "어머니, 지금이 무슨 계절이에요?" 하고 물어보니 말없이 고개만 가로젓는다. 그러면 그녀는 손가락으로 꼽아가며 봄, 여름, 가을, 겨울 중에서 뭐냐고 물어보았다. 또 다시 "어머니, 나이는 몇 살이에요?"라고 물어보자 잠시 생각하다가 마흔다섯 살이라고 엉뚱하게 대답했다. 수영을 할 만큼 건강하던 분이 뇌를 다쳐 치매 증상이 생겨 물어볼 때마다 나이가 달라졌다. "어머니, 아버님 어디 계세요?" 하고 물어보면 "모야" 하더니 한참을 생각하다 대답하신다. 당신 고향을 아직 기억하고 있으니 얼마나 다행인가. "어머니, 참 잘하셨어요." 하며 물개 박수를 쳐드리면 해맑은 미소로 고개를 끄덕인다.

입안과 혀를 거즈로 닦아내고, 얼굴과 손, 구석구석을 씻겼다. 뽀얀 피부의 시어머니, 시동생이 외교관이어 외국에도 혼자 자유로이 다니셨다. 그렇게 신심이 좋으셔서 젊은 시절 성당에서 봉사와 기부를 많이 하신 분이 왜 코 튜브를 하고서 거기 누워있는지 3년이 지난 지금도 답답하고 울컥한다. 처음엔 하늘도 무심하다고 대성통곡하며 울기도 여러 번 했다. 그렇지만 갑자기 집에 장애인이 생겼다고 한탄할 새도 없이 세월은 빨리 지나갔다. 사랑하는 그녀 남편의 엄마이기에 당연히 제 몸 돌보지 않고 간병했지만 차도는커녕 평생 연명 치료를 받으며 본인과 가족의 삶의 질마저 떨어뜨리는 안타까운 상황이다.

이렇듯 뜻밖의 사고로 평생 침대에 누워 천장만 바라보며 병원 생활하는 중증 장애인이 많다. 병원에 앉아있거나 누워서 지내는 대부분의 노인들은 한 번 병원에 들어오면 안타깝게도 여생을 거의 병원에서 보낸다. 특히 요양원과 요양병원에는 치매 등 중증 환자가 많고 가족들도 그들의 생계와 병원비, 간병비 조달을 위해 일을 해야 하므로 살뜰히 챙기기 어려운 경우가 많다. 그러니 그녀처럼 실버 레크리에이션 자격을 취득한 분들이 가서 봉사도 하며 그들에게 잠시나마 기쁨을 주어야 한다. 몸은 아파 골골해도 마음은 여전히 청춘이다. 어르신들이 그녀 같은 봉사자를 보고 기뻐하는 모습을 보면 스트레스가 눈 녹듯 풀린다.

시어머니를 간병하면서 노인을 돕는 자격증을 따 병동의 다른 어르신도 같이 도와드리고 싶다는 생각이 들었다. 그래서 시니어플래너지도사, 실버 레크리에이션 전문 강사, 웃음 건강 지도자 자격증을 취득해 요양원이나 경로당에 가서 어르신의 말벗이 되고 있다. 그녀는 오늘도 가까운 노인정에 봉사하러 간다. 다녀보면 치매 환자가 급속도로 늘고 있다. 치매를 조금이라도 늦추려면 육체적인 운동과 뇌운동의 균형을 맞춰야 한다. 가급적 스트레스를 덜 받게 하고 웃음 운동이나 다양한 인지 프로그램 등 여가 활동에 참여시켜야 한다.

그녀가 경로당에서 봉사하다 보면 친정엄마와 병원에 계신 시어머니가 떠올라 눈시울이 붉어지지만 더욱 기쁜 척 〈위대한 약속, 최고다 친구〉 곡을 틀어놓고 즐겁고 신명나게 춤사위를 펼쳐 보인다. 그들에게 최대한 재미있게 노래와 율동을 알려주고, 다시 소녀가 된 어르신에게 〈섬마을 선생님〉 노래에 맞춰 치매 예방 손 체조를 가르친다. 손끝박수, 손가락박수, 손바닥박수, 손목박수, 손등박수, 합장박수, 주먹박수, 목뒤박수 등 70~80대 어르신은 수줍은 소녀가 되어 적극적으로 참여한다. 다음에 어르신을 뵐 때 조금씩 밝아지고 건강해지는 모습을 보면 적잖은 보람을 느낀다.

그녀에게는 시어머니보다 더 마음을 시리게 하는 아픈 손가락이 있다.

대학 대신 복지관에 가는 아이 청년이다. 아들 혁이는 컴퓨터 문서 작성을 잘하고 워드 사용 방법도 안다. 가족이 부탁하면 여러 장의 글도 순식간에 쳐준다. 피아노도 꾸준히 배우고 있어 그녀보다 훨씬 컴퓨터와 피아노 실력이 좋다. 집안일도 잘 도와주는 살림꾼이고 예스맨이다. 친구들은 다들 대학에 다니거나 군대를 가는데 그는 중증 장애인이라 입대를 면제받아 어쩔 수 없이 복지관에 다닌다. 처음에 면제 판정을 받고 병역증을 보여주니, 거기에 '병역 면제'라고 적혀있는 것을 보고 물었다. 혁이는 "병역이 뭐예요? 면제가 뭐야?" 그런다. 도무지 어떻게 설명해야 할지 답답하다. "병역은 건강한 국민이 해야 하는 의무인데, 지섭이 형처럼 군에 가는 거야" 하니 그는 "나도 할 수 있어요. 혁이도 갈래" 한다. 어릴 때부터 군인 아저씨에 관한 동화나 얘기를 들려주어서 그런가 보다. 연이어 "면제가 뭐예요?"라고 한다. 그녀는 또 난감하다. "응 그건 안 가도 된다는 거야"라고 하니 대뜸 "혁이 할 수 있어. 잘할 수 있어. 나도 갈 거야"라고 한다. 신체는 아주 건강하니 당연히 그런 대답이 나올 법도 하다. 실은 그녀도 지인의 아들이 입대해 면회를 다니는 게 한없이 부럽다. 그들이 군대 간 아들을 걱정하거나 집에 아들이 없어 훨씬 수월하다며 자랑할 때 속으로 가슴이 아렸다. 군에 가고 싶어도 못 가는 혁이는 복지관에 가서 한 달에 상당한 비용을 내며 직업 적응 훈련을 받고 있다. 근무 연한이 있으므로 여기저기 다른 복지관에 대기를 해 놓고, 연락이 오면 합격하기 위해 초기 상담과 상황 평가를 몇 주씩 받으러 다닌다.

예기치 않은 사건도 많이 발생한다. 복지관이 끝나면 시내버스를 타고 와 정류장에서 그녀와 만나기로 했다. 아침에 "혁아, 오늘 복지관 끝나면 6655번 버스 타고 와서 주민센터 정류장에서 내려." 이렇게 몇 번이나 되풀이했다. 그렇게 약속을 한 터라 그녀도 일을 본 뒤 부리나케 집에 가서 차를 갖고 정류장으로 갔다. 그런데 아들은 이미 온데간데없이 사라지고 뭇 사람만 서성거렸다. 차를 정류장 옆에 세우니 빨리 빼라고 사방에서 아우성을 쳤다. 그녀는 아들에게 다시 전화를 걸었다. "혁아, 어디니?"라고 물으니 "하나은행 앞이야" 그런다. 또다시 "그럼 버스 안이야? 버스에서 내렸어?"라고 물으니 이번엔 "내렸어"라고 답한다. 몇 번을 주거니 받거니 대화를 시도해도 왠지 모르게 확신이 서질 않았다. 다시 전화를 걸어 물어본다. 이번에는 "00동 주민센터야" 그런다. 그녀는 다시 허둥지둥 차를 돌려 그쪽으로 가 본다. 주민센터 곳곳을 찾아도 혁이는 보이지 않았다. 계속 전화를 하니 "피아노 교실 갈 거야. 피아노에 가야 돼." 그 말만 반복한다. "그래, 엄마가 데려다줄 건데 지금 어디니?" 하니 이번에는 "도서관이야" 그런다. 하지만 다시 그곳에 가 보아도 아무런 흔적도 찾을 수가 없었다.

37℃를 오르내리는 폭염 속에 벌써 한 시간이 흘렀다. 마침 주민센터 옆에 지구대가 보였다. 더는 지체하면 안 되겠다 싶어 그녀는 대충 차를 세워놓고 얼른 뛰어가 혁이의 인상착의와 전화번호, 그녀의 전화번호를 다 주고 자세한 상황을 설명한 뒤 도와달라고 부탁했다. 경찰관이 전화로 대화가 잘되지 않는 걸 확인하더니 이번엔 페이스톡으로 전화를 걸어보자고 했다. 그러나 한참을 시도해도 평소에 해보지 않아서 그런지 받지 않았다. 항상 그녀와 아들의 폰에 위치 추적 앱을 깔아놓았는데 안타깝게도 그날따라 위치가 뜨질 않았다.

이렇게 두 시간을 정신없이 헤매다가 결국 원래 만나려던 정류장 건너편 아파트에서 극적으로 만났다. 그녀를 보더니 토끼 눈으로 "피아노 갈 거예요." 하며 난리다. 이미 레슨 시간이 다 지났는데도 막무가내로 가겠단다. 다시 차를 세워둔 쪽으로 와 시동을 거니 이번엔 자동차에 시동이 안 걸린다. 그녀의 손은 떨리고 정신이 없는데, 혁이는 피아노 가야 한다고 큰길에서 소리 소리를 지르며 차체를 두드렸다. 그는 마음이 불안해지면 평소에 전혀 보이지 않던 행동을 한다. 여러 사건이 겹친 터라 앞이 캄캄했다. "혁아, 차가 고장 났어" 해도 막무가내로 빨리 피아노 가자고 발을 동동 구른다. 이미 혁이도 그녀도 땀범벅이 되어 물기가 번져 나올 정도로 옷이 젖어버렸다. 아무리 설득해도 꼭 가겠다고 해 하는 수 없이 좀 불안하지만 그러면 걸어서 가라고 해 놓고 그녀는 자동차를 다시 만졌다.

핸드 브레이크가 듣질 않는다. 회사에 간 남편한테 전화를 해도 받질 않는다. 뭐가 뭔지 생각이 나지 않아 벌벌 떨며 바로 전 통화 목록을 찾아 전화해보니 방금 전 만났던 친절한 경찰이었다. 아들은 찾았다고 말하고 자동차가 말을 듣지 않는다며 좀 도와달라고 요청했다. 그러면서 보험회사 출동 번호가 생각이 나지 않는다고 덧붙였다. 고맙게도 경찰이 와서 간단히 조작하니 마술을 부리듯 시동이 걸렸다. 다음에 찾아뵙겠노라고 인사를 하고 정신없이 차를 몰아 혁이의 피아노 교실로 향했다. 다행히 잘 도착해 그곳에 있었다.

그제야 정신이 좀 들었다. 수업이 끝날 때까지 차에서 기다리며 백미러로 얼굴을 보니 혼비백산해 안색이 영 말이 아니었다. 피아노 학원에 가겠다는 애를 잃어버려 두 시간 만에 찾았고, 게다가 자동차까지 고장이 나 폭염에 마음이 잡히지 않는 상황이었으니 당연히 그럴 수밖에. 그녀는 마음을 가다듬고 기도를 하며 '그래 괜찮다 괜찮아. 잘했어. 찾았으니 얼마나 다행이야.' 라며 가슴을 쓸어내렸다.

한 번은 늦가을에 이런저런 걱정을 떨쳐버리려 큰마음 먹고 공원에 바람을 쐬러 갔다. 아들과 시어머니 뒷바라지에 바빠 꼼짝도 하지 못하다가 모처럼 공원에 간 그녀는 '와 오랜만에 나오니 참 좋구나.' 하며 정신이 팔려 남편과 야경을 보고 있었다. 그런데 느낌이 이상해 뒤돌아보니 조금 전까지 있던 아들이 연기처럼 사라져버렸다. 아들을 잃어버린 그녀는 발바닥이 부르트도록 넓디넓은 공원을 뛰어다녔다. "혁아, 어디 있니?" 몇 시간을 공원 곳곳을 누비며 뛰어다녀도 찾지 못하다가 극적으로 아들과 통화가 됐다. "혁아, 거기가 어디니?" 20대 초반인 아이 청년은 "엄마, 없어요." 안타깝게도 그 말만 되풀이했다.

그녀는 피가 솟구칠 만큼 애끓는 심정으로 "거기에 뭐가 보이니?"라고 계속 대화를 시도했다. 그러나 혁이는 "풀이 보여요, 나무가 보여요."라며 울먹일 뿐이었다. 그녀는 발을 동동 구르며 "혁아, 어디 있니?" 하며 정신없이 억새풀과 인파를 헤치며 뛰어다녔다. '제발 찾게 해 주세요.' 기도를 하며 뛰었다. 천신만고 끝에 다시 통화가 되고 드디어 "억새풀이 보여요." 그 말에 희망을 얻어 온 식구가 '주님, 제발 이번 한 번만 더 살려주세요.'라고 기도하며 억새밭을 뛰어다녔다. 그렇게 세 시간을 헤매다가 어둠이 물드는 저녁에 홍해가 갈라지는 기적처럼 멋진 아들이 눈앞에 턱 나타났다.

발달 장애 아이를 잃어버리는 것은 결코 그녀만의 이야기는 아니다. 150~200명이 가입해있는 부모회 단체 톡방에 한 달에 한 번꼴로 자녀를 잃어버렸다는 슬픈 소식이 올라온다. 이를테면 '송파 17세 김천사, 오후 2시 우산 없이 집 나감, 짙은 회색 티셔츠에 청바지 입음, 교통카드 신분증 없음. 엄마 염고난, 전화번호 010-1234-7788' 이런 인상착의와 '장애인을 찾아 주세요.'라는 굵은 글씨이다. 그 부모가 단체 톡방에 올리고 경찰에 신고해 놓으면 가까운 데 있는 장애인 가족들이 백방으로 동선을 나눠 뛰며 한마음으로 찾아다닌다. 잃어버린 시간이 길어지고 밤이 될수록 찾을 확률이 희박해진다. 때로는 '장애인을 찾습니다.'라는 전단을 수천 장 만들어 붙이고 배포하고 나면 부모형제의 애간장을 다 태운 뒤 멀리 타 도시에서 초췌한 모습으로 발견돼 연락이 오기도 한다.

이렇듯 장애인이나 치매 노인을 둔 가족들은 일을 열심히 해서 평생 장애인을 부양해야 하는데 일은커녕 일상생활도 제대로 집중하기 어려운 때가 많다. 오늘도 그녀와 아이 청년은 경찰이나 단체 톡방에 '장애인을 찾아 주세요.' 그런 부탁할 일이 없기를 간절히 기도하며 집을 나선다. 발달 장애인도 일반 대학이나 전문대학에 다니는 친구가 있다. 혁이도 '00대학교에 가고 싶어.' 하며 가끔 그녀를 조르기도 한다. 발달 장애인이 얼마나 더 노력하면 그 꿈을 이룰 수 있을지 답답하기만 하다. 몇 년 전 같은 반 급우들이 대학을 갈 때는 '수능시험과 면접고사를 봐야 해.'라고 말해도 떼를 쓰며 대학교 가겠다고 해서 진땀을 흘렸다. 그들도 일반 또래 친구들과 똑같이 하고 싶은 욕구가 많다.

일전에 같은 처지에 있는 철이 엄마에게 들은 이야기다. 철이는 지적 장애 2급, 자폐성 장애 1급이다. 갖은 고생을 하며 연습과 훈련을 시켜 혼자서 대중교통을 타게 되었고 웬만한 일도 그럭저럭 잘했다. 철이 부모님은 언젠가 맞을 사후를 생각해 철이를 어느 기관에 보내려면 본인 부담금이 많이 필요해 맞벌이를 했다. 그런데 철이 같은 발달 장애인(지적 장애인, 자폐성 장애인)들은 마음이 여리고 전혀 자기 방어를 하지 못한다. 변론에도 서투니 이유 없이 맞고 다녀서 대체로 몸에 상처가 있다. 이 친구들은 누군가 팔을 잡으면 놀라는 편이다. 물론 대화도 어렵고 한 가지 행동에 고착되거나 어떤 특별한 물건에 집착하기도 한다.

철이가 매일 지나가는 길목에 편의점이 있었다. 어느 날 일하는 철이 엄마에게 모르는 번호로 전화가 한 통 걸려왔다. 그래서 "여보세요?" 하니 철이가 크게 우는 소리가 들렸다.

"누구시죠? 무슨 일이에요? 철이한테 무슨 일이 있나요?"

"00지구대 경찰입니다."

"네? 철이를 누가 납치했나요?" 하니 그건 아니고 편의점에서 신고가 들어왔단다. 그러면서 자초지종 설명도 않고 철이를 연행하려는 기세였다. 철이는 겁이 많아 경찰 제복과 의사 가운을 싫어했다.

철이 엄마는 "네, 제가 지금 거기로 택시 타고 갈게요." 하고 부랴부랴 달려갔다. 철이는 혼비백산이 되어 경찰한테 붙들려 있고 얼마나 실랑이를 벌였으면 철이의 가방끈도 떨어지고, 깜짝 놀란 철이를 제압하다 몇 대 때렸다더니 상처도 있었다. 철이 엄마는 "도대체 무슨 일이세요?" 하니 철이가 편의점에 있는 생리대와 휴지의 겉 비닐을 만지고 한두 개는 이빨 자국을 내놓았다는 것이다. 업주가 신고를 해서 지구대 직원이 여러 명 잠복하다 철이를 발견했단다. 중증 장애인인데 부모한테 연락도 하지 않고 이미 사건을 경찰서로 인계했다.

발달 장애인은 대화가 어려우므로 후견인인 부모를 불러 자초지종을 물어보고 사건을 경찰서로 넘기는 게 상식이다. 허나 편의점 업주 말만 듣고 일방적으로 철이는 대화를 하지 못하니 억울하게 속수무책으로 당한 것이다. 상가 밖에서 소란이 일고 때마침 상가에서 철이를 잘 아는 분이 내다보며 "어휴 무슨 일이에요? 철이 내가 잘 아는 애예요. 철이 부모님도 선한 분이에요." 그리 말해주었고 철이에게 엄마 전화번호를 물어 철이 엄마에게 전화한 것이다. 그 편의점 업주는 철이가 장애인이 아닌 줄 알았다는 엉뚱한 말을 했고, 지금까지 서너 차례 와서 몇 가지 물건을 살짝 만지고 가는 게 신경 쓰여 신고했다고 말했다. 그간 한마디만 철이에게 물어봤더라면 장애인이라는 것을 대번 알았을 텐데 왜 서너 번 물건을 만지도록 내버려 두었는지 철이 엄마는 안타까워했다.

그렇지만 이미 엎질러진 물이었다. 철이 엄마는 무조건 잘못했다고 빌며 복지카드를 보여주었다. 아이가 장애인이라 비닐에 집착해서 만졌으니 용서해 달라고 눈물을 흘리며 호소했다. 그러자 그 편의점 업주는 철이가 만진 물건이라며 리스트를 뽑아와 전부 배상하라고 요구했다. 물건 끝에 이빨 자국으로 흠이 난 것은 한두 개뿐인데 생각보다 많은 비용을 청구했다. 두말 않고 달라는 돈을 다 입금해주었다. 무릎을 꿇고서 "제 아이가 중증 장애인이어서 아무것도 모르고 사장님 물건을 그냥 만졌으니 제발 용서해 주세요." 라고 또 부탁했다.

그 일로 철이 엄마는 여러 차례 경찰과 통화를 하고 철이랑 불려갔고, 나중엔 '혐의 없음'으로 처리되었다. 그러나 철이 부모가 경찰서에 가보니 업주가 신고를 하여 이미 '발생 사건'이 되었다. 뒤늦게 업주가 사건 철회를 해도 사건 번호가 생겼으므로 되돌릴 수 없어 결국 그 사건이 검찰까지 넘어갔다. 누가 보아도 중증 자폐성 장애 1급 아이가 아무것도 모르는 채 남의 물건을 몇 번 만졌을 뿐인데 업주는 가볍게 신고를 했고, 그 가족은 또다시 냉정한 세상의 비애와 맞닥뜨렸다. 중증 자폐성 장애인의 특성을 조금이라도 업주나 경찰이 알았더라면 일이 이렇게 확산되지 않았을 것이다. 철이 엄마는 그 때문에 일도 그만두고 얼마나 신경을 썼는지 모른다. 나한테 와서 "언니, 말도 못 하는 철이를 안고 죽을 수도 없고 세상이 너무 무서워요." 한다.

그녀는 뭐라 위로해 줄 말도 찾지 못하고 같이 부둥켜안고 울었다.

철이 사건을 듣고서 사람들이 장애인 이해 교육이 너무 안 되어 있다는 사실을 새삼 깨닫고, 그녀는 시민들에게 장애 특성을 이해시켜드리고 싶은 마음이 간절해졌다. 연령대별로 교안 작성법을 배워 관내 학교에서 실습도 하며 '장애 이해 교육 전문 강사' 자격을 취득했다. 청와대, 법원, 경찰서, 파출소, 시청, 구청, 기업 등 관공서부터 장애인식 교육을 해야 한다. 이렇듯 두려운 세상이지만 부모 사후에 장애 자녀가 조금이라도 자립해 살 수 있도록 그녀는 오늘도 용기를 내 세상 밖으로 나간다. 평범한 삶을 조금이나마 누리도록 복지관으로, 프로그램실로, 성당으로, 체육관으로 다니며 고군분투한다.

그녀가 알아보니 우리나라 인구의 대략 10퍼센트가 장애인이다. 그들을 돌보는 가족과 선생님 종사자까지 포함하면 족히 20퍼센트는 넘을 것이다. 최근 보건복지부 통계로 일곱 가구 중 한 집에 지체 장애인을 포함한 다양한 장애인이 살고 있다. 그들은 평생 24시간 1년 365일 밤잠을 설치며 귀한 장애 가족과 장애 자녀를 살핀다. 언젠가 세상을 떠나는 날까지 비장애인들과 조금이라도 가깝게 해 놓고 싶어 최선을 다해 애쓰고 있다. 당장 어떤 도움을 주지 않아도 좋으니 그저 있는 그대로 그들과 그 가족을 따뜻한 시선으로 바라보았으면 좋겠다. 요즘 세상이 조금씩 바뀌고 있어 장애인이나 장애인을 돌보는 부모나 교사, 활동 지도사를 대하는 시선이 조금씩 나아지곤 있으나 아직도 위 사례처럼 그들을 무시하며 짓밟는 경우가 많은 실정이다.

인간은 누구나 존귀하다. 그녀는 혁이를 키우며 그 사실을 깊이 깨달았다. 그래서 늘 아들에게 미안하고 고맙다. 사람이 얼마나 귀한지조차 모르고 죽는 사람도 많은데 그것을 깨닫게 해 주었다. 우리끼리 하는 말로 '장애인 엄마는 아파도 안 되고 입원은 더더욱 안 되고, 하늘이 두 쪽이 나도 이 세상

소풍 끝나는 그날까지 기어서라도 특별한 천사를 돌보다 가야 한다.'는 말이 있다. 그야말로 자유는 없다. '십 분 대기조'라고도 한다. '어디 멀리 가지도 못하고 선생님이나 복지사가 부르면 대기하고 있다 얼른 뛰어가야 한다.'는 뜻이다.

이렇듯 몇 년을 어머니 병원과 아들 복지관을 오가며 제때 식사도 하지 못해 이러다 쓰러질지 모르겠다는 불안이 엄습해오는 즈음이었다. 이럴 수가! 그녀도 00암이라는 판정을 받았다. 작년에 건강 검진을 하는데 이상하게 위내시경과 함께 대장내시경도 해보고 싶었다. 몽롱한 상태에서 통증과 헛구역질을 참고 있는데 담당의는 한참을 세심히 검진하더니 아무래도 재검이 필요하다며 다른 날 다시 오라고 했다. 다시 찾아가 대장내시경의 전 과정을 반복했다. 아프고 기운도 없었으나 오로지 애를 생각하며 '말이 부족한 혁이, 어떡하든지 몇 마디 대화라도 할 수 있게 해야 한다.'는 일념으로 이를 악물고 검사를 했다.

그녀는 '도대체 왜 무슨 이유로 자꾸만 우리 가정에 재난이 겹쳐 오냐'고 성당 기도실에 가서 대성통곡을 했다. 건강 검진 결과를 처음 알고 수술할 때까지 기다리는 두 달간 평생 해 왔던 것 이상으로 열심히 기도했다. 그녀는 '제발 이번 한 번만 더 살려주세요. 다른 가족이 아프면 제가 동분서주하며 돌보면 되는데 저를 쓰러뜨리시면 시어머님과 혁이는 어찌해야 하나요?' 당장 아들을 돌볼 일이 걱정이었다. 논의 끝에 남편이 휴가를 내 병원에서 그녀를 간호하고, 딸이 동생을 돌보며 살림까지 하기로 해 약간의 밑반찬을 해 놓고 입원했다.

그녀도 남편도 이번에는 큰 수술이라 긴장하지 않을 수 없었다. 수술실

앞 대기실에서 남편에게 "그동안 긴 세월 나랑 잘 살아주어서 고맙고 잘해 주지 못해 미안해. 여보, 우리 애들 잘 좀 부탁해요."라고 말하고 집에 중요한 것은 어디 있다고 일러주었다. 남편은 "걱정하지 말아요. 기도할게요. 당신이 그동안 선하게 잘 살아왔으니 아무 일 없을 거야." 하며 그녀의 떨리는 손을 꽉 잡아주었다. 한참을 기다리다 그녀 이름이 호명돼 수술실로 들어갔다.

그녀는 싸늘한 수술실에서 의사를 기다렸다. 춥고 얼마나 초조한지 입이 바싹바싹 말랐다. 마취에 취해 비몽사몽인데 드디어 의사가 왔다. 그녀 이름과 몇 가지를 묻는다. 그 와중에 무슨 정신으로 말했는지 그녀는 집도의에게 "교수님, 저는 집에 아직 말을 잘 못하는 아이 청년이 있어요. 저는 혁이가 말 잘할 때까지 살아야 해요. 교수님 저 좀 살려주세요." 그랬다. 의사는 잠시 뒤 "000 씨, 울지 마세요. 최선을 다하겠습니다." 얼핏 그리 말하는 것처럼 들렸다.

깨어보니 회복실이었다. 이후 조직검사도 하고, 온몸 곳곳에 혹시 암이 전이되었나 살펴보려 다시 검사를 했다. 다행히 전이되지 않았고 깨끗하게 치료되었다는 결과를 얻었다. 향후 최소 5년간 관리하며 신경 써야 하지만 그녀는 그날로 몸이 아픈 것도 잊고 성당으로 달려갔다. "저를 이렇게 어여삐 보시고 식구들 돌보라고 살려주시니 너무나 감사하고 은혜롭다."며 여러 번 감사 기도를 하고 울면서 나왔다.

아이들 걱정에 상처가 채 아물기도 전에 퇴원했지만 몸 상태가 수술 전과는 많이 달랐다. 고난이 더 깊어졌다. 도무지 믿을 수 없는 나날들이었다. 결혼 초 계획했던 빛나는 퍼즐이 조각조각 파편이 되어 암흑 속으로 사라지는 시린 나날을 살게 되었다. 그러나 좌절만 하며 살기에는 너무나 아까운 삶이란 생각도 들었다. 어느 날 그녀는 장애아들을 방과 후 수업에 넣어놓고 기다리다 매일 반복되는 시간이 아까워 도서관에 갔다. 그렇게 자투리 시간에만 가다가 언제부터는 더 자주 도서관으로 갔다.

도서관 공고판에 글쓰기 공모전 포스터가 붙어있었다. 그녀는 그것을 찍어와 그냥 글을 몇 줄 써 보았다. 응모를 할까 말까 고민하다 용기를 내어 응모했는데 제일 높은 상을 받았다. 도무지 믿을 수가 없었다. 식구들도 그녀가 무슨 상을 받는다 해도 별로 믿지 않는 눈치였다. 다음에는 고민 끝에 아픈 몸을 이끌고 백일장에 나갔다. 그런데 이게 무슨 은총이란 말인가. 너무나 감사하게 이번에도 대상을 받았다. 그녀는 이 모든 걸 의아해하며 공모전에 계속 응모를 했다. 그런데 신기하게도 연거푸 크고 작은 상을 받았다. 새벽녘에 깨어 글을 조금씩 써내려갔다. 유아교육학을 전공한 그녀는 따로 글쓰기를 배워본 적이 없었다. 두 개의 상을 받고 도서관에서 글쓰기 책을 찾아 읽었다. 그렇게 글쓰기를 하며 잊고 살았던 기쁨과 환희, 자신감 등을 조금씩 되찾았다.

그녀는 지금 연애 시절 이후 처음으로 가슴 뛰는 나날을 살고 있다. 글쓰기 습작을 하며 조금씩 배우다 보니 모든 게 신비롭고 감사하며 은혜롭기까지 하다. 《내 삶의 활력소》라는 습작 노트가 세 권째다. 글쓰기 습작의 소재가 되어주는 신앙과 가족에게 참으로 감사하다. 그녀는 이제 엄마와 며느리, 아내와 딸, 주부로서의 역할을 가끔 내려놓고 본연의 나로 돌아가 병아리 작가의 꿈을 꾸고 있다. 거의 매일 일기와 감사 노트를 쓰고, 가끔씩 선한 지인들께 신부님이나 교황님 강론을 발췌해 띄운다.

그녀는 글을 쓸 수 있어 고맙다. 암 수술을 하였으나 전이가 되지 않아 다시 태어난 순간부터 축복의 연속인 것 같다. 그냥 지금 이 순간을 즐기며 최선을 다해 살아가면 그뿐이라고 생각하며 살고 있다. 누구나 예측 불허의 삶을 살기에 그저 지금의 상황보다 더 나빠지지 않기를 바랄 뿐이다. 세상을 살다 보면 누군가 내게 잠시 쉬어가라고 위로의 시간과 은혜의 시간도 주지만 때로는 더 성장하라고 고독의 시간과 고통의 순간도 주는 것 같다. 그래도 괜찮다. 더 좋아질 것이다. 꽃길이 아니고 자갈길이면 살살 치우면서 걸어갈 것이다. 아니 먼 훗날 돌이켜보면 이 순간도 꽃길일 것이다.

이렇듯 그녀는 오전에는 간간이 도서관에 가 세상의 작은 빛이 되고자 습작을 하고, 오후에는 가끔 혁이 할머니 병원에 가 같은 병실 어르신께 재롱을 떤다. 오후 늦게는 아들 복지관에 건너가 아들의 방과 후 수업을 따라다닌다. 조금 힘들지만 괜찮다. 아직은 살아있고 자기 발로 걸을 수 있으니 그저 감사하다.

그녀는 건강이 허락하는 한 사람들을 기쁘게 하고 도움이 되는 존재로 살아가고 싶다. 세상에 태어난 사람은 누구나 고귀하고 존중받아야 하기 때문이다. 고통이 있지만 세상은 살 만한 곳이다. 어떠한 상황이건 뿌리 깊은 희망나무를 곳곳에 심어 긍정꽃을 아름답게 피워내고 싶다.

'아내, 노트북을 열다' 발간을 축하합니다.

안녕하십니까, 양천구청장입니다.

양천구청에서 일자리 창출 사업으로 추진한 '나도 작가' 글쓰기 과정에 참여한 주민들이 《아내, 노트북을 열다》를 발간하게 된 것을 진심으로 축하드립니다. 또한 어려운 여건 속에서도 작가를 꿈꾸는 우리 지역 주민과 함께 의미 있는 책이 발간되도록 수고해주신 관계자 여러분께 감사의 말씀을 드립니다.

구청장이기 이전에 30여 년 전 양천구에 터를 잡은 주부로서, 엄마로서 이웃들과 주변 경력 단절 여성들을 많이 봐왔습니다. 예전보다 나아졌다고는 하지만 아직 여성들의 사회 진출 분야는 단순 일자리로 한정되어 있고, 여성 공직자로서 이런 문제를 해결하기 위해 부단히 노력하고 있습니다.

이번 도서 출간을 통해 우리구 주민들이 전문 작가로 등단하게 되어 감회가 새롭습니다. 여러분의 도전이 사회 진출을 망설이는 여성들의 마음에 용기를 불어넣는 좋은 본보기가 되리라 확신합니다. 아울러 알록달록한 단풍처럼 개성이 가득하고 누구나 공감할 수 있는 작품을 통해 많은 독자가 감성 충만한 계절을 누리시길 희망합니다.

항상 여러분의 곁에서 응원하겠습니다. 감사합니다.

2018년 11월 양천구청장

아내, 노트북을 열다

글쓴이 김정은, 노승림, 박민영, 윤정혜, 윤현희, 이승희, 이은주,
이진화, 이혜련, 전민정, 채현, 하정화

1판 1쇄 인쇄 2018년 11월 5일
1판 1쇄 발행 2018년 11월 9일

발행처 (주)북펀딩
발행인 한호택

등록번호 제2018-000055호
등록일자 2008년 2월 22일

주소 서울특별시 마포구 백범로 31길 21 서울창업허브 525호
전화 (010)7773-7773 팩스 (0504)275-6611

값은 표지에 있습니다.
ISBN 979-11-965083-0-2 23810

이메일 hohoti@naver.com

이 도서의 국립중앙도서관 출판도서목록(CIP)은 서지정보유통지원시스템 홈페이지
(http://seoji.nl.go.kr)와 국가자료공동목록시스템(http://www.nl.go.kr/kolisnet)에서
이용하실 수 있습니다.(CIP제어번호: CIP2018034000)